KB020059

로크미디어가
유혹하는
재미있는 세상

ROK MEDIA
로크미디어

The Final

더 파이널

더 파이널 1

2021년 10월 19일 초판 1쇄 인쇄
2021년 10월 22일 초판 1쇄 발행

지은이 유성
발행인 김정수 강준규

기획 이기헌 왕소현 박경무 강민구
책임편집 백승미
마케팅지원 배진경 임혜슬 송지유 이영선

발행처 (주)로크미디어
출판등록 2003년 3월 24일
주소 서울시 마포구 성암로 330 DMC첨단산업센터 318호
Tel (02)3273-5135 **편집** 070-7863-8595 **Fax** (02)3273-5134
홈페이지 rokmedia.com **E-mail** rokmedia@empas.com

값 8,000원

ISBN 979-11-354-6921-3 (1권)
ISBN 979-11-354-6920-6 04810 (세트)

ROK MEDIA
로크미디어
유성 퓨전 판타지 장편소설
1
The Final
더 파이널

CONTENTS

어느 날 갑자기

짝!

"야, 인마!"

정신이 번쩍 들었다.

퍼뜩 고개를 들어 보니 컴퓨터와 잡다한 서류 따위가 눈에 들어왔다.

책상만큼이나 어수선하던 기억들이 점차 제자리를 찾아가며 이해되기 시작했다.

'나는 또…….'

"뭘 멍 잡고 앉았어?"

그때 옆에서 부담스러운 뱃살이 불쑥 밀려 들어왔다.

태영의 뒤통수를 내갈긴 박 과장이라는 인간이다.

"하여간 요즘 젊은것들은 하나같이 왜 이 모양인지 모르겠다니까. 잠시만 눈을 떼도 이렇게 잠을 펴 자는 놈이 있질 않나, 핸드폰이나 조몰락대는 놈에…… 어이, 김 대리, 넌 내 말이 말 같지도 않지? 핸드폰 당장 안 내려놔?"

"죄송합니다. 지금 어머니가 몸이 많이 안 좋으셔서……."

"지랄한다. 여기 집에 사정 없는 사람 있어? 정말 다들 이따위로 할래? 내가 말했지? 오늘 안에 이 기획안 처리 다 안 되면 집에 갈 생각들 하지 말라고. 내가 농담한 것 같냐? 그냥 밤샐까? 앙? 밤새?"

바로 옆에서 귀를 따갑게 만들며 쏟아져 나오는 말! 말! 말!

태영의 입에서 짧은 한숨이 흘러나왔다.

그리고 어수선한 책상 위로 길게 팔을 뻗어 그대로 단숨에 훑어 내렸다.

와르르, 탕! 타당!

요란한 소리를 일으키며 쏟아지는 잡동사니들.

"너 지금 뭐 하는……."

그 소음에 놀라 고개를 돌린 박 과장의 얼굴에는 당혹감이, 주눅 든 얼굴로 고개를 숙이고 있던 직원들의 얼굴에는 경악의 빛이 떠올랐다.

그러나 태영은 눈길도 주지 않았다.

그저 깨끗해진 책상에 A4 용지를 올려놓고 휘리릭!

사표!

"됐지?"

일필휘지로 써 갈긴 종이를 박 과장의 면상에 내던졌다.

"이 새끼가 자면서 쥐약을 처먹었나……."

"어이, 박 과장, 글자 못 읽어? 이걸로 당신과 나, 생판 남이야. 아니, 남보다 못하지. 당신에 대한 감정은 그다지 좋지 않으니까. 그러니 말조심하는 게 좋을 거야. 나도 여기서까지 피 보고 싶지는 않으니까."

"뭐? 피? 너 이 새끼 지금 나하고 해보자는 거야?"

"나야 상관없지만……."

태영이 피식 웃으며 박 과장에게 다가갔다.

그리고 와락 그의 뒷덜미를 움켜쥐고 바짝 끌어당기며 낮은 목소리로 말해 주었다.

"하면 죽어, 당신."

박 과장의 얼굴이 벌겋게 달아올랐다.

그러나 입은 꾹 다물어져 있었고, 눈은 태영의 시선을 피해 애먼 허공을 헤매고 있을 뿐이었다.

그저 그뿐인 인간이라는 말이다.

'그렇겠지.'

다른 직원들도 마찬가지였다.

태영이 박 과장을 밀쳐 내며 재킷을 집어 들고 사무실을 나갈 때까지, 그저 멍하니 바라만 보고 있을 뿐이었다.

이 세계의 시스템에 길들어진 인간들.

그게 나쁘다는 말을 하고 싶은 건 아니다. 아니, 되레 부러운 감도 있었다.

적어도 그들은 내일을 맞이할 수 있을 테니까.

'나는…….'

내일을 잃었다.

과거에도 그랬듯이, 앞으로도 그럴 것이다.

"하아-."

태영은 벽에 기대앉아 방을 둘러보았다.

보증금 1,500에 월세 35만 원. 불과 3평짜리 반지하 방치고는 과하다 싶지만, 이것도 운동화가 해질 정도로 돌아다니고서야 겨우 구한 방이다.

그렇다고 딱히 애착이 있다는 말은 아니다.

이 방에 짐을 풀었을 때부터 생각했다.

하루라도 빨리 이 토굴 같은 방을 벗어나 제대로 살아 보고 싶다고.

그러나 지금은 알고 있다.

'무리겠지.'

새삼 이상과 현실의 차이를 깨달아서가 아니다.

아니, 애초에 이상이니 뭐니 하는 단어 자체가 태영과는 인연이 없는 말이었다.

그런 단어보다 먼저 배워야 했기 때문이다.

맞지 않을 방법을, 배고픔을 참고, 복지사 앞에서 웃어 보이는 방법과 다른 아이들을 부러워하지 않는 방법도.

'하, 빌어먹을! 정말이지 알알이 웃어넘길 수 없는 추억뿐이군. 뭐 인제 와서 그딴 생각을 해 봤자 꿀꿀해질 뿐이니 집어치우고…….'

말하고 싶은 건 이거다.

태영은 철저한 현실주의자라는 것.

당연히 태영이 생각하는 미래도 꿈과 희망처럼 애매모호한 게 아닌, 계산기와 함께하는 극히 현실적인 것이었다.

그 일이 일어나기 전까지는 말이다.

'이게 몇 번째더라…….'

이제 그 기억조차 희미하다.

이 세계와 다른, 이계에 갔다 온 게 대체 몇 번째인지.

미친 소리처럼 들린다는 건 안다.

처음에는 태영도 정말 진지하게 생각했다.

이럴 줄 알았으면 치매 보험이라도 들어 둘 걸 그랬다고.

그러나 곧 알게 되었다.

말했듯이 태영은 그런 일을 한 번만 겪어 본 게 아니다.

수없이 이계로 날아갔고, 죽었다.

그리고 다시 돌아왔다.

그때, 박 과장에게 뒤통수를 얻어맞고 깨어나는 그 시점으로.

그리고 같은 날 12시 정각이 되면 또 처음 이 일이 시작되었던 그때 그 시점의 이계로 날아갔다.

마치 녹화된 영상이 재생되듯이 똑같은 상황이 반복되며.

그렇다면 답은 하나!

'내가 미친 게 아니야! 미쳤다면 이렇게 기억이 또렷하고, 이계로 갔을 때는 물론 이곳에서도 내가 기억하는 상황이 그대로 반복된다는 건 설명할 수 없어! 실제로 벌어지고 있는 거야! 이 세계와 이계를 왕복하는 무한 회귀가!'

현실주의자를 자처하는 태영으로서는 받아들이기 힘든 일이었다.

그러나 같은 의미로, 모든 증거가 명확한데 부정만 하고 있을 수는 없었다.

그리고 인정하는 순간.

'왜 하필 난데? 난 이계 전이니 뭐니 하는 데는 관심도 없다고! 이계로 날아간 뒤에도 그래! 무슨 대단한 치트 능력까지 바라는 건 아니지만, 기왕 떨어뜨릴 거면 제대로 좀 살 수 있는 환경에 떨어뜨리든가! 그냥 몬스터가 득실대는 숲에 던져 놔 버리면 대체 나보고 어쩌라는 거야?'

울화통이 터졌다.

그러나 왜 이런 일이 벌어지는지도 모르는 판국에 그런 말을 해 봤자 아무 소용도 없다.

이에 현실적인 방안을 모색하기 시작했다.

'일단 이계로 가지 않을 방법은 없어.'

성당에서 기도하거나, 아예 차를 타고 멀리 가 보는 등, 머릿속에 떠오르는 방법은 모두 써 보고 내린 결론이다.

그래서 다시 생각해 보게 되었다.

'내가 이렇게까지 하면서 이 세계에 붙어 있어야 할 이유가 있나?'

딱히 그럴 이유도 없었다.

딱 하나 걸리는 건 안 먹고 안 입어 가며 모아 온 적금 통장 정도.

그런 소소한 미련을 과감히 떨쳐 내자 새로운 길이 보였다.

'피할 수 없다면 받아들인다! 아니, 돌파한다! 그게 뭐든, 어떤 세상이든! 그게 내가 살아온 방식이다! 그럼 지금 내가 생각해야 할 일은 하나!'

죽지 않을 방법.

즉, 이계에서 끝까지 살아남는 것이다.

그때부터 태영은 현재로 돌아올 때마다 다시 이계로 날아가기까지, 자신에게 주어진 4~5시간을 책이며 유튜브를 검색하며 보냈다.

야생에서 살아남는 서바이벌 기술, 위험한 동물에 대처하는 방법, 필요하다 싶은 것은 모두 찾아보고 머릿속에 집어넣었다.

그러나 태영이 날아가는 이계는 이름 그대로 이계, 판타지 소설에서나 나올 법한 세계였다.

특히 문명도는.

[사제 총 제작법]

이런 지식을 활용하기에는 어려움이 많은 곳이라는 말이다.

[역사를 바꾼 합금, 두랄루민.]

하물며 이쪽은 정말 까마득한 얘기였다.

[흑색 화약의 발명과 기원.]

그래도 이건 실제로 성공한 적이 있기는 하다.

그러나 그 역시 이계에서 아무리 빨라도 1년을 보내야 얻을 수 있었고, 그 시점에서는 그다지 의미가 없었다.

어쨌든 이제 그런 것들도 다 머릿속에 있는 정보였다.

회귀할 때마다 필사적으로 정보를 찾다 보니 이제 그 지식만으로 박사 논문을 써도 될 정도다.

그래도 혹시 싶어 폰을 뒤적여 봤지만, 검색되는 건 모두 달달 외운 내용뿐이었다.

'뭐 그렇겠지. 몇 년을 보내고 돌아와도 결국 오늘이니까.'

태영은 폰을 던졌다.

부딪친 위치가 안 좋았는지 폰에서 꽤 심한 소리가 울렸다.

아무래도 상관없다.

박살이 나도 다시 돌아오면 멀쩡한 새 폰이 되어 주머니에 들어 있을 테니까.

그런 건 꽤 편하다 싶지만, 역시 좋아할 일은 아니었다.

시간을 확인해 보니 밤 9시를 지나고 있었다.

'이제 3시간 뒤인가?'

딱히 한 일도 없는데 벌써 이 시간이다.

애초에 뭔가 기대하고 한 행동도 아니었지만, 확실히 폰이나 뒤적댈 시간은 지났다.

지금은 준비할 때다.

태영은 이 세계의 오늘을 기억하듯이 이계의 오늘도 기억하고 있다.

아니, 기억하고 있어야 한다.

'그때…….'

태영이 가장 많은 죽음을 경험한 것이 바로 그때, 이계로 날아간 직후다.

물론 이제 피할 방법을 알고, 피할 것이다.

'그래, 이미 충분히 경험해 봤잖아. 지금 내게 필요한 게 뭔지. 죽음과 함께 잃은 것을 아까워하거나 나중을 위한 대비가 아니다. 당장, 곧 일어날 일에 대비하는 거다. 이번의 이계가 어떤 식으로 돌아가든, 첫 관문을 넘지 못하면 아무런 의미가 없을 테니까.'

태영은 벽에 등을 기댄 자세 그대로 눈을 감았다.

당장은 불편하지만, 이계로 넘어가면 그 자세가 자명종이 되어 줄 것이다.

언제나 그랬듯이, 또 그래야만 살아남을 수 있다.

'다시 이계로…… 이번에도…… 아니, 이번에야말로…….'

의식이 아득해졌다.

그리고…….

"……!"

눈이 번쩍 떠졌다.

퉁기듯 상체를 일으킨 태영이 빠르게 주위를 훑었다.

잠시 멍한 기분이 들었다.

붕 뜬 것처럼 뿌연 시야로 누렇게 변한 채 일어나 있는 벽지가 보였다.

그 옆으로 낡은 책상이 보이고, TV 겸용으로 사용하는 모니터도 보였다.

"뭐야? 아직……."

벽을 따라 올라가던 태영의 눈동자가 흔들렸다.

12시 30분.

벽시계가 가리키고 있는 시간이었다.

태영은 머릿속이 텅 빈 것처럼 멍한 기분이 들었다.

"이건 대체……."

그 뒤에 무슨 말을 해야 할지도 알 수 없었다.

1초도 늦거나 빨랐던 적이 없었다.

정확히 12시, 태영은 항상 그 시간에 이계로 날아갔다.

그런데 12시 30분이라니?

대체 무슨 일이 일어난 건지 이해가 되지 않았다.

아니, 이해는 된다.

단지 믿을 수가 없을 뿐이다.

이 세계에서 내일을 맞이하게 됐다는 사실이.

불과 30분이지만, 중요한 건 시간이 아니다. 그토록 많은 횟수를 반복하면서도 단 한 번도 어긋난 적이 없던 시간이 어긋났다는 게 중요하다.

'변했다! 뭔가가!'

머릿속에 각인되듯 그런 말이 떠올랐다.

그러나 태영은 처음 이계로 날아갔을 때보다 더 혼란스러웠다.

기뻐해야 할지, 안타까워해야 할지조차 알 수 없었다.

분명 이계에서 며칠도 넘기지 못하고 죽을 때였다면 기뻐했을지도 모르지만…….

'아니, 그런 생각을 하기는 일러. 아무것도 속단해서는 안 된다. 일단 시계가 고장 난 건 아닌 것 같으니 가능성은 있지만…… 판단은 모든 게 확실해진 뒤에 해도 늦지 않아.'

쿠쿠쿠쿠-!

그때 갑자기 낮은 울림과 함께 바닥이 부르르 떨렸다.

순간 기억이 떠올랐다.

분명 깨어나기 직전에도 그런 느낌을 받은 적이 있었다.

그때는 이계로 이동해 기대고 있던 벽이 사라진 탓이라고 생각했고, 자신의 방이라는 걸 확인한 뒤에는 착각이었다고 생각했다.

그런데 아니라면?

"대체 뭐지? 이 울림은? 밖에서 무슨 일이 일어나고 있는 거지?"

이 세계에서는 처음 경험해 보는 내일.

당연히 태영은 이때, 이 시간에 무슨 일이 일어나는지는 모른다.

그럼에도 불안한 기분을 지울 수가 없었다.

다가오고 있었기 때문이다.

그 울림이, 그 진동이, 분명 점차 가까워지고 있었다.

그리고 그건 태영 혼자만의 감각이 아니었다.

이를 증명하듯이 세상과 반쯤 단절된 창 너머에서도 소란스러운 목소리들이 흘러들어 오고 있었다.

'이게 뭐든, 여기서 멍하니 앉아 있을 수는 없어!'

태영은 밖으로 뛰어나갔다.

"뭐야? 무슨 일이야?"

"좀 전에 땅 흔들렸잖아. 그럼 지진 아니야?"

"말이 돼? 서울 한복판에 지진은 무슨 얼어 죽을 지진이야?"

"어이! TV 좀 켜 봐!"

사방에서 고함이 들려왔다.

파자마 차림의 아저씨나, 잠옷에 외투를 걸친 아줌마들이 거리로 몰려나와 있었다.

그리고 그때, 갑자기 주변의 모든 빛이 사라졌다.

"정전? 빌어먹을, 이 마당에 정전까지 된 거야? 누가 119에 전화 좀 해! 119!"

어둠 속에서 누군가가 소리칠 때였다.

콰쾅-!

대기를 뒤흔드는 폭음!

좀 전과는 비교도 할 수 없는 충격이 일대를 뒤흔들었다.

와글대며 떠들던 사람들이 앞뒤로 흔들리고, 주변의 건물들은 더 심하게 요동쳤다.

연이어 깨져 나가는 창문 너머에서는 비명이 터져 나왔다.

곳곳에서 울리는 소음! 소음! 소음!

쿠콰콰콰콰–!

뒤이은 굉음이 그 모든 소음을 삼키며 질주하듯이 빠르게 다가오기 시작했다.

그리고 곧, 모두가 볼 수 있을 만큼 가까워졌다.

"저, 저게 뭐야……."

그러나 그게 상황을 이해할 수 있게 됐다는 말은 아니다.

이해할 수 있을 리가 없었다.

그들을 향해 밀려오고 있는 것은 숲!

TV에서조차 본 적이 없는 거대한 원시림이 해일처럼 밀려오며 삼키고 있었다.

태영이 사는 산동네에서 보이던 아파트도, 빌딩도, 거리도, 어둠에 휩싸인 도시를 삼킨 숲은 마치 처음부터 그곳에 있던 것처럼 그 자리를 차지하고 있었다.

"마, 말도 안 돼……."

어디선가 신음 같은 목소리가 흘러나왔다.

그러나 태영은 장담할 수 있었다.

이 자리에 있는 누구도 그보다 충격을 받지는 않았을 거라고. 또 그만큼 잘 이해하고 있는 사람도 없을 거라고.

한눈에 알아볼 수 있었다.

'저 숲은……!'

태영이 날아가던 이계의 숲이다.

"여, 여보, 무슨 일이에요?"

"여보고 저보고 빨리 짐 챙겨! 아니, 짐은 됐고! 애들이나 데리고 나와! 빨리!"

"젠장, 전화! 전화! 왜 안 되냐고!"

"헉! 뭐야, 저게?"

"야! 거기서 뭐 하고 자빠져 있어? 멀뚱히 보고만 있지 말고 빨리 나와!"

오래된 빌라가 모여 있는 골목.

곳곳에서 거친 고함이 연이어 터져 나왔다.

누군가는 건물 밖으로 뛰어나오고, 누군가는 다시 뛰어 들어가기도 했다.

그러나 뭘 해야 할지 아는 사람은 없었다.

그저 해일 같은 숲이 도시를 삼키며 밀려오는 모습에 떠밀리듯 뛰어다닐 뿐이다.

혼란스럽기는 태영도 마찬가지였다.

이런 상황은 그 역시 처음 겪어 보는 것이니까.

당연히 왜 이런 일이 일어나고 있는지, 저 숲은 어디서 어디까지 퍼져 나가고 있는지, 앞으로 이 세상이 어떻게 될지도 모른다.

그러나…….

'도망칠 생각은 없다!'

태영은 이미 질리도록 경험해 보았다.

이 세계에서도, 또 이계에서도, 그건 단 한 번도 답이 된 적이 없다.

원하는 것을 얻기 위해서는 맞서지 않으면 안 된다.

'그리고 여기가 이계라면…….'

태영에게는 충분한 경험과 지식이 있다.

거저 얻은 게 아니다. 죽음을 대가로 치르며 얻은 것들이다.

그게 다른 사람과 태영의 차이이자 최대의 무기!

그러니 활용해야 한다.

그 지식과 경험을 토대로 지금, 아니 앞으로 살아남기 위해 뭘 해야 하는지! 필요한 게 뭐고, 또 그걸 얻기 위해 뭘 해야 하는지!

답은 바로 나왔다.

'정말 저게 내가 아는 그 숲이라면…… 그래, 있을지도 몰라! 그곳에! 아직 남아 있을지도 모른다! 이 세계에 나타난 시점에 이미 이계도 내 기억과는 달라진 셈이지만…….'

고민 따위는 하지 않았다.

아니라면 돌아오면 그만이지만, 사실이라면 일생일대의 기회를 놓치게 될 테니까.

헛걸음을 걱정해 주저할 일이 아니다.

되레 급해지는 마음을 진정시키기 위해 애써야 했다.

'아마도 기회는 한 번!'

무턱대고 서두른다고 될 일은 아니다.

1분을 늦을 때보다, 1분이라도 더 서두르려다가 하는 실수가 더 많은 법이다.

'내 예상이 맞다 해도 준비 없이 가능한 일이 아니야. 그곳까지 가는 길도, 그 뒤에도. 그러니 차분하게 생각해야 한다. 뭐가 필요한지.'

태영은 들썩이는 마음을 가라앉히고 머릿속으로 시뮬레이션해 보았다.

이 역시 수많은 죽음을 겪으며 몸에 익힌 습관이다.

한 번의 죽음이라도 더 피하고자.

앞으로의 동선과 그 과정을 따라 생각을 진행하자 필요한 것들이 하나하나 떠올랐다.

그리고 그것들을 어디서 찾아야 할지도.

'이제 움직일 때다!'

태영은 다시 방으로 뛰어 들어가 차 열쇠를 찾아 쥐고 돌아 나왔다.

그사이 밖은 난장판이 되어 있었다.

태영이 사는 건물 위층에서도 커다란 짐을 짊어진 아줌마가 애들을 데리고 내려오고 있었고, 거리는 그런 사람들이 몸싸움을 벌이듯이 뒤엉켜 있었다.

쿠쿠쿠쿠―!

굉음과 진동은 더 가깝게 전해졌다.

시선을 돌리자 이미 도시 대부분이 숲에 덮여 있었다.

태영은 그 모습을 머릿속에 각인하듯이 새겨 넣고 편의점으로 뛰어갔다.

"당신, 지금 뭐 하는 거야! 그만두지 못해!"

안에서 고성이 들려왔다.

편의점 사장이 서너 명의 사내와 몸싸움을 벌이고 있었다.

그 사이에서 거칠게 흔들리는 커다란 봉투에는 라면이나 생수 따위가 채워져 있었다.

"이거 절도야!"

"이게 왜 절도야? 카드 줬잖아!"

"내 말이 말 같지 않냐? 단말기고 뭐고 다 먹통이라고 했잖아! 아니, 설사 된다고 해도 안 팔아! 놔두라고, 이 새끼들아!"

"이런 빌어먹을! 안 판다고? 그럼 뭐야? 이런 비상사태에 당신이 이걸 다 독점하겠다는 거야? 이거 완전 개새끼구먼! 놔! 이거 안 놔? 놓으라고, 이 새끼야!"

사내가 거칠게 팔을 휘둘렀다.

힘에서 밀린 사장이 중심을 잃고 선반에 이마를 부딪치며 쓰러졌다.

피가 떨어졌지만, 사내는 그 위로 쏟아지는 과자를 더 챙겨 넣고 몸을 돌렸다.

"넌 뭐야? 비켜!"

"잡아! 총각! 그 새끼들 강도야!"

서로 다른 얘기를 하지만, 결국 양쪽 다 똑같다.

그리고 그게 당연하다.

태영이 보기에는 살기 위해 남을 죽이는 인간보다, 남을 위해 죽는 인간이 훨씬 더 뒤틀린 인간이다.

남보다 가족, 남보다 자신, 그게 정상이고 훨씬 인간답다.

태영이 편의점으로 뛰어온 이유도 그래서다.

물론 방법의 차이는 있겠지만.

"괜찮으십니까?"

태영은 사내들을 지나쳐 사장에게 뛰어갔다.

"빌어먹을 놈들이……."

"사장님도 그런 말이나 하고 있을 때가 아닙니다. 무슨 일이 일어나고 있는지 아직 못 봤습니까? 자, 이거 받으세요."

"이, 이건?"

"제 차 열쇠입니다. 사장님 초등학생 애 둘 있으시죠? 맞은편 골목에 세워 뒀으니 빨리 사모님과 애들 데리고 도망치세요. 경차라도 그 정도는 넉넉히 태울 수 있습니다."

"그럼 총각은……."

"이 앞에 세워 둔 오토바이 사장님 거죠? 전 혼자니 그걸로도 충분합니다."

"그, 그래. 알겠네! 고맙네!"

"그런 말은 됐으니까 서두르세요! 오토바이 열쇠는 주시고요!"

"아! 여기 있네!"

허둥지둥 뛰어가던 사장이 주머니를 뒤적이다가 열쇠를 꺼내 던져 주었다.

그리고 뒤늦게 생각난 듯 다시 뛰어와 봉투에 남은 라면이나 생수, 과자 따위를 쓸어 담았다.

태영도 몇 개 집어 들었다.

최소한의 대비고, 원하는 것은 따로 있었다.

'먹을 건 어떻게든 해결할 수 있어! 지금은 앞으로 해야 할 일에 필요한 물건을 챙기는 게 먼저다! 그중에서도 편의점에 있을 만한 거라면…….'

일단 노트와 펜.

창고 구석에 빈 병을 모아 둔 상자도 통째로 들고 나왔고, 카운터 앞에 쌓아 둔 라이터도 손에 잡히는 대로 주머니 곳곳에 쑤셔 넣었다.

'다음은…….'

태영의 눈이 편의점 앞의 테이블에 붙은 파라솔로 향했다.

그러나 손에 쥐는 순간 아니다 싶었다.

잠시 두리번대던 태영은 입구 옆에 세워진 마포 자루를 움켜쥐었다. 걸레 부분을 밟고 잡아당기자 어렵지 않게 봉을 뽑아낼 수 있었다.

알루미늄 재질의 봉.

기대 이상의 가벼움은 기대 이하의 견고함밖에 발휘하지 못할 것이다.

'그래도 없는 것보다는 낫겠지.'

태영은 세트처럼 놓여 있는 빗자루의 봉도 뜯어냈다.

쿠콰콰콰콰-!

그사이 굉음이 한층 가까워졌다.

숲은 이미 태영이 사는 산동네 바로 아래까지 밀려들고 있었다.

그 너머로 보이는 고층 빌딩은 절반 이상이 무너져 있었다. 그 아래에는 무수한 헤드라이트가 마구잡이로 뒤엉켜 있는 모습도 보였다.

그러나 그 불빛이 향하는 지평선 너머에도 이미 많은 빌딩이 허물어져 있었다.

이 사태의 발원지가 한 곳이 아니라는 말이다.

'지체할 시간이 없다!'

태영은 알루미늄 봉을 오토바이의 옆면에 적당히 끼워 고정해 두고 안장에 올라앉았다.

부다다당-!

거친 배기음을 뿜으며 뻗어 나가는 오토바이!

핸들에 고스란히 전해지는 요철의 진동이 낯설게 느껴졌지만, 금세 익숙해졌다.

경사 아래의 도로는 경적을 울려 대는 차로 꽉 채워져 있었다.

태영은 빠르게 핸들을 꺾으며 그 사이를 질주했다.

때때로 스치는 차창 너머에서 놀란 사람들의 얼굴이 보였다.

이유는 알고 있었다.

그들이 왜 그런 얼굴로 바라보는지, 그리고 그를 따라붙듯이 움직이던 얼굴이 왜 경악에 물들어 버리는지도.

'후-!'

태영이 숨을 들이켰다.

그 앞으로 거대한 원시림이 밀려오고 있었다.

거리를 뒤덮고 막아서는 건물을 후려치며. 그럼에도 정작 숲은 원형 그대로를 유지하고 있었다.

기이함을 넘어 괴기스럽기까지 했지만, 그런 건 문제가 되지 않았다.

"오, 온다! 바로 뒤까지 왔어!"
"젠장! 대체 뭐야? 대체 저게 뭐냐고!"
"비켜! 비키라고!"
"아악!"
"죄, 죄송합니다! 죄송해요! 헉! 으아아아!"

문제는 되레 이쪽이다.

수백 미터 거리까지 다가온 숲에 공황 상태에 빠진 사람들.

공포에 떠밀린 사람들이 차에서 와르르 쏟아져 나와 비명을 질러 대며 뛰었다.

그리고 그런 비명마저 집어삼키며 몰려오는 숲!

그야말로 아비규환.

마치 종말 직전의 세계를 보는 것 같은 장면이었다.

'아니, 종말이다! 이다음이 어떻게 되든, 여기서 몇 명이 죽고, 또 몇 명이 살아나든, 내가 알던 세계는 지금 이 순간 이후로 존재하지 않는다!'

그러니 머뭇거릴 시간 따위는 없다.

태영은 기어를 풀고 핸들을 세차게 회전시켰다.

부앙! 부앙! 부아아앙!

거친 소음을 일으키며 공회전하는 엔진.

동시에 태영은 옆 차의 보닛을 밟고 몸을 일으키며 오토바이의 기수를 들어 올렸다.

그리고 앞바퀴가 보닛에 걸쳐지는 순간 기어를 넣고 다시 한번 핸들을 회전시켰다.

부다다당-!

야생마처럼 날뛰며 퉁겨 올라가는 오토바이!

태영은 그 탄력을 이용해 단숨에 자체를 넘어갔다.

그리고 다음 차, 또 다음 차, 닿을 정도로 바짝 붙어 있는 자동차 위를 빠르게 가로질렀다.

쿠콰콰콰콰-!

그사이 숲도 바로 앞까지 밀려왔다.

그리고 좌우에서 비명을 터뜨리던 사람들이 흙더미에 삼켜지는 순간, 태영은 풀었던 핸들을 다시 끝까지 잡아 돌렸다.

콰직!

오토바이가 앞차의 유리를 찢으며 튀어 올랐다.

태영의 시야 속에서 마치 슬라이드가 넘어가듯이 현대적인 도시의 풍경이 사라지고, 울창한 수풀에 뒤덮인 원시림이 펼쳐졌다.

텅-! 콰콰콰콰-!

그리고 이어지는 충격!

오토바이에서 퉁겨 나가 구르던 태영의 몸이 아름드리나무에 부딪히고 나서야 멈췄다.

태영은 터져 나오는 신음을 삼키며 몸을 일으켰다.

주위는 그야말로 밀림이었다.
그리고 그 수풀 사이로 삐죽삐죽 튀어나와 있는 손과 발.
무턱대고 도망치다 숲에 삼켜진 사람들이다.
모두 죽은 건 아니었다.
허우적대며 자력으로 흙을 헤치며 기어 나오는 사람도 있었고, 무너진 건물 사이에서도 쉴 새 없이 사람들이 쏟아져 나왔다.
그러나 태영의 관심사는 아니었다.
'오토바이! 오토바이는…….'
부릉! 부릉!
움직인다. 그럼 문제 될 게 없다.
이에 태영이 다시 오토바이에 올랐을 때였다.
"어이! 거기!"
반쯤 허물어진 건물 앞에서 고함이 들려왔다.
"어? 너, 태영이냐? 김태영! 맞지?"
뒤이은 목소리에 고개를 돌리자 익숙한 얼굴들이 눈에 들어왔다.
박 과장과 몇몇 남자 직원들이었다.
그 뒤로 꽤 선정적인 상호가 적힌 간판이 떨어져 있었다.
뭘 하고 있었는지는 알겠지만, 왜 안도하는 얼굴로 태영을 보고 있는지는 모르겠다.
"그 오토바이, 네 거냐? 잘됐다! 나! 나 좀 태워 줘!"

뭐 이런 거겠지만.

"왜?"

"왜, 왜라니? 보고도 몰라? 난 처자식이 있는 몸이라고!"

"그럼 집으로 갔어야지."

"뭐? 이 자식이 어디서 감히…… 그래, 이제 상사도 뭣도 아니라 이거지? 그럼 내지! 10만 원이든 20만 원이든 내겠다고! 네가 집어 던진 그 사표를 내일 인사과에 제출해도 좋다면 말이다!"

박 과장의 말에 태영은 웃어 버리고 말았다.

이놈은 아직 상황을 모른다.

그러나 굳이 태영이 설명해 줄 필요는 없었다.

태영의 예상대로라면 곧 시작될 테니까.

"아, 안 돼!"

"뭐, 뭐야, 이건? 크! 으아아아-!"

이런 상황이 말이다.

비명을 질러 대는 사람들을 덮치는 짐승!

마치 불에 지져진 듯이 울긋불긋한 살점이 엉겨 붙은 거대한 개 형상의 괴물은 그라울, 초기에 태영을 수없이 잡아먹었던 이계의 몬스터다.

그리고 지금, 같은 일이 벌어지기 시작했다.

"괴, 괴물이다!"

"호악! 뭐야? 뭐냐고! 저리 가! 호악! 컥!"

"사, 살려 줘!"

수풀 속에서, 무너진 빌딩 사이에서, 심지어 빌딩 내부에서도 연이어 터져 나오는 비명!

'틀림없어! 이 숲은 분명 이계, 내가 항상 날아가던 그때 그 숲이다!'

예상이 확신으로 변하는 순간이었다.

"과, 과장님!"

"뭐, 뭐야, 저게?"

물론 같은 장면이라도 태영과 박 과장 일행이 느끼는 감정은 온도 차가 생길 수밖에 없었다.

"비, 빌어먹을! 내놔! 그 오토바이 내놓으라고, 이 자식아!"

그때 박 과장이 와락 달려들었다.

순간 태영이 핸들을 당기자 맹렬히 회전하며 튀어 오른 바퀴가 그의 허리를 찍었다.

그리고 차가운 눈길로 비명을 터뜨리며 굴러가는 박 과장을 바라보았다.

"크윽! 이, 이놈이……."

"너는 네 살길을 찾아라. 나는 내 살길을 찾을 테니까."

태영의 눈이 박 과장 뒤에서 황망한 얼굴로 바라보는 직원들에게 향했다.

"너희들도."

부앙! 부아아앙-!

"헉! 아, 안 돼! 멈춰! 멈추라고!"

그리고 바로 액셀을 당기며 질주하자 뒤에서 비명 같은 고함이 들려왔다.

그러나 그게 오토바이를 멈출 이유는 되지 못했다.

그가 아닌 다른 누구라도.

처음 이 숲을 봤을 때부터 지금까지, 태영의 머릿속에는 오직 한 가지 생각밖에 없었다.

'기필코 살아남겠다! 이번에는! 끝까지!'

이를 위해 해야 할 일을 한다.

그 외에 다른 데 눈 돌릴 여유도, 멈춰 서서도 안 된다.

크르르르!

설사 그라울이 앞을 가로막아도!

"뭐 그렇겠지."

태영의 입술이 살짝 비틀어졌다.

그 앞으로 보이는 주유소 안쪽에 대여섯 마리의 그라울이 모여 있었다.

놈들의 대가리가 모여 있는 곳에서는 피 묻은 옷자락이 쉴 새 없이 들썩대고 있었다.

차마 그 덕분이라고 할 수는 없지만, 그냥 지나쳐 가도 큰 문제는 없을 것이다.

그러나 연료계의 눈금이 레드라인에 걸쳐져 있었다.

그래도 목적지까지는 버틸 것 같지만, 장담할 수는 없었고, 뒷일까지 생각하면 당연히 충분하지 않다.

'여긴 외곽 도로로 빠지는 길목이라 수십 킬로미터 내에는 다른 주유소가 없어. 선택의 여지는 없다.'

고민은 길지 않았다.

태영은 망설임 없이 액셀을 잡아 돌렸다.

부아아앙–!

시체를 뜯어 대던 놈들이 움찔하며 일제히 머리를 돌렸다.

그 머리를 따라 몸이 회전했고, 피에 젖은 아가리를 길게 찢으며 달려오기 시작했다.

크와아아–!

지긋지긋할 정도로 들어 본 포효.

그래서 알고 있다.

놈들의 패턴 정도는. 지긋지긋하게 들어 봤고, 지긋지긋하게 당해 봤으니까.

"이거나 처먹어라, 개새끼야!"

태영이 펄쩍 뛰며 달려드는 놈을 향해 오른팔을 내질렀다.

와드득!

살점이 뜯어지는 소리가 울렸다.

그 사이에서 터져 나온 피가 놈의 아가리를 채우고 넘쳐 아래로 콸콸 쏟아졌다.

놈의 피다.

태영이 움켜쥔 마포 자루에 몸을 관통당한.

부아아앙—!

태영은 알루미늄 봉에 놈을 꿴 상태로 한층 속도를 올리며 그라울 무리를 단숨에 돌파했다.

그리고 주유기 앞에서 핸들을 꺾으며 멈추자 후미에 있던 놈이 몸을 돌리며 달려들었다.

와드득!

엄청난 턱 힘이었다.

놈의 송곳니는 단숨에 근육을 찢고 뼈까지 으스러뜨렸다.

태영은 되레 더 깊이 밀어 넣었다.

놈이 씹어 대는, 알루미늄 봉에 꿰인 동족의 몸을.

그리고 재빨리 주유기의 노즐을 잡아채 한껏 벌어진 놈의 아가리 틈에 쑤셔 박았다.

"네놈은 이거다!"

피와 함께 놈의 배 속으로 콸콸 흘러 들어가는 휘발유!

뒤이어 태영의 손에 라이터가 쥐어졌고.

펑! 화르르르—!

그 앞에서 화염이 폭발했다.

놈이 불길이 뿜어져 나오는 아가리를 바닥에 비벼 대며 몸부림쳤다.

말 그대로 속이 타들어 가는 모습이다.

태영은 기꺼이 그 위에 휘발유를 끼얹어 주었다.

이미 숯처럼 변해 버린 놈을 중심으로 넓은 반원을 그리고, 다시 반대쪽에서부터 휘발유를 분사하며 끌고 와 불길을 이어 붙였다.

놈들이 물어뜯던 시체도 그 불길에 휩싸였지만, 그런 건 아무래도 상관없다.

태영에게 가장 중요한 건 태영 자신.

그 외에는 신경 쓸 여력도 없었고, 하물며 시체라면 말할 것도 없다.

뭐 시체도 놈들에게 뜯어먹히는 것보다는 차라리 이편이 나을지도 모르지만 어쨌든.

"어디 덤벼 봐, 이 새끼들아!"

태영은 빗자루에서 뽑은 봉을 좌우로 휘두르며 소리쳤다.

그러나 더 바쁜 건 발이었다.

놈들은 불길 탓에 쉽게 접근하지 못했지만, 그 불은 태영에게도 위협!

오토바이의 주유구에 박아 넣은 노즐에 작은 불똥이라도 튀면 몽땅 날아간다.

바닥에 떨어진 기름에 옮겨붙은 불을 밟고 밀어내야 한다는 말이다.

그 덕에 다행히 참사 없이 오토바이는 만땅!

이어 주유기 옆의 기름통까지 채워 실은 태영이 다시 오토바이에 올랐다.

그리고 몸을 최대한 움츠린 채 그대로 돌진!

부아아앙-!

흩어지는 불길 너머로 놈들이 보였다.

멀찌감치 떨어져 있던 놈들이 태영이 불길을 뚫고 나오자 득달같이 몰려들었다.

"놓치지 않겠다는 거냐?"

태영은 급브레이크를 잡으며 멈춰 섰다.

그리고 한쪽 다리로 바닥을 찍고 차체를 눕히며 다시 액셀을 당겼다. 타이어가 찢어지는 듯한 소리가 울리며 오토바이가 360도로 회전했다.

"나도 그냥 갈 생각은 없었어!"

태영이 다시 차체를 세워 질주하며 소리쳤다.

그리고 그때, 몰려들던 그라울 떼는 몸을 뒤틀며 바닥을 구르고 있을 뿐이었다.

당연한 결과다.

태영도 눈과 코가 시큰거리니, 그보다 10배쯤 예민한 놈들은 죽을 맛이 될 수밖에 없다.

오토바이를 회전시킬 때 편의점에서 챙겨 온 후추 1통을 몽땅 뿌려 놨으니까.

놈들을 이곳에 붙잡아 두기 위해서다.

사방에 불길이 번지고, 그나마 막고 있던 태영이 속도를 높이며 멀어지고 있으니…….

펑! 화르르르!

주유소가 이렇게 돼 버리는 건 당연지사.

화산처럼 터져 나오는 불길에 삼켜진 똥개들의 말로도 마찬가지다.

굳이 확인할 필요도 없다.

이미 몸으로 전해지고 있으니까.

'이 느낌…….'

몸속에서 퍼지는 자글거리는 감각.

태영은 그 감각이 뭘 의미하는 것인지 알고 있었다.

"그저 이 숲이나 몬스터만 이 세계로 온 게 아니라는 말이겠지. 그래, 당연히 그래야지."

태영이 세운 모든 계획은 바로 거기서부터 출발하는 것이니까.

그러나 마냥 좋아할 일은 아니었다.

고작 그라울 몇 마리로 그런 감각을 느껴지는 건 지금 태영이 그만큼 약한 존재라는 의미.

새삼 이제 시작이라는 생각도 들지만.

"개자식들!"

빠르게 스쳐 지나가는 수풀 사이에서 언뜻언뜻 드러나는

검은 그림자!

폭음을 듣고 몰려드는 그라울 무리다.

"상관없어! 얼마든지 와라! 네놈들 따위, 백 마리든, 천 마리든, 조금도 겁나지 않아!"

그냥 하는 말이 아니다.

애초에 놈들의 발로는 전력 질주하는 오토바이를 따라잡을 수 없다.

그리고 그 발은 또 하나의 치명적인 약점을 가지고 있다.

깽-!

놈들이 개소리를 질러 대며 뚝뚝 떨어져 나가는 이유가 그 때문이다.

후추는 아직 충분하고, 개 발로는 코를 막을 수 없으니까.

태영이 걱정하는 건 따로 있었다.

'내가 제대로 가고 있다면 이미 경계는 넘었을 거다. 게다가 좀 전에 그렇게 큰 폭발음이 울리고, 그라울까지 이렇게 떼를 지어 몰려든다면 십중팔구…….'

퍼펑-!

측면에서 폭음이 울린 건 그때였다.

좀 전에 주유소가 폭발할 때와는 확연히 다른 소리였다.

일시에 수십 그루의 나무가 으스러지는 것 같은, 아니 그 소리다.

'놈이다!'

태영은 등골이 쭈뼛했다.

좌측 후방에서 치솟아 오르는 거대한 그림자!

고개를 돌려 확인할 여유는 없었다. 그리고 그럴 필요도 없었다.

태영이 이계로 날아갈 때마다 시작점이었던 이 숲은 서울시 전체 면적과 맞먹는 크기다.

뒤에서 나타난 놈은 그 방대한 숲의 최상위 포식자 중 하나!

그에 비하면 그라울 따위는 먹이 피라미드의 최하위, 플랑크톤이나 다름없는 존재에 불과하다.

당연히 놈들은 냄새만 맡고도 진즉에 도망쳤을 것이고.

쿠쿵! 쿠콰콰콰–!

태영의 뒤로 빠르게 따라붙는 굉음!

'모르고 온 것도 아니니 새삼 기겁할 일도 아니지만…….'

예상은 하고 있었다.

바로 지리며 도망친 똥개들과 달리 태영은 놈의 영역 한복판을 가로지르고 있으니까.

그러나 이게 최선이다.

'그래, 겁먹을 이유는 없어. 그런다고 달라질 것도 없고, 어차피 지금 내 처지에서는 저놈이나 다른 놈들이나 매한가지다! 내가 이계로 갔을 때와는 상황이 달라! 그라울이 이렇게 날뛰어 대면 곧 다른 놈들도 몰려들 거고, 그때는 기회

가 없어! 지금이 아니면 안 돼! 어차피 감수해야 할 위험이라면……!'

부아아앙!

목표를 향해 일직선, 최단 거리로!

물론 그렇다고 정말 아무런 대책도 없이 이 길을 택한 건 아니다.

'떨어 낼 방법이 없는 것도 아니야!'

이 길밖에 없다고 생각했을 때 떠올랐다.

놈을 알고, 또 이 세계에 대해 알기에 떠올릴 수 있는 방법이다.

그리고 그건 이미 태영의 앞에 있었다.

'이제 조금만 더! 더!'

태영이 필사적으로 액셀을 당기며 바라보는 터널!

"됐어! 들어왔다!"

터널에 진입하자 꾹 다물었던 태영의 입에서 절로 환호성이 터져 나왔다.

그러나 그게 끝은 아니었다.

콰광! 쿠콰콰콰─!

바로 뒤를 이어 울리는 폭음!

그 직후에 잠깐 멈추는가 싶었지만, 다시 굉음을 울리며 태영을 따라붙었다.

그러나 그 정도는 예상했었다.

따라붙는 속도가 점점 떨어질 것도, 반대쪽으로 빠져나올 때쯤은 더 따라붙지 못하게 되리라는 것도.

쿠오오오오오-!

뒤에서 성난 울음을 토하는 놈의 몸 때문이다.

놈의 이름은 헬 스네이크.

앞에 붙은 헬을 떼어 놓으면 스네이크, 뱀이다.

그것도 두께가 터널의 지름과 맞먹을 정도로 거대한, 아니 천장이 무너져 내린 걸 보면 실제로는 더 큰 모양이다.

그러나 놈이 터널 밖으로 대가리만 내민 채 괴성을 질러 대는 이유는 붕괴한 천장 탓이 아니다.

신체 구조 때문이다.

뱀은 몸을 구불구불 움직이지 않으면 앞으로 나가질 못하니까.

그러나 놈이 요동칠 때마다 쩍쩍 갈라지는 벽과 천장을 보면 터널도 그리 오래 잡아 두지는 못할 것 같다.

새삼 괴물이라는 생각이 들지만.

“일단 고비는 넘겼군.”

이제 추격을 걱정할 필요는 없다.

다른 몬스터도 그렇지만, 설사 헬 스네이크가 터널을 뚫고 나온다고 하더라도.

“이제 곧…….”

목적지가 얼마 남지 않았기 때문이다.

어림짐작이 아니다.

태영은 이계로 날아가면 항상 같은 자리였지만, 몇 번 다른 곳에서 깨어난 적이 있었다.

자정까지 차를 타고 달려 봤을 때였다.

그건 이 세계의 좌표가 그대로 이계에 대입된다는 증거.

태영은 이를 기준으로 삼아 목적지의 위치를 알아냈고, 헬스네이크의 등장으로 확신하게 되었다.

그리고 곧 사실로 드러났다.

기억을 더듬어 가자 일정 경계부터 주변의 나무가 모두 고목으로 바뀌었다.

"역시 저것도 있었어!"

이계에서처럼, 태영의 목적지는 그 안쪽에 자리 잡고 있었다.

오래전에 무너진 채 방치되어 겨우 과거에 성이었다는 것만 알아볼 수 있는 유적.

저주받은 폐허.

그게 이 폐허에 붙은 이름이다.

물릴 정도로 흔한 이름이고, 실제 이계에도 비슷한 이름의 유적이 수십 개나 있다.

그러나 이 유적은 특별하다.

태영이 그 비밀을 알게 된 지는 꽤 되었고, 몇 번이나 찾아와 보기도 했다.

그러나 단 한 번도 도달한 적이 없었다.

아니, 정확히 말하면 번번이 한발 늦었다고 해야겠지만 어쨌든.

"하지만 이번에는……."

태영은 오토바이를 세우고 챙겨 온 짐을 내렸다.

필요한 재료는 편의점에서 챙겨 온 공병과 주유소에서 챙겨 온 휘발유.

찌익-!

그리고 입고 있던 옷에서 찢어 낸 천 조각.

그 세 가지를 모두 합하면 만들어지는 건 하나밖에 없다.

화염병!

"이게 제대로 먹혀야 할 텐데……."

태영은 재킷을 벗어 화염병을 채워 넣고 양 소매를 묶어 가방처럼 둘러맸다.

그리고 자세를 낮추고 소리를 죽이며 폐허로.

외곽의 벽에 몸을 숨기고 주위를 둘러봤지만, 아무런 기척도 느껴지지 않았다.

조용하다기보다는 숨 막힐 듯한 정적.

그게 정상이다.

이 유적은 그 헬 스네이크조차 다가오지 않는 곳이니까.

태영은 마치 잠수하듯 크게 들이켠 숨을 멈추고 천천히 벽을 돌아 나왔다.

그리고 안으로 한 걸음 내디딘 순간!

"……!"

소리는 없었다.

그러나 무너진 벽 사이에서 떠오르는 녹색의 연기 같은 형체는 확실히 보였다.

"칫, 역시 들키지 않고 들어갈 수는 없는 건가."

이제 몸을 숨기거나 기척을 죽이는 건 아무 의미가 없다.

태영은 얼른 반대 방향으로 뛰었다.

그리고 측면에 보이는 무너진 담장을 뛰어넘어 들어가자 그 앞에서도 직전에 봤던 녹색 빛이 떠오르고 있었다.

먼저 떠오른 건 머리를 풀어헤친 해골의 얼굴.

그 아래로 넝마처럼 찢긴 로브를 펄럭이는 반투명한 몸이 떠올랐다.

소매 밖으로 나온 뼈만 남은 손에는 거대한 칼날이 붙은 낫이 쥐여 있었다.

"좋아! 그래, 어디 해보자!"

태영이 재빨리 화염병에 불을 붙여 던졌다.

퍼펑-!

폭발과 함께 형태를 갖춰 가던 놈이 갈가리 찢어졌다.

"됐어! 통했어!"

해치웠다는 말이 아니다.

헬 스네이크조차 이 유적에 접근하기를 꺼리는 이유가 바로 그놈이다.

슈루루루.

같은 자리에서 다시 모여드는 녹색 기류.

그게 놈의 정체다.

팬텀 리퍼, 이름 그대로 유령에 가까운 존재다.

놈에게는 물리 공격도 통하지 않는다. 이계에 만연해 있는 마법마저도 대부분 통하지 않는다.

애초에 놈은 고정된 형태로 존재하는 게 아니기 때문이다.

'하지만 아직 형체를 갖추기 전이라면!'

태영이 몸을 날리며 뭉쳐지는 녹색 기류를 뚫고 나왔다.

"큭!"

다리에 저릿한 통증이 느껴졌다.

몸을 굴리며 일어나 확인해 보니 삭은 것처럼 너덜너덜하게 찢긴 바지 사이로 시커멓게 변한 장딴지가 보였다.

뭔지 안다.

놈이 들고 있는 거대한 낫은 장식이다.

실제 놈의 무기라고 할 수 있는 것은 그 몸 자체!

몸을 이루는 기류에 살짝 닿기만 해도 이런 식으로 살이 타들어 간다.

물론 그게 낫은 괜찮다는 말은 아니고, 뒤에서는 처음 본 팬텀 리퍼가 낫을 들고 날아오고 있었다.

그리고 화염병에 흩어졌던 놈도!

'멈추면 죽는다!'

태영은 욱신대는 다리에 힘을 빡 주고 일어나 뛰었다.

그때 앞에서 또 다른 팬텀 리퍼가 떠올랐다.

황급히 방향을 틀어 무너진 통로 쪽으로 몸을 돌리자 맞은 편에서도! 심지어 그 중간 부분의 벽 틈새에서도 녹색 기류가 흘러나오고 있었다.

"빌어먹을!"

퍼펑-!

태영은 바로 화염병을 투척했다.

이어 흩어지는 팬텀 리퍼 사이로 몸을 날리자 이번에는 어깨가 욱신거렸다.

'시간을 끌수록 더 위험해진다!'

몸을 일으킨 태영은 계단을 뛰어 올라갔다.

그 앞에 또 팬텀 리퍼가 있었다.

퍼펑-!

화염병을 날리며 돌파하자 이번에는 목 언저리가 시커멓게 변했다.

숨을 쉬기도 힘들어졌지만, 태영은 저릿저릿한 어깨를 움켜쥐고, 질질 끌리는 다리를 움직이며 계단을 따라 올라갔다.

과거에 몇 번이나 찾아왔던 덕분에 알고 있어서다.

그리고 그 기억대로 태영이 올라온 계단 끝에 있는 성벽은 허물어져 있었다.

유적 내부의 광장까지, 완만한 경사를 이루며.

바로 그거다.

그 성벽의 잔해를 타고 내려가는 게 이 유적의 숨겨진 장소에 이르는 최단 루트!

"어? 뭐, 뭐야?"

그러나 태영의 입에서 나온 건 당혹성이었다.

먼저 눈에 들어온 건 팬텀 리퍼였다.

아래의 광장에는 1마리만으로도 대형 던전의 보스로 손색이 없는 팬텀 리퍼가 떼로 모여 있었다.

그러나 문제는 놈들이 아니었다.

아니, 놈들이 하필이면 목적지인 광장에 떼 지어 모여 있는 것도 심각한 문제이기는 하지만.

"어, 없어?"

더 심각한 문제는 보이지 않는다는 것이다.

그 광장에 당연히 있어야 할, 태영이 기억 속에는 있는 문이.

'어떻게 된 거지? 설마 그 공간은 이 세계로 넘어오지 않은 건가? 아니, 그렇다고 해도 문까지 보이지 않는 건……

그렇다면 뭐지? 어째서 그때는 있었던 문이…….'

머릿속에서 무수한 의문이 빗발쳤다.

그러나 지금 해야 할 일은 생각이 아니라 선택이었다.

우우우우―!

뒤에서 다가오는 팬텀 리퍼를 뚫고 유적을 탈출할지, 아니면 팬텀 리퍼가 득실대는 광장으로 향해 보이지 않는 문을 찾아볼지.

'그거야…….'

고민할 문제가 아니었다.

태영은 이를 꽉 깨물고 구르듯 잔해를 타고 내려갔다.

당연히 광장에 득실대던 팬텀 리퍼들이 우르르 몰려들었고, 당연히 태영의 손은 분주하게 화염병의 심지에 불을 붙였다.

퍼펑! 퍼펑! 퍼펑!

그리고 한꺼번에 몽땅 투척!

연이은 폭발에 벌 떼처럼 몰려오던 팬텀 리퍼가 확 퍼지며 흩어졌다.

그게 태영의 선택이다.

'문은 있다!'

거기에 남은 화염병과 목숨을 걸기로 했다.

그건 수십, 아니 수백 번 이상 이곳에 와서 직접 본 사실이니까.

물론 지금 보이지 않는 것도 사실이기는 하지만, 그런 건 때때로 있는 일이다.

태영이 질리도록 경험해 본 이계에서는.

'역시 있어!'

지금처럼 눈과 손이 다른 말을 하는 경우가 말이다.

눈에 보이는 것은 흙바닥이지만, 손에 느껴지는 것은 금속의 질감!

'틀림없이 문이다! 그래, 난 열려 있는 모습만 봤으니까, 도굴당하기 전에는 이렇게 감춰져 있었던 건가? 그런데 이 문…….'

열리지 않았다.

아무리 밀고 당겨 봐도 꼼짝도 하지 않았다.

~~우우우우~~!

팬텀 리퍼들이 원형을 되찾아 가는데도!

속이 바짝바짝 타들어 갔다.

방법을 찾지 못하면 타들어 가는 게 속만이 아닐 테니까.

'뭔가 열쇠가 필요한 건가? 아니야. 그럴 리가 없어. 몇 번이나 이 문을 조사해 봤지만, 열쇠 구멍 같은 걸 본 적은 없어. 아니, 잠깐? 그러고 보니 이 문, 위장 마법이 걸려 있잖아. 그럼 이 문에도 뭔가 마법적인 잠금장치 같은 게 걸려 있을지도…….'

경사를 내려오기 전에는 미처 생각하지 못했던 부분이다.

그러니 지금도 생각하지 않는 편이 좋다.

그런 문제라면 어차피 방법이 없고, 결과는 뻔하니까.

그런 상상이나 하며 지리고 있을 바에는 차라리 한 번이라도 더 더듬어 보는 편이 낫다.

이에 태영이 허둥지둥 바닥을 더듬어 갈 때였다.

'어? 가만? 이건…….'

손에 잡히는 둥근 금속 물체.

문 모서리에 덧댄 금속을 고정하기 위해 위한 못의 머리다.

과거 태영은 그 못을 보며 참 허접하게도 만들었다는 생각을 한 적이 있었다.

중간에 몇 개가 드문드문 주저앉아 있었기 때문이다.

그러나 지금 손에 느껴지는 못은 모두 제대로 박혀 있었다.

'어쩌면…….'

그중 하나를 찾아 힘주어 눌러 보니 역시나, 안으로 밀려 들어갔다.

답은 나왔다. 이제 남은 건…….

우우우우!

"젠장! 시끄러워, 이 자식들아!"

태영이 와락 인상을 찌푸리며 버럭 소리쳤다.

이에 낫을 휘두르며 몰려들던 팬텀 리퍼들이 흠칫……할

리가 없었다.

애초에 들을 수 있는지도 모르겠지만.

우워어어어-!

들을 수 있는 것 같다.

놈들은 한층 성난 괴성을 질러 대며 와락 그 위를 덮쳤다.

"헉! 으악!"

태영의 입에서 비명이 터져 나왔다.

놈들이 덮친 위치보다 조금 아래의 공간에서.

벌떡 몸을 일으킨 태영은 주변을 둘러본 뒤에야 안도의 한숨을 불어 냈다.

태영이 일어난, 정확히는 굴러떨어졌다가 일어난 곳은 계단이었다.

안쪽을 향해 벌어져 있는 철문 아래의 계단.

우워어어어-!

팬텀 리퍼들은 그 앞에 모여 이렇게 꽥꽥 소리만 쳐 대고 있었다.

당황할 이유는 전혀 없었다.

태영은 놈들이 들어오지 못하리라는 것도, 그 이유도 알고 있었다.

예전에 왔을 때도 봤기 때문이다.

철문 뒤쪽의 벽에 빙 두르듯이 적혀 있는 문자를.

노 팬텀 리퍼 존.

진짜 이런 내용은 아니지만, 비슷하다.

부정형 몬스터의 접근을 막는 일종의 결계 주문이다.

그래도 식겁하게 생긴 놈들이 바로 앞에서 떼로 모여 발광하고 있으니 신경은 쓰이지만.

"거참, 귀 따가워 죽겠네."

당장은 이 정도 의미밖에 없는 일이다.

그것도 나선형을 그리며 아래로 뻗어 있는 계단을 따라 내려가면 덜해질 테고, 실제로 점점 작아지던 괴성은 이내 들리지 않게 되었다.

그리고 나타나는 석실.

내부는 단출하기 짝이 없었다.

낡은 책상과 고작 서너 권의 책이 쌓여 있는 책장, 그 아래에 놓여 있는 검은 상자가 전부였다.

그러나 태영은 알고 있었다.

이곳에는 눈에 보이는 것보다 훨씬 많은 것이 숨겨져 있다.

'하지만 그런 것도 나중 일이고 지금은…….'

"저거지!"

검은 상자로 향한 태영의 눈이 네온사인처럼 빛을 뿜어냈다.

그런다고 눈에 X-ray 기능이 생기는 것은 아니지만, 태영은 그 상자에 뭐가 들었는지 선명하게 보였다.

그 정도로 많이 봐 왔기 때문이다.

그러나 단 한 번도 손에 쥐어 본 적은 없었다.

그것의 존재를 알고 찾아왔을 때는 이미 다른 놈이 털어간 뒤였다.

그다음에도, 또 그다음에도.

나중에는 오기까지 더해져 죽음을 불사한 타임 어택까지 강행해 봤지만, 결과는 달라지지 않았다.

그리고 마침내 알게 되었다.

'다 삽질이었지.'

더는 1초도 줄일 수 없다는 확신이 드는 속도로 도착했을 때, 딱 마주쳤기 때문이다.

번번이 태영보다 먼저 털어 갔던 그놈과.

그리고 그때, 태영은 허탈한 한숨을 불어 내며 죽었다.

절망한 나머지 죽어 버렸다는 말이 아니다.

살해당했다.

그저 거슬린다는 이유로.

덧붙이자면 그게 처음도 아니었다. 그 전에도, 후에도, 정말 숱하게 죽었다.

그 망할 놈에게!

사실 그게 태영이 회귀할 때마다 끈질기게 이곳을 찾아왔던 이유이기도 했다.

태영은 이계에서 수많은 사람을 만나 보았다.

그들과의 관계는 그때마다 달랐다.

어떨 때는 동료였던 사람이 적이 되기도 하고, 그 반대가 되는 일도 종종 있었다.

그러나 단 1명, 그놈은 예외다.

대체 무슨 악연인가 싶지만, 그놈만은 어떤 선택을 하든 만나게 되고, 또 어떤 선택을 하든 적이 되었다.

더 짜증 나는 건 그놈이 괴물이라는 점이다.

일단 성격부터가 사람 같지 않지만, 더 괴물스러운 건 놈의 힘!

그리고 그 괴물스러운 힘을 한층 더 괴물스럽게 만들었던 게 바로 상자 속의 내용물이다.

쥐어 본 적도 없는 물건을 그토록 잘 아는 이유가 그래서다.

수없이 죽어 봤으니까.

덜컹-!

"후…… 그래, 드디어……."

태영이 회한이 얽힌 눈으로 상자 속을 바라보았다.

일반 장검보다 조금 짧은 길이, 뱀처럼 보이는 가죽으로 덮인 검집, 손잡이에는 붉은 천이 둘둘 말려 있는 한 자루의 검.

바로 그 검이다.

싫어도 알 수밖에 없었다.

그 검이 어떤 검이고, 또 어떤 힘이 있는지.

놈의 손에 들린 그 검에 무수히 썰려 본 경험이 있으니까.

거기까지 생각해 버리면 좀 찜찜한 기분이 들기도 하지만.

"이제 그럴 일은 없다! 이제 이 검은 내 검이니까!"

－내가 왜 네 검이냐?

머릿속에 목소리가 울린 건 그때였다.

그와 동시에 태영은 이 검에 대해 잘 안다고 생각했던 게 착각이었음을 깨달았다.

그 목소리가 어디서 흘러나온 것인지 바로 알아챘기 때문이다.

손에서 진동하는 검!

"이, 이건……."

－좋게 말할 때 내려놓고 꺼져라. 일일이 상대해 주기도 귀찮다.

생각지도 못하고 있었다.

이 검에 말하는 기능까지 붙어 있는 줄은.

그러나 그게 뭘 의미하는지는 바로 이해할 수 있었다.

이계 밥 먹은 게 한두 해가 아니니까.

"에고 소드? 설마…… 이 그리모어가 에고 소드였을 줄은……."

－응? 잠깐. 뭐냐, 너? 반응을 보면 나에 대해 모르고 있던 것 같은데, 내 이름은 어떻게 알고 있는 거지?

그놈에게 들었다.

물론 친절하게 가르쳐 준 건 아니다.

붕붕 휘둘러 대며 떠드는 소리를 주워들은 거다.

사실 그때도 좀 이상하다는 생각을 하긴 했다. 무슨 중2병 환자처럼 일일이 검 이름을 떠들어 대는 게.

'그렇군. 그래서…….'

아무래도 중 2병은 아니었던 모양이다.

그래도 여러 가지 면에서 정신적으로 어딘가 많이 아픈 놈이라는 건 분명하지만.

'귀찮게 됐군.'

당장은 이쪽이 더 걱정이다.

태영은 에고 소드가 어떤 물건인지 알고 있었다.

일단 의지가 깃들어 있다는 것만으로도 아티팩트급의 무기. 그 위력은 일반 마법 검 따위와는 비할 수준이 아니다.

그러나 그게 최대 단점이기도 하다.

굳이 깊게 생각할 필요도 없다.

냉장고나 보일러에 의지가 있어 제 하고 싶은 대로 한다면 어떤 사태가 벌어질지는 뻔하니까.

게다가 좀 전에 이 녀석이 한 말만 들어도 대강 예상이 되었다.

"네 이름을 어떻게 알고 있는지 말해 주기 전에 물을 게 있다. 너는 나를 주인으로 삼을 생각이 있나?"

—돌았냐?

이렇게 삐딱하게 나올 거라고 말이다.

"왜지?"

—되레 묻고 싶군. 내가 왜 너를 주인으로 삼아야 하지?

듣고 보니 그렇기는 하다.

물론 그렇다고 고개를 끄덕이며 슬쩍 내려놓을 수는 없다.

그토록 원했고, 이제야 손에 넣었고, 필요하니까.

"나는 네 힘이 필요하다."

—알 바 아니다.

"그렇겠지. 그러니 들어 보지. 뭔가 원하는 게 있나?"

—검이 뭘 원할 것 같나?

"죽이는 거?"

—하! 놀고 있군. 그거야 네가 원하는 거겠지. 검을 원하는 이유는 결국 그 용도일 테니까.

그것도 듣고 보니 그렇긴 하다.

아니, 검에 그 외의 용도가 있긴 하나?

—그래도 원하는 게 없다고는 할 수 없지만…… 굳이 말할 필요는 없겠지.

"어째서?"

—나는 하찮은 인간들의 손에 이리저리 끌려다니는 데 질렸다. 다시 주인을 섬기고 싶은 생각은 없다.

"이런 음침한 곳에서 푹푹 썩는 건 좋냐?"

―물론 나는 영원을 사는 존재이니 언젠가는 다시 주인을 섬길 때가 올지도 모르지. 하지만 그게 너는 아니다.

"나는 아니라니? 뭐야, 그 차별적인 발언은? 어떤 놈은 되고, 어떤 놈은 안 되고, 대체 기준이 뭐야?"

―뭔 헛소리를 하는 거냐? 어떤 놈이 누군데? 난 수백 년 동안 주인으로 섬긴 적이 없다!

있다, 그것도 수십 번이나. 이 녀석은 모르겠지만.

그때 다시 검이 진동했다.

―무슨 말을 하는지는 몰라도 하나는 알겠군. 네가 주제 파악을 못 하는 놈이라는 걸 말이야.

"주제 파악? 이제 인신공격까지 하는 거냐?"

―하아, 정말 모르는 건가? 그건 그것대로 한심하다 싶지만, 할 수 없지. 너 같은 놈과 말 섞기도 귀찮으니 그냥 내가 보여 주마, 네 주제를.

그리모어가 한심하다는 듯이 혀를 차며 말했을 때였다.

[―]

근력 : 39
순발력 : 41
지구력 : 40
종합 평가 레벨 : 7

눈앞에 이런 메시지가 떠올랐다.

처음 보는 건 아니다.

이계에는 이런 식으로 사람의 능력치를 파악하는 마도구가 있었다.

따지고 보면 그리모어도 마도구니 딱히 놀랄 일은 아닐지도 모르지만.

—이걸 보며 뭐가 떠오르나?

"장래성?"

—변죽은 좋은 놈이군. 아니, 변죽이 좋은 똥파리라고 해야겠군. 그런 똥파리가 나, 그리모어의 주인이 되겠다니, 웃기지도 않는 농담은 집어치우고 꺼져라. 영원의 시간이 있다 해도 너 같은 놈에게는 그 귀퉁이조차 아까우니까.

이 자식, 정말 성격 뭣 같다.

그러나 태영이 봐도 한숨이 나오기는 한다.

물론 회귀할 때마다 매번 여기서 시작하기는 했다.

그러나 그때는 적어도 어디서 뭘 해야 할지 모두 알고 있었다.

지금은 아니다.

이계와 겹쳐져 버린 이 세계는 태영 역시 처음 겪어 보는 세계니까.

그러나, 아니 그래서 더 그리모어가 필요한 것이다.

그런데 놈이 태영이 약한 것을 트집 잡고 이런 식으로 나온다면…….

'문제가 안 되지.'

태영이 씨익 웃으며 말했다.

"그렇다면 지켜봐라. 내가 네 주인이 될 자격이 있는지 없는지."

—이쯤 되면 화가 치미는군. 대체 나를 뭐라고 생각하는 거냐? 내가 그딴 말 몇 마디에 넘어갈 정도로 멍청해 보이나?

"10분이면 된다. 그때도 인정할 생각이 들지 않는다면 네 말대로 놓고 가지."

—10분? 고작 10분 만에 뭐가 달라진다는 거냐?

태영은 대답하지 않았다.

그리모어가 떠들듯이 태영도 시간이 아까워서다.

태영은 일단 그리모어를 허리에 차고 맞은편 벽으로 다가갔다. 그리고 한쪽 구석을 꾹 누르자 벽이 가볍게 진동하며 갈라졌다.

—이, 이건 뭐…… 나도 모르는 걸 네가 어떻게 알고 있지?

샅샅이 뒤져 봐서 아는 거다.

번번이 한발 늦게 온 탓에, 그래도 혹시 뭐 주워 먹을 게 없나 싶어 열심히 뒤져 봤더니 이런 비밀 문이 있었다.

그리모어를 얻을 방법이 없다는 것을 알게 된 뒤로도 회귀할 때마다 찾아왔던 이유가 이 때문이었다.

그 안에 쌓여 있는 각종 방어구와 무기!

매번 힘겨웠던 이계 생활은 이 방을 찾아낸 이후로 달라졌다.

일단 여기까지만 오면 초기 장비를 풀 세트로 맞출 수 있을 뿐만 아니라, 주머니까지 두둑하게 만들 수 있었으니까.

그러나 딱 하나 그럼에도 매번 아쉽게 생각했던 일이 있었다.

'하지만 이번에는 다르지.'

태영은 장비품에는 눈길도 주지 않았다.

망설임 없이 맞은편 책장으로 걸어가 그 위에 쌓여 있는 두루마리를 집어 들었다.

그리고 몇 장을 펼쳐 훑어보다가 1장만 들고 몸을 돌렸다.

-뭐야? 다른 건 다 놔두고 고작 그거 하나만 챙겨 가는 거냐?

물론 아니다.

그러나 지금은 이거면 충분하다.

그 1장의 두루마리가 이곳에서 태영을 다시 태어나게 해 줄 것이다.

이계의 사람들조차 모르는 방법으로.

우워어어어-!

계단을 올라오자 괴성에 귀가 먹먹해졌다.

그 앞에 모여 있는 팬텀 리퍼들이 질러 대는 괴성이다.

태영을 놓친 게 분통이 터져서인지, 나올 때까지 기다리겠다는 생각인지 모르겠지만, 입구 앞에는 겹칠 정도로 많은 팬텀 리퍼들이 모여 있었다.

장담할 수 있다.

만약 이계의 인간이 이 장면을 봤다면 지렸을 거라고.

1마리만 봐도 십중팔구는 지리니까.

“장관이군.”

그러나 태영의 얼굴에는 행복한 미소가 떠올랐다.

항상 아쉬워했다는 게 바로 이거였다.

과거 태영이 이곳에 왔을 때는 그리모어는 물론 이놈들도 없었다.

매번 한발 앞서 그리모어를 챙겨 간 그 망할 놈이 팬텀 리퍼까지 몽땅 해치운 탓이다.

파티로도 1마리조차 상대하기 힘들다는 팬텀 리퍼를 떼로 말이다.

역시 괴물이라는 생각밖에 들지 않지만.

‘뭐 그 정도는.’

태영도 할 수 있었다.

물론 그 정도 수준에 도달하기까지는 상당한 시간이 필요했지만 말이다.

그리고 그때가 되어서야 알게 되었다.

팬텀 리퍼에 한정한다면 굳이 그 정도 수준에 도달할 필요도 없었다는 것을.

-흠, 팬텀 리퍼인가? 오래전에 날 가지고 놀던 놈이 풀어놓은 것 같은데…… 그 똥파리 같은 몸으로 용케 저놈들을 뚫고 들어왔군. 하지만 이래서야 나가기는 힘들겠어. 힘을 빌려줄 생각도 없지만, 설사 빌려준다고 해도 달라질 건 없겠지. 똥파리가 침을 들고 다닌다고 벌이 되는 건 아니니까 말이지.

말끝마다 똥파리 운운하는 이런 놈의 힘을 빌릴 필요도 없다.

몇 가지 조건만 갖춰진다면.

'팬텀 리퍼 떼를 뚫고 이곳까지 올 수 있다면! 석실 안의 비밀 문을 알고 있다면! 그리고…… 이 두루마리가 뭔지 알고 있다면!'

그게 바로 이것!

찌직-!

"타깃 지정! 최대 범위 발동!"

태영이 손에 쥔 두루마리를 찢으며 소리쳤다.

위이이잉! 퍼펑-!

폭음과 함께 입구로 확 뿜어져 들어오는 흙먼지!

한 걸음 물러났던 태영은 풀풀 날리는 흙먼지를 헤치며 밖으로 나갔다.

아무것도 보이지 않았다.

우워어어어-!

그래도 괴성은 여전히 들려왔다.

바닥에서.

팬텀 리퍼들은 모두 눌어붙은 껌처럼 납작해진 상태로 바닥에 붙어 있었다.

이게 바로 태영이 찾은 팬텀 리퍼의 사냥법이었다.

'놈들의 몸은 일종의 기체!'

팬텀 리퍼를 상대하기 힘든 이유가 그거다.

그 탓에 물리 공격은 물론 마법조차 한정적인 타격밖에 주지 못하니까.

그래서 태영은 역으로 생각해 봤다.

'그럼 놈들을 고체로 만들면 되는 거 아니야?'

그런 방법은 없었다.

그러나 그와 가까운 상태로 만들 방법은 있었다.

그게 방금 태영이 찢은 두루마리, 정확히는 그 두루마리에 봉인되어 있던 마법이다.

지정한 적에게 발동되는 고위 중력 마법 인크리스 그래비티.

팬텀 리퍼들을 눌어붙은 껌처럼 만든 힘의 정체다.

기체와 고체는 결국 밀도의 차이.

수십 배의 중력으로 찍어눌러서 바닥에 완전히 압착시켜 버리면 고체에 가까운 상태가 된다는 말이고…….

'물리 공격이 통하지 않을 이유도 없어지지.'

해 봐서 안다.

이 방법을 떠올렸을 때 굳이 다른 지역의 팬텀 리퍼를 찾아 실험까지 해 봤다.

그리고 지금, 그때와 똑같은 일이 벌어졌다.

콰직!

끄아아아아―!

머리를 관통하는 검의 일격!

그게 끝이었다.

첫 경험은 언제나 강렬한 법.

틀림없이 난생처음일 물리 공격에 머리를 뚫린 팬텀 리퍼는 경련을 일으키며 녹듯이 사라졌다.

'……왔다!'

동시에 몸속에 차오르는 힘!

팬텀 리퍼의 마소(魔素)가 흡수되는 감각이다.

놈이 특별한 게 아니다. 이계의 몬스터는 모두 마소라는 에너지를 가지고 있고, 이를 해치운 사람은 그 일부를 흡수해 자신의 힘으로 바꿀 수 있다.

마치 RPG의 경험치처럼.

태영이 주유소에서 그라울 무리를 해치웠을 때 받은 묘한 감각의 정체가 그것이다.

그러나 당연히, 그런 똥개와 팬텀 리퍼의 경험치가 같을 리 없다.

그야말로 폭발 같은 힘의 상승!

그러나 잠깐이었다.

수직선을 그리며 치솟던 힘이 돌연 뭔가에 막힌 것처럼 우뚝 멈췄다.

끄아아아아—!

한 놈을 더 해치워도 마찬가지였다.

'좀 전의 팬텀 리퍼 1마리만으로 리미트까지 채워졌다는 건가? 몰랐던 건 아니지만, 레벨 1이나 다름없는 지금 잡아 보니 감이 확 오는군. 이 자식들, 완전 경험치 덩어리야.'

그 양에 감탄이 나올 정도다.

그러나 무턱대고 좋아할 일은 아니었다.

말했듯이 흡수할 수 있는 마소의 양은 리미트, 한계치가 있었다.

사람에 따라 조금씩 다르지만, 레벨로 치면 약 20~30.

일단 그 레벨에 도달하면 아무리 마소를 흡수해도 능력이 향상되지 않는다.

그러나 이미 이계에는 그런 문제의 해결책이 개발되어 있었다.

바로 리미트까지 채운 마소를 활용해 더 많은 마소를 흡수할 수 있는 몸으로 바꾸는 방법.

쉽게 말하자면 RPG의 전직 시스템을 생각하면 된다.

그리고 실제로 많은 부분이 비슷하기도 하다.

전직소처럼 특정 장소에서만 가능하다는 것도 그렇고, 이 시점에서 전사나 마법사처럼 성장 방향이 결정된다는 점도 그렇다.

'처음에 그걸 몰라서 삽질만 하다가 죽어 나갔던 걸 생각하면…….'

지금 생각해도 토 나온다.

아마도 그 때문이었을 것이다.

'그럼 전직을 안 하면 아무리 많은 몬스터를 잡아도 계속 그 상태인 건가? 레벨 100, 200 분량의 몬스터를 잡아도?'

이계 사람과 달리 이런 의문을 떠올리게 된 이유가.

그리고 꽤 많은 시간이 필요하기는 했지만, 결국 나름의 방식으로 답을 찾아낼 수 있었다.

'이계 사람들은 잘못 알고 있어. 전직하지 않는다고 마소를 흡수하지 못하는 건 아니야. 그 상태에서도 분명 마소는 흡수된다!'

여기서 다시 의문.

'그럼 대체 그 마소는 다 어디로 가는 거지?'

그 답은 아직 찾지 못했다.

그러나 때로는 검사, 때로는 마법사 등, 회귀를 통해 수많은 직업을 경험하며 쌓인 지식을 토대로 하나의 가설을 세울 수는 있었다.

끄아아아아-!

계속 팬텀 리퍼를 해치우는 이유가 그 때문이다.

태영에게 이건 그때 세운 가설을 증명하는 과정이자 목숨을 건 도박이었다.

'손을 멈추면 안 돼! 내 가설대로라면 이 일의 성패는 속도! 차고 넘친 마소가 흩어지기 전에 더 많은 마소를 흡수해 압축되도록 해야 한다!'

태영의 손이 더욱 분주해졌다.

그리고 마지막 팬텀 리퍼의 머리에 검을 박아 넣었을 때!

퍼펑-!

돌연 머릿속에서 폭음이 울렸다.

뒤이어 마치 폭죽이 터지듯이 몸 곳곳을 타격하며 퍼져 나가는 기류!

"됐어! 예상대로다!"

여기까지는.

"크헉! 크…… 으아아악!"

뒤이어 밀려드는, 몸속이 통째로 뜯겨 나가는 것 같은 고통도 예상했다.

즉, 태영의 가설이 사실에 가까워지고 있다는 증거!

그 내용을 정리하자면 이렇다.

일단 태영은 전직하지 않아도 마소는 흡수된다는 사실을 알게 됐다.

아니, 정확히는 체류다.

마소는 몸 내부에서 회전시키며 완전히 흡수하지 않으면 머지않아 흩어져 버리니까.

그러니 전직이 마소를 더 흡수할 수 있게 해 준다는 말도 틀린 것은 아니지만, 더 정확하게 말하자면 몸 내부에서 마소를 회전할 수 있도록 길을 터 주는 역할이라고 해야 한다.

전사면 전사에 맞춰, 마법사는 마법사에 맞춰.

그럼 만약 전직하지 않은 상태로 계속 마소를 쌓아 가면 어떻게 될까?

그것도 단시간에 엄청난 양을, 마치 댐 상류에 무지막지한 물 폭탄이 떨어뜨리듯이.

답은 하나밖에 없다.

'뚫린다, 모두!'

고통의 정체가 그것이다.

모든 길의 차단막이 일시에 부서지는 충격이 만들어 내는 고통!

'그 결과는 둘 중 하나밖에 없다! 이건 몸속에서 폭탄을 터뜨리는 것과 같은 짓이야! 만약 내 몸이 이 충격을 버텨 내지 못한다면…….'

참사가 벌어진다.

자칫 삐걱대기라도 하면 폭발!

잘해야 몸속이 너덜너덜한 폐인이 될 뿐이다.

그러니 버텨 내지 않으면 안 된다.

한순간이라도 의식을 잃어서도, 긴장을 풀어서도 안 된다.

태영은 덜덜 떨리는 턱을 꽉 악물었다.

'여기다! 여기가 분기점이다! 모든 것을 잃거나 아니면…….'

화악-!

그때 몸에서 불길 같은 열기가 뿜어지기 시작했다.

옷이 순식간에 재로 변해 흩어졌다.

밖으로 드러난 피부도, 검게 타들어 가다가 쩍쩍 균열을 일으키며 우수수 떨어졌다.

태영은 그 안에서 드러나는 몸을 보았다.

투명했다.

마치 물처럼, 내부의 혈관과 신경, 뼈가 고스란히 드러나 보였다.

그 위로 점차 색이 돌아왔다.

이전보다는 어두운 피부색을 띠고 있었지만, 팬텀 리퍼에게 당했던 것은 물론, 과거의 상처 자국조차 보이지 않았다.

휘몰아치던 고통이 거짓말처럼 사라졌다.

대신 선명하게 느낄 수 있었다.

폭풍처럼 미쳐 날뛰던 힘은 더 느껴지지 않았다.

사라진 것은 아니었다.

폭풍 뒤의 바다처럼 잔잔한 파문을 일으키며 몸 전체로 퍼져 나가고 있었다.

"후-!"

태영이 한숨을 불어 내며 몸을 일으켰다.

고개를 돌리자 재로 변해 떨어진 옷의 잔해에 묻힌 그리모어가 보였다.

-너…….

손에 쥐자마자 그리모어의 목소리가 흘러들어 왔다.

태영의 얼굴에 웃음이 번졌다.

"어때? 아직도 내가 네 주인이 되기에 부족해 보이나?"

-그…….

그리모어의 말이 끊어졌다.

침묵과 함께 검이 부르르 진동하기 시작했다.

점점 강하게, 마지막에는 덜그럭 소리가 날 정도로 격렬하게 흔들리는가 싶더니 돌연 머릿속에 웃음소리가 메아리쳤다.

-크하하하! 재미있군! 정말 재미있어! 저 재수없는 팬텀 리퍼를 해치운 것도, 그 뒤의 일도! 수많은 인간을 만나 봤지만, 너 같은 인간은 처음이다!

"날 주인으로 인정한다는 말인가?"

-그 전에 하나만 묻지. 너, 알고 한 짓이냐? 그런 짓을 하면 몸이 터져 버릴 수도 있다는 걸 말이야.

"자신이 있었다. 그리고 성공했지. 그럼 된 거 아닌가?"

-미친놈이었군.

"이제 네가 대답할 차례다, 그리모어."

—그래…… 좋겠지. 너 정도로 미친놈이라면 이대로 쭉 나를 재미있게 해 주거나, 순식간에 객사하거나, 둘 중 하나일 테니. 어느 쪽이든 나에게는 나쁠 게 없지. 단, 이거 하나는 알아 둬라. 주인으로 인정한다고 존중한다는 말은 아니라는걸.

"계속 반말 찍찍하며 싸가지없이 굴겠다는 말이군. 마음에 들지는 않지만, 나도 존중받고 싶어서 널 찾은 게 아니니 넘어가지. 그럼 그 문제는 넘어가고, 더 할 말 있나? 취급상의 주의사항이라던가, 뭐 그런 거."

—하!

—마검 [그리모어]의 주인이 되었습니다.

그런 건 없는 모양이다.

아니, 그런 것 같기는 한데 뭐지 이거?

"어이, 검!"

—검? 뭐냐, 그거? 날 부르는 거냐? 내 이름 알고 있잖아!

"주인한테 대놓고 존중하지 않겠다고 지껄이는 놈이 뭘 그런 걸 따지고 그래?"

—이 자식이…….

"됐고. 눈앞에 이상한 게 떠오르는데, 이거 네가 띄우는 거냐?"

—……뭐 그렇다고 할 수 있지.

"존댓말인데?"

―쳇, 그 말을 왜 안 하나 싶었다. 나도 좋아서 그런 게 아니다. 처음부터 그렇게 만들어져서 어쩔 수 없다. 왜, 불만 있냐?

불만 없다.

검은 싸가지없어도 만든 사람은 좋은 사람이었구나 싶은 정도다.

하나 더 추가하자면 그게 누구인지 궁금해지는 정도?

거기까지 생각하자 새삼 그리모어에 대해 의외로 아는 게 없다는 생각이 들었다.

태영이 알고 있던 건 강력한 마법 검이라는 것뿐이다.

손에 쥐기 전까지는 에고 소드라는 것도 몰랐고, 당연히 이런 메시지 기능도 몰랐다.

'그럼 다른 능력도 있겠지. 뭐가 더 있는지는 이렇게 메시지로 확인할 수 있을 테고. 말하자면, 사용 설명서 내장형 스마트 검이라는 건가? 뭐 그것도 한번 봐야겠지만…….'

당장은 검보다 자신이다.

"아까 너, 내 스테이터스도 보여 줬었지? 그거 지금 다시 한번 보여 줘 봐."

―처음부터 너무 명령조로 말하는 거 아니냐?

"처음부터 너무 반항조로 말하는 거 아니냐?"

그리모어를 상대하다 보니 점점 비슷한 수준이 돼 가는 것 같다.

그런데 잘 들어 보면 녀석도 그게 싫은 눈치는 아니다.

뭐 검이라도 자아를 가진 존재가 오랫동안 홀로 석실에 처박혀 있으니 답답하기도 했을 테고, 태영도 딱히 싫지는 않았다.

－결과치만? 아니면 다?

"최대한 상세하게."

－쯧, 번거롭게 하기는.

그런 불평을 할 거면 왜 굳이 물어봤는지는 모르겠지만.

－신체가 [각성자]로 변환되었습니다.

－잠재 능력 [태고의 인류 : 스킬 습득 제한 해제]를 각성했습니다.

－잠재 능력 [힘의 원천 : 마소 흡수율 50% 상승]을 각성했습니다.

－잠재 능력 [재능의 원천 : 스킬 습득률 50% 상승]을 각성했습니다.

－잠재 능력 [지식의 원천 : 지식 습득률 50% 상승]을 각성했습니다.

－잠재 능력 [용기의 원천 : 모든 피해에 대한 저항력 50% 상승]을 각성했습니다.

－신체 능력이 대폭 향상되었습니다.

－근력 : 39⇒139 순발력 : 41⇒129 지구력 : 40⇒149 마력 : 0⇒113

－종합 평가 레벨 : 7⇒48

–칭호 [마검의 주인]을 획득했습니다.

–그리모어와 정보를 공유할 수 있게 되었습니다.

–그리모어와 동화되어 능력을 단계적으로 개방할 자격을 획득했습니다.

'이건…….'

조금, 아니 꽤 놀랐다.

단숨에 레벨이 48로 워프해서가 아니다.

그 정도는 몸 상태만으로도 대강 짐작했고, 이전에도 대부분 그 수준은 가뿐히 넘어섰었다.

물론 하루도 안 돼서 이렇게 된 적은 없지만.

'각성자라고?'

태영은 놀라게 한 건 이 부분이다.

처음 보는 단어가 아니었다.

과거 고대 서적에서 같은 이름을 본 적이 있었다. 짧게 나와 있어 구체적인 내용은 알 수 없었지만…….

'아니지. 같은 이름이라고 같은 것이라는 보장은 없지. 속단하면 안 돼. 어차피 책에 나와 있던 정보도 얼마 되지 않지만, 잘못된 정보를 믿어 버리면 정작 중요한 걸 놓치게 된다. 확실하지 않다면 하나하나, 내가 직접 알아 나가는 편이 좋아.'

일단 그 시작은 만족스러웠다.

가설 단계에서도 이런 식으로 길, 기맥(氣脈)이라는 말이 더 어울릴지 모르겠지만, 어쨌든 뚫는 데 성공하면 모든 직업의 기술을 제약 없이 익힐 수 있게 되리라는 생각은 했었다.

그러나 마소 흡수율 상승이니, 스킬 습득률 상승 같은 부가적인 능력까지 생길 줄은 몰랐다.

사실상 모든 성장이 150%로 이루어진다는 뜻!

'아직 실감은 못 하겠지만…….'

목숨도 걸어 볼 만하다는 생각이 들었다.

그러나 태영은 움찔움찔 올라가는 입꼬리를 꾹 내리눌렀다.

–오호, 똥파리가 금파리로 됐군. 왜 그래? 기뻐해도 될 것 같은데? 그래 봤자 아직 파리지만.

그리모어가 이렇게 떠들어 대고 있다는 이유도 있지만.

'틀린 말은 아니지.'

태영도 그렇게 생각하기 때문이다.

분명 지금 태영은 그 어느 때보다 빠르게 힘을 얻었다.

그러나 이게 도달점은 아니다.

그저 이 정도에서 만족할 거라면 애초에 이런 방법을 연구하지도 않았을 것이다.

과거 이보다 한참 높은 경지에 도달한 적도 많지만, 그럼에도 벗어나지 못했다.

이계 생활의 끝에 기다리고 있는 피할 수 없는 죽음에.

그 탓에 수없이 회귀를 반복하면서도 보지 못했다.

그날 이후의 이계도.

'하지만 이 세계에도 내일이 왔다. 그러니 이번에는 이계의 그날 이후 역시 내 눈으로 확인해 주겠다!'

태영은 이제야 겨우 그 자격을 얻었다.

수많은 회귀로 얻은 지식으로.

아직 한 번도 경험해 보지 못한 이 세계는 여기가 출발점이다.

스텝 업

-이건 뭐지? 묘하게 생긴 놈이로군.

그리모어가 오토바이를 보고 하는 말이다.

-바퀴가 달린 걸 보면 수레 같은 건가 본데, 왜 양옆이 아니라 앞뒤로 붙어 있는 거야? 이걸 만든 놈은 바보인가? 받침대가 없으면 제 혼자 서 있지도 못하잖아. 이딴 걸 대체 어디에 쓰라고…….

부릉! 부아아앙!

"이렇게 쓰라고 만든 거지."

-우, 울부짖어? 뭐냐, 이놈? 살아 있는 건가?

태영이 시동을 걸어 보이자 그리모어가 화들짝 놀란 목소리로 떠들었다.

마치 기계를 처음 본 원시인의 반응 같다.

뭐 실제로도 크게 다르지 않겠지만.

“살아 있는 건 아니지만 움직이지. 그것도 꽤 빠르게 말이야.”

-……마도구라는 말인가?

“비슷하지.”

-흠, 이게 마도구라고? 그럼 방금 소리가 울린 건 가동하고 있다는 말일 텐데, 어째서 아무런 마력도 느껴지지 않는 거지? 형태나 구조도 도통 이해가 안 되는군. 종종 어딘가에 처박혀 있다 나오면 이전에는 못 봤던 것들이 돌아다니기도 했지만, 이런 건 또 처음이군.

이것만이 아닐 거다.

이제 이 세계는 태영이 살던 세계도, 이계도 아니다.

두 세계를 수없이 왕복했던 태영조차 처음 겪어 보는 전혀 다른 세계.

하물며 이계의 존재였던 그리모어라면 말할 필요도 없다.

‘오토바이를 타고 도심으로 돌아가면 어떤 반응을 보일지도 궁금하지만…….’

지금은 알몸이다.

그런 몸으로 오토바이를 타고 질주해 봤자 그냥 변태에 불과하다.

지금은, 아니 앞으로도 그러고 싶은 생각은 없고, 그런 데 허비할 시간도 없다.

일단 그리모어를 찾고 원하는 몸도 얻었지만, 그게 여유가 생겼다는 의미는 아니다.

되레 더 여유가 없어진 감도 있었다.

'이 세계는 이미 변했다. 그리고 이계 역시, 이제 내 기억과는 달라지겠지. 겹쳐 버린 두 세계가 앞으로 어떻게 변해 갈지는 나도 예측할 수 없어. 하지만 지금, 아직 이 숲만은 내가 기억하는 그대로다. 그러니 이 숲에서 얻을 수 있는 것은 모두 얻어 놔야 한다. 그게 이 세계에서 살아가기 위한 최소한의 조건!'

그게 쉬운 일이 아니라는 것은 태영이 누구보다 잘 알고 있다.

그 과정에서 헤아릴 수 없이 많이 죽어봤으니까.

그러니 당장 해야 할 일은 하나!

태영은 적당히 오토바이를 숨겨 두고 짐만 챙겨 다시 돌아왔다.

비밀 문 뒤에 숨겨진 방으로.

이전과는 상황이 다르니 그럴 일은 없다고 생각하지만, 번번이 이곳을 먼저 털어 가던 그 망할 놈이 오지 않는다는 보장은 없어서다.

"자, 그럼 다음 할 일은……."

뭐라도 입는 거다.

태영은 안쪽에 쌓인 장비품 중에서 적당한 가죽 갑옷을 챙겨 입고, 통조림 몇 개를 꺼내 식사까지 마쳤다.

배를 채우자 잊고 있던 피로가 몰려들며 잠이 쏟아졌다.

그러나 태영은 유혹을 뿌리치며 그리모어를 쥐고 몸을 일으켰다.

그리고 위에서 아래로, 아래에서 위로 휘두르기 시작했다.

—어이, 너. 지금 뭐 하는 거냐?

"보면 몰라? 검술을 익히고 있잖아."

석실로 돌아온 이유다.

분명 태영은 좀 전에 이곳에서 평범한 방법으로는 얻을 수 없는 성장을 이뤄 냈다.

그러나 그건 어디까지나 몸의 성장.

레벨이 오른 만큼 신체 능력도 상승했겠지만 그게 다다.

이계는 물론 당장 이 숲만 해도 평범한 사람보다 조금 나은 몸뚱이 하나만으로 헤쳐 나갈 수 있을 정도로 만만한 곳이 아니다.

신체 능력을 제대로 활용할 수 있는 기술은 필수!

그것만큼은 과거 회귀를 반복할 때처럼 직접 몸으로 체득하는 수밖에 없다.

그리고…….

—풋!

"뭐야, 이 소리는?"

—아, 미안. 너무 같잖아서 나도 모르게 그만.

"뭐 인마?"

-넌 대체 검술이 뭐라고 생각하냐? 아니, 검술이라는 걸 본 적은 있냐?

"내가 대답을 해야 하는 거냐?"

-그거야 네 자유다만, 안타까워서 하는 말이다. 그런 식으로 허우적대며 검을 휘둘러 대면 검술이 익힐 수 있다고 생각하는 네 머리통이.

'허우적…….'

대고 있기는 하다.

검술을 익힌 기억은 있지만, 검을 휘두르는 건 어디까지나 몸.

기억과 달리 몸은 회귀와 함께 초기화되었다.

당연히 몸은 생각처럼 움직이지 않고, 검은 더 생각처럼 움직여 주지 않았다.

그래서 이러는 것이다.

무협지 같은 데서는 뭔가 깨달음을 하나 얻는 것만으로 검술이 일취월장하지만, 그것도 그만한 수준이 도달한 사람에게나 해당하는 일.

처음에는 그냥 이런 식으로 맨땅에 헤딩하듯이 몸에 각인하는 수밖에 없다.

그리고 그게 핵심이다.

'이 세계에 이미 이계의 시스템이 작용하고 있다면…….'

— 장담하지. 혼자서 그런 짓을 하는 동안 되레 안 좋은 습관만 붙어 제대로 된 검술을 배우기 더 힘들어질 거다.

"잔소리하지 마. 나도 다 생각이 있어."

— 네놈은 잔소리와 충고도 구분하지 못할 정도로 멍청한 건가?

"그게 제대로 된 충고인지는 어떻게 장담하지?"

— 나는 검이다. 당연히 과거의 내 주인들도 대부분 검사였지. 그렇다고 내가 그 주인들의 검술을 아는 것은 아니지만, 적어도 검술이 이런 방식으로 익힐 수 있는 게 아니라는 것쯤은 안다.

"네가……."

대꾸하던 태영이 입을 다물었다.

그리고 잠시 생각하다가 이내 장난스러운 웃음을 지으며 말했다.

"그럼 나하고 내기할래?"

— 내기?

"그래, 내가 이렇게 검술을 배울 수 있는지, 없는지. 네가 그렇게 자신만만하게 안 된다고 떠들어 댔으니, 만약 내가 검술을 익히면 주인으로 존중하는 거다. 당연히 호칭부터 바꿔야 하고, 더는 내가 하는 일에 토를 달아서도 안 되겠지. 물론 실패하면 내 쪽에서 널 떠받들어 주지."

— 하찮군. 너 같은 놈에게 떠받들어져 봤자…….

"쫄리면 기권하던가."

— ……해보지.

그리모어가 살짝 울컥한 목소리로 대답했다.

예상한 그대로의 답변이었다.

사실 태영은 눈치 하나는 누구보다도 빠르다고 자부하는 몸이다.

현대에서는 20대 중반이지만, 회귀를 반복하며 이계에서 살아온 시간까지 합하면 최소 그 두 배.

그만큼 많은 사람을 겪어 봤으니 당연히 빨라질 수밖에 없었다.

그 덕에 그리모어의 성격도 파악 완료.

'이 녀석, 주인으로 받아들이고도 나를 대하는 태도는 달라진 게 없어. 이대로 놔두면 아예 상전처럼 굴려고 들겠지.'

그건 태영에게 꽤 곤란한 일이다.

에고 소드의 능력은 그 검에 깃든 자아에 의해 발현되는 것. 사용자가 강제할 수 있는 게 아니다.

'문제없이 사용하려면 처음부터 상하관계를 확실히 해 둘 필요가 있겠지.'

그리고 일단 언질은 잡았다.

덤으로 그리모어의 참견질도 멈추게 하고.

부웅! 부웅!

이에 태영은 다시 묵묵히 검을 휘둘렀다.

익숙하지 않은 몸으로 검을 휘두르자 금세 숨이 차오르고 땀이 비 오듯 쏟아졌다.

그리고 조금 더 지나자 온몸의 근육이 비명을 질러 대기 시작했다.

그때쯤이었다.

확실히 이전과 다른 몸이 됐다는 실감을 하게 된 건.

더는 서 있기조차 힘들 정도로 피로가 쌓여도, 통조림이나 과자 따위로 요기를 하고 잠깐 눈을 붙이면 회복이 되었다.

부웅! 부웅!

다시 검을 휘두를 수 있을 정도로.

이전의, 막 이계에 왔을 때의 몸이라면 고농축 비타민을 사발로 들이부어도 어림없는 일이었다.

태영이 무식하게 검을 휘둘러 대는 이유도 그 때문이다.

'이 몸이 모든 걸 해결해 주지는 않겠지만…….'

할 수 있다.

이런 몸을 얻은 것도 처음이고, 이런 짓을 해 보는 것도 처음이지만, 안 될 이유가 없었다.

이에 몇 번을 자고, 다시 검 휘두르기를 반복하고 있을 때였다.

―……어?

머릿속에 당혹성이 울렸다.

이유는 바로 알 수 있었다. 몸으로 느꼈기 때문이다.

태영은 검을 멈추며 소리쳤다.

"띄워!"

-뭐, 뭘 말이냐?

"뭔지 알잖아! 잔말 말고 띄워!"

-초급 스킬 [자기류(自己流) 검술-슬레시]를 습득했습니다.

그리고 떠오르는 메시지.

'역시!'

거친 숨을 몰아쉬던 태영이 히죽 웃으며 그리모어를 흔들었다.

"어이, 너. 약속은 기억하고 있겠지?"

-이, 이럴 리가 없는데…….

명확한 증거 앞에서도 그리모어는 이딴 말을 웅얼대고 있었다.

그리고 사실 그게 맞는 말이기도 하다.

이럴 리가 없다, 원래는.

이계에서는 검술도 하나의 스킬이고, 익히는 데는 나름의 과정이 필요하다.

첫째가 전직.

너무나 당연한 말이지만 검술을 익히기 위해서는 먼저 검사로 전직해야 한다.

그 이유가 바로 두 번째 과정 때문이다.

사사(師事).

스승의 가르침을 의미하는 말이지만, 이계의 사사는 조금 의미가 다르다.

물론 거기에는 자세나 동작 따위도 포함되어 있다. 그러나 핵심은 외형보다 내면의 힘, 마력의 운용이다.

그러나 그건 말이나 글로 전할 수 있는 게 아니다.

이에 이계에서는 스승이 직접 제자의 마력 흐름을 제어하며 몸에 새기는 방식으로 전수한다.

그게 각인(刻印)이다.

이 과정이 없으면 아무리 검을 휘둘러도 제대로 된 검술, 말하자면 마력을 활용하는 스킬로써의 검술은 익힐 수 없다.

태영이 수많은 직업을 경험하고도 회귀할 때마다 고생했던 이유가 그 때문이었다.

'하지만 이번에는 다르다!'

태영은 각성자의 신체를 얻었다.

모든 혈이 뚫려 모든 스킬을 익힐 수 있는 신체를.

그리고 머리에는 충분하고도 넘치는 지식이 있다. 수많은 스승에게 사사한, 한때는 되레 다른 사람에게 사사할 수 있는 수준에 오른 적도 있는 지식이.

'그래, 모든 것이 갖춰져 있으니, 안 될 이유가 없지.'

그러나 예상하지 못했던 것도 있었다.

지금까지 태영은 마구잡이로 검을 휘둘러 대고 있던 게 아니다.

그라나다 가문의 검술.

이계에서 익혀 본 검술 중 가장 실전적인 검술이다.

다른 사람의 평가가 어떻든, 태영은 그 검술을 익혔을 때 가장 높은 수준에 도달했으니까.

검을 휘두를 때도 당시 익힌 방식으로 힘을 제어했다.

그러나 등록된 스킬 명은 그라나다 검술이 아닌 자기류.

'같은 기술이라도 스승에게 배운 게 아니라서 그런 건가?'

그렇다고 당황할 이유는 없었다.

아니, 되레 그 덕에 태영은 미처 생각하지 못했던 것을 알게 되었다.

'분명 내가 아는 검술 중에는 그라나다 가문의 검술이 최고야. 하지만 완벽하다는 말은 아니다. 단지 내가 그 검술을 배웠을 때 가장 높은 경지에 올랐던 것일 뿐, 그 역시 다른 검술처럼 단점이 있어.'

여러 검술을 익혀 봤기에 더 명확하게 알고 있었다.

그래도 그라나다 검술이 등록됐다면 닥치고 그 검술을 팠겠지만, 등록된 건 자기류.

태영의 독자적인 검술이라는 말이다.

'그렇다면…….'

그라나다 검술만 고집할 이유가 없었다.

태영은 그 외에도 많은 유파의 검술을 익혀 본 경험이 있고, 그중에는 부분적으로 그라나다 검술보다 뛰어난 기술도 있다.

거기까지 생각하자 자연스레 답이 나왔다.

'합한다! 내가 배웠던 검술 중에서 가장 효과적이고, 또 내게 잘 맞았던 기술만 골라서. 스킬 명처럼 오직 나만의, 나를 위한 검술을 만드는 거다!'

물론 그 전에.

"인제 와서 딴소리하지는 않겠지?"

-나도 약속은 지킨다. 확인까지 하지 않아도 된다.

"호칭은?"

-……주인.

그다지 듣기 좋은 목소리는 아니었지만, 태영은 그 정도는 관대하게 넘어가 주었다.

누르는 것도 힘 조절이 필요한 법이니까.

부웅! 부웅!

어쨌든 의욕이 샘솟은 태영은 다시 힘차게 검을 휘둘렀다.

그리고 뭐든 처음이 어려운 법.

일단 한번 스킬이 생성되자 다음은 좀 더 빠르게, 그다음은 더 빠르게 새로운 스킬이 등록되었다. 그리하여…….

'얼마나 지났지?'

모르겠지만, 베기와 찌르기, 방어 등 기초적인 것들은 모두 익힐 수 있었다.

그리고 일단 거기까지.

검술은 무턱대고 기술만 늘린다고 좋은 게 아니다.

숙달시켜 온전히 자신의 것으로 만들어야 진정한 의미의 기술이다.

그래야 다음 단계로의 스텝 업도 가능해지는 것이다.

'다른 유파의 기술들이 무리 없이 연결될지도 확인해 봐야겠지. 그런 건 역시 실전을 통해 확인하며 조정해 나가는 수밖에 없을 테고.'

태영은 그제야 잘 때도 쥐고 있던 그리모어를 검집에 넣었다.

—이제야 끝난 거냐?

끝났다, 검술은.

그러나 그게 이곳에 나간다는 의미는 아니었다.

모처럼 모든 스킬을 제한 없이 배울 수 있는 몸이 되었고, 처음 이 석실에 들어왔을 때 봤기 때문이다.

'그래, 있겠지. 지금까지는 항상 그놈이 탈탈 털어 간 뒤에 왔으니 본 적은 없었지만, 여기가 마법사의 레어라면 당연히…….'

태영이 석실에서 챙겨 온 책을 집어 들자 그리모어가 황당한 목소리로 중얼거렸다.

—뭐야? 너, 설마…….

"주인."

—그, 그래 주인, 설마 마법까지 익혀 보겠다는 건 아니겠지?

"왜? 안 되냐?"

−안 되냐고? 진심으로 묻는 거냐? 최소한의 상식도 없어? 방금 검술을 익히지 않았나? 마검사도 아니고 조금 전에서야 겨우 몇 가지 검술을 익힌 사람이 마법이라니? 애초에 마법을 어떻게 배워야 하는지 알긴 하는 건가?

물론 안다.

마법을 익히는 데 필요한 것은 마도서, 마력, 술식의 이해, 그리고 마지막이 운용이다.

그중 가장 중요한 건 마도서.

마도서는 단순히 마법 지식이 적혀 있는 책이 아니다.

일종의 매개체로 술식을 사용자의 머리에 각인해 주는 역할을 하는 것이 마도서다.

그 과정 없이는 나머지 조건이 모두 충족돼도 마법을 익힐 수 없다.

그래서 배우겠다는 거다.

태영이 집어 든 책이 바로 그 마도서니까.

그리고 마력은 각성자가 되면서 해결. 한때 마법사였던 적도 있었으니 술식의 이해도 해결. 남은 마력의 운용은…….

"파이어 볼트!"

펑−!

−너 이 자식, 대체 정체가 뭐야!

폭죽처럼 터지는 불길에 그리모어가 히스테릭한 목소리로

소리쳤다.

"거슬리는 말이 섞여 있지만, 한 번만 넘어가 주지."

태영의 얼굴에 웃음이 번졌다.

"크……!"

태영이 신음을 삼켰다.

머리가 지끈거리고 속이 울렁거렸다.

벽에 기대어 몇 번 숨을 들이켜는 사이 코피가 주르륵 흘러내렸다.

이게 뭔지 알고, 경험해 본 적도 있다.

"빌어먹을, 머리가 핑핑 도는군. 당장은 이 정도가 한계라는 말인가? 아쉽지만 할 수 없지."

– 아쉽다고?

그리모어가 어이가 없다는 목소리로 되물었다.

– 지금 무슨 짓을 했는지 제대로 이해하고 있긴 한 건가?

"마법을 배웠지."

– 그래, 마법을 배웠지. 검사가, 그것도 며칠 만에 초급 마법을 몽땅. 그런 짓을 해 놓고 아쉽다고? 지금 그게 말이 된다고 생각하나?

그리모어의 상식으로는 이해할 수 없는 게 당연하다.

그러니 슬슬 말해 줘야 할 때가 된 것 같다.

“사실 나는…….”

태영은 들썩대는 그리모어의 손잡이에 살포시 손을 올리며 빙긋 웃었다.

“천재다.”

–……아니라고 말할 수는 없겠군.

“호오, 웬일이냐? 너도 이쯤 되니 존경심이 생기기 시작하는 모양이지?”

–그런 말을 하지 않으면 생길지도 모르지.

“이건 천성이야.”

정확히는 습관이라고 해야 한다.

어린 시절 대부분을 홀로 보내며 붙어 버린 혼잣말.

생성 과정을 생각하면 그리 달가운 느낌은 아니지만, 새삼 고칠 생각은 없다.

그런 습관 덕에 회귀를 반복하는, 미쳐 버린 상황에서도 제정신을 유지할 수 있었다.

물론 지금은 혼잣말이 아니지만.

‘그런 점에서는 그리모어가 에고 소드인 게 더 나을지도 모르지.’

그러나 아직 회귀에 대해 말해 줄 생각은 없다.

일단 쉽게 믿어 줄 것 같지도 않고, 설사 믿어 준다고 해도 딱히 도움이 될 일은 없다.

그러니 그냥 천재인 걸로.

-뭐 넘어가지. 어쨌든 이번 주인이 정상이 아닌 건 알겠고, 나도 그편이 나으니까. 그래서? 이제 또 뭘 할 거냐? 내친김에 재봉질이나 뜨개질도 배울 생각이냐?

그래도 거기까지는 아니다.

하려면 할 수 있고, 언젠가는 하게 될지도 모르지만.

'일단 식량도 떨어져 가고…….'

아직 태영이 얻어야 할 것이 남아 있다.

이 유적이 존재한다면 숲에 숨겨진 다른 것들 역시 과거 그대로 남아 있을 터.

그중 꼭 손에 넣어야 하는 건 두 가지.

'아직 이계가 완전히 이 세계로 넘어왔는지, 일부만 넘어왔는지조차 모른다. 하지만 어느 쪽이든, 그 두 가지를 얻기 전에는 이 숲을 나갈 수 없다.'

검술과 마법은 그 준비 작업이었다.

그리고 이제 끝났다.

태영은 바로 여장을 꾸리기 시작했다.

벨트에 몇 자루의 단검을 꽂아 넣는 것을 시작으로, 착용 가능한 것들은 모두 착용했다.

마도서나 두루마리 따위는 배낭에, 나머지 장비품은 한데 모아 묶었다.

다시 올 일은 없으니 가능한 한 모두 챙겨 갈 생각이었다.

그런데 생각지도 못했던 문제가 발생했다.

"이게 왜……."

태영이 타고 온 오토바이다.

시동이 걸리지 않아 살펴봤더니 연료통 아래쪽이 삭은 채 쩍쩍 갈라져 있었다.

그 외의 부분도 마찬가지였다.

고물상에 굴러다니는 오토바이처럼 온통 벌건 녹으로 덮여 있었다.

"석실에서 보낸 시간이 생각보다 길었나? 아니, 아무리 그래도…… 이 지역의 습도가 비정상적으로 높은 건가? 뭐 인제 와서 원인을 알아봤자 소용없지만……."

–못 타는 건가?

그때 그리모어가 아쉬운 목소리로 물었다.

태영도 아쉬웠다.

그 탓에 바리바리 싸 짊어지고 나온 짐을 못 가져가게 됐으니까.

"단출한 게 좋을지도 모르지."

태영은 좋은 쪽으로 생각하기로 했다.

물론 그렇다고 짐을 몽땅 버릴 생각은 없다.

어디든 사람 사는 곳은 다 똑같다.

돈이든 물건이든 소중히 여기지 않는 놈은 쓴맛을 보게 되는 법. 챙길 수 있는 건 챙기고, 챙기지 못하면 쟁여라도 둬야 한다.

태영은 짐을 다시 비밀 방으로 옮기고, 외부의 출입문도 흙으로 덮어 숨겨 두었다.

그리고 배낭 하나만 짊어지고 폐허를 나왔다.

'일단…….'

가야 할 곳은 명확했다.

그러나 그 전에 먼저 확보해 둬야 하는 것들이 있었다.

'먼저 지도부터 찾아야겠지.'

숲의 지리는 이미 대강 알고 있다.

그러나 세세한 부분까지 외우고 있는 것은 아니고, 이 세계와 뒤섞여 형태도 바뀌었다.

그러니 되레 이계의 지도는 의미 없다.

어차피 이 숲에서 구할 수 있는 것도 아니고, 구해 봤자 이계의 지도는 꽤 대충대충이라 숲은 그냥 숲이다.

따라서 필요한 것은 기준이 되어 줄 서울의 지도다.

물론 식량도 1순위.

'당장 생각나는 건 그 정도지만 찾아보면 그 외에도 유용한 도구가 있겠지. 플래시나 아! 손톱깎이도 있었군. 단검으로 손톱을 깎는 건 꽤 힘드니까.'

이계의 생활력이 묻어나는 부분이다.

어쨌든 모두 도심으로 돌아가면 쉽게 얻을 수 있는 것들이다.

그러나 왔던 길로 돌아갈 수는 없다.

검술이나 마법 좀 익혔다고 오토바이도 없이 헬 스네이크의 영역을 지나는 건 자살행위에 불과하니까.

'꼭 그곳으로 돌아갈 이유도 없지. 집에 금붙이를 숨겨 둔 것도 아니고.'

도심이면 어디라도 상관없다.

이에 대략적인 방향을 정해 숲을 가로지르자 곧 건물들이 보였다.

그런데 뭔가 좀 이상했다.

분명 눈에 익은 모습이지만, 왠지 모를 이질감이 느껴졌다.

그게 뭔지는 도심에 들어서자 바로 알 수 있었다.

—이 숲에 이런 유적지가 있었나? 이상하군. 내가 이 숲을 모두 아는 것은 아니지만, 이 정도 규모의 유적이라면 모를 리가 없는데. 더구나 이렇게 특이한 모양이라면 말이야.

그리모어의 말대로 유적이 되어 있었다.

단순히 이계의 숲에 덮여 붕괴한 상태라 그렇게 말하는 게 아니다.

흙에 파묻힌 차는 태영의 오토바이처럼 녹이 덮여 있었고, 속살처럼 드러난 건물의 시멘트도 만지면 부서질 정도로 부식되어 있었다.

마치 그 상태로 수십 년 이상 방치되어 있던 것처럼.

'대체 어떻게 된 거지? 설마 내가 있던 석실이 시공간의 방

이니 뭐니 하는 그런 건가? 외부와는 다른 시간이 적용되는?'

아니라는 법도 없다.

터무니없는 거로 따지면 태영이 경험한 회귀나, 이계가 갑자기 이 세계를 덮어 버린 게 더 말이 안 되니까.

그러나 바닥에 굴러다니는 전단지 따위는 그리 오래되어 보이지 않았다.

간간이 보이는 시체는 꽤 훼손되어 있었지만.

크르르르.

'그건 이놈들 때문이겠지.'

태영이 걸음을 멈추며 주위를 둘러보았다.

녹슨 차나 건물 사이에서 어슬렁대며 몰려나오는 개 형상의 몬스터, 그라울이다.

'어째 숲에서는 안 보인다 싶더니…….'

당연한 일이다.

놈들에게 지금 이곳만큼 쉽게 먹잇감을 구할 수 있는 곳은 없을 테니까.

아마 놈들의 눈에는 태영 역시 그중 하나로 보이겠지만.

"잘됐군."

태영은 가벼운 동작으로 그리모어를 뽑았다.

-오랜만에 밖에 나와 마주하는 상대가 고작 저따위 들개인가? 뭐 달갑다고 할 수는 없지만, 불평할 일도 아니겠지. 주인을 주인으로 인정한 이상, 주인의 적은 곧 나의 적! 주인의 뜻이라면 저런 썩

은 놈의 몸이라도 기꺼이 갈라 주지.

“좋은 마음가짐이다만, 개 몇 마리를 두고 너무 장황한 거 아니냐?”

–주인은 며칠 전까지 똥파리였지.

“그거 누워서 침 뱉기인 거 알지?”

–아직은 모르겠군. 이번 전투를 보고 판단하지.

“그러든가.”

태영이 피식 웃으며 대답했고.

크와아아!

그대로 퉁기듯 뻗어 나가며 그리모어를 휘둘렀다.

콰지지직–!

그라울의 아가리를 찢으며 들어가는 검!

그리모어의 칼날은 놈의 몸을 반 이상 가르고 나서야 멈췄다.

‘아직은 이 정도인가?’

그러나 태영은 그리 만족스러운 느낌은 아니었다.

과거 검사 시절의 태영이었다면 이런 하급 몬스터쯤은 일도양단! 걸릴 것도 없이 그냥 반으로 갈라 버렸을 테니까.

물론 지금의 태영을 그때와 비교할 수는 없지만.

‘못 할 것도 없지.’

태영이 그리모어를 뽑아내며 씨익 웃었다.

“그리모어, 힘을 개방해라!”

-바라던 바다!

위잉-!

칼날이 푸른 빛에 휩싸인 건 그때였다.

바로 그리모어의 능력 중 하나인 오러 소드다.

보통 최상급 검사 정도는 되어야 발현이 가능한 기술이지만, 그리모어는 그게 기본 능력이다.

태영이 가장 먼저 그리모어를 떠올린 이유도 그 때문이다.

이 숲에는 보통 검, 아니 기관총에 난사 당해도 끄떡없을 몬스터가 득실대니까.

가장 빨리 놈들에게 대항할 힘을 얻는 방법이 그리모어였다.

그러나 단지 그뿐이라면 그렇게 오랫동안 그리모어에 목을 매지는 않았을 것이다.

오러 소드 정도는 과거 태영도 사용했고, 이번에는 더 빨리 그 수준에 도달하게 될 테니까.

그럼에도 목을 맨 이유는 다른 능력 때문이지만.

서걱! 서걱! 서걱!

'시험할 상대조차 안 되는군.'

당연하게도.

애초에 그라울 정도로 엎치락뒤치락할 수준이었으면 다시 밖으로 나오지도 않았을 것이다.

그런데 거기에 오러 소드까지 발동하자 싸움조차 아니게

되었다.

닿기가 무섭게 쩍쩍 갈라지는 그라울.

10여 마리가 아니라 100마리라도 문제가 되지 않을 것 같았다.

태영만 그렇게 생각하는 게 아니었다.

순식간에 2마리로 줄어든 그라울 역시, 수북이 쌓인 동료들의 살코기 뒤로 슬금슬금 물러나다가 재빨리 몸을 돌리며 도망쳤다.

"이제 경험치조차 안 되는 놈들이지만……."

태영의 상체가 살짝 낮아졌다.

그리고 그 상태로 보폭을 넓히며 한 걸음 내딛는 순간!

텅―!

지면이 울리며 섬광처럼 뻗어 나갔다.

과거 검사 시절에 익혔고, 새로운 몸으로 다시 익힌 이동기 차지대시.

기본기에 속하지만, 꽤 활용도가 높은 기술이다.

"다른 놈들을 불러오기라도 하면 귀찮아지겠지."

단숨에 10여 미터를 가로지른 태영이 천천히 걸음을 옮기며 중얼거렸다.

그 뒤에는 그라울이 피를 뿜으며 갈라지고 있었다.

그러니 굳이 돌아볼 필요도 없고.

―어이, 주인.

"알아."

당장은 이쪽이 더 신경 쓰였다.

차지대시를 사용하기 직전에 근처 건물에서 감지한 또 다른 기척이다.

'그라울의 기척은 아니다.'

그럼 생각할 수 있는 건 하나밖에 없다.

'있겠지. 이런 상황이라도. 그 많던 사람들이 다 죽었을 리는 없으니까.'

그러나 태영은 시선을 돌리지는 않았다.

이런 상황에서 마주치는 사람의 유형은 두 가지 외에는 없다.

도움을 구걸하거나, 폭력적으로 나오거나.

어느 쪽이든 달갑지 않은 일이다.

하물며 먼저 접촉해 오지도 않는 사람을 일부러 찾아갈 생각은 없다.

'나도 다른 사람들과 다를 게 없다. 이 세계에서 살아남을 방법을 찾는 중이야. 지금도, 앞으로도 그게 최우선이다.'

태영은 그대로 걸음을 옮겨 자리를 벗어났다.

그리고 간간이 나타나는 그라울을 썰며 조금 더 걷자 첫 번째 목적지가 보였다.

부동산.

거기만큼 지도가 흔한 곳도 없다.

예상대로, 벽에도 여러 장의 지역 지도가 붙어 있었고, 서랍에서는 아예 책으로 만들어진 지도까지 손에 넣을 수 있었다.

"일단……."

태영은 배낭에서 노트를 꺼내 들었다.

석실에서 수련하는 사이 태영은 이 숲에서 얻어야 하는 것, 그 장소, 주의해야 할 것이나 피해야 하는 장소 따위가 떠오를 때마다 그 노트에 적어 두었다.

그걸 거리나 방향을 가늠하며 지도로 옮기자 한눈에 알아볼 수 있을 정도로 명확해졌다.

이제 그 지도에 표시된 곳이 태영의 이동 루트.

"다 됐다. 다음은……."

태영은 대형 마트로 이동했다.

그러나 그쪽은 부동산과는 사정이 달랐다.

아니, 부동산도 멀쩡한 건 지도나 책자뿐이었으니 다를 게 없다고 해야겠지만, 마트의 물건들도 금속 제품은 모두 시커멓게 녹슬어 있었다.

염두에 두고 있던 손톱깎이도!

그나마 플래시는 비교적 멀쩡해 보였지만, 멀쩡한 건전지가 없으니 마찬가지였다.

"금속이나…… 플라스틱도 정상은 아니군. 하지만 석실에 있던 무기들은 괜찮았는데 왜 이쪽 세계의 금속이나 플라스틱만…… 그리모어, 혹시 뭔가 아는 거 없어?"

—뭘? 이쪽 세계라니? 플라스틱은 또 뭔데?

"아니, 됐다."

태영이 한숨을 불어 내며 다시 주위를 둘러보았다.

'뭐 다른 건 있으면 좋고, 없어도 그만이지만.'

문제는 식량이다.

마트에 굴러다니는 건 썩은 고기나 뭉개진 통조림 정도. 그 외에는 과자 한 봉지조차 보이지 않았다.

도중에 들러 봤던 슈퍼나 편의점도 마찬가지였다.

"박스도 안 보인다는 건 모두 통째로 들고 갔다는 말인데…… 개인이 옮길 만한 양이 아니야. 각자 따로 가지고 갔다고 해도 그만큼 사람이 몰려들었다는 말일 테니, 한곳에 모이는 게 자연스러운 흐름이겠지. 그럼 식량도 그곳에 모여 있을 테고."

고민은 길지 않았다.

마음만 먹으면 이 숲에서도 자급자족 정도는 할 수 있다.

그러나 꽤 번거로운 작업이고, 지금은 그런 데 쓸 시간도 아까웠다.

"빠른 길을 두고 굳이 돌아갈 필요는 없지."

마트의 식료품을 쓸어 간 사람들의 흔적을 찾는 건 어렵지 않았다.

멀지도 않았다.

흔적은 마트에서 한 블록 떨어진 학교의 체육관까지 이어져 있었다.

입구 앞에는 나무와 철사 따위를 엮어 만든 바리케이드가 겹겹이 둘러쳐져 있었다.

"멈춰!"

그 너머에서 고함이 들려왔다.

녹슨 식칼을 동여맨 작대기를 든 사내의 고함이었다.

"넌 누구냐?"

사내가 식칼이 붙은 작대기를 태영에게 향하며 소리쳤다.

그리고 묘한 눈으로 훑으며 중얼거렸다.

"이상한 복장에…… 허리에 차고 있는 건…… 검? 어디서 그런 걸……."

–이상한 복장이라고?

그리모어는 그 말이 더 이상하게 들릴 것이다.

머리에는 오토바이 헬멧, 몸에는 야구용 포수의 보호대, 식칼을 동여맨 작대기에, 양팔에는 방석 같은 걸 둘둘 말아 묶어 놓은 사람이 그런 말을 하면 말이다.

이계에 그러고 다니는 인간은 없다.

뭐 현대에도 없지만, 때가 때이니만큼 지적할 생각은 없고, 나름 애쓴 복장일 것이다.

물론 태영의 눈에는 꽤 부족해 보이지만 그건 그것대로 나쁘지 않다.

"협상이 되겠군."

"뭐라고 하는 거냐! 들리도록 얘기해!"

그때 사내가 한층 경계심이 높아진 목소리로 소리쳤다.

태영이 빙긋 웃으며 대답했다.

"저도 그쪽 분들과 같은 사람입니다! 서울에 살다가 이번 일을 당했고, 어찌어찌 지금까지 살아남았습니다! 이 옷이나 검은 도중에 얻게 된 거고요!"

굳이 이름까지 밝힐 필요는 없었다.

상대도 그게 궁금해서 던진 질문도 아닐 테니까.

"꺼져!"

그러나 이런 말을 듣게 될 줄은 몰랐다.

"네?"

"우리는 너 같은 놈을 더 받아 줄 생각이 없어! 그러니까 딴 데 알아보라고!"

"받아 달라는 부탁을 하러 온 게 아닙니다!"

"아니라고? 그럼 뭐야?"

"책임자를 만나게 해 주십시오!"

"책임자?"

"혼자 계신 게 아니라면 있을 거 아닙니까? 책임자든 리더든."

"받아 달라는 것도 아니라면서 왜?"

"제안할 게 있습니다! 그쪽에도 나쁜 얘기는 아닐 겁니다!

자세한 건 책임자에게 직접 얘기하고 싶으니 일단 만나게 해 주십시오!"

태영은 최대한 크게 소리 내며 말했다.

딱 봐도 책임자가 아닌 사람을 설득하는 데 시간을 낭비하고 싶지 않아서다.

시도가 먹혔는지 그 직후 체육관에서 사람이 나왔다.

그리고 보초를 서던 사내와 잠깐 대화를 나누다가 태영을 향해 고개를 까딱였다.

"일단 들어와라."

체육관 안에는 예상보다 많은 사람이 있었다.

재난 대피소처럼 종이상자나 담요, 옷가지 따위에 모여 있는 사람들.

적게 잡아도 40~50명은 되어 보였다.

그러나 누가 책임자인지는 한눈에 알아볼 수 있었다.

입구 쪽 구석에 산처럼 쌓여 있는 식료품 상자 주위에 예닐곱 명의 사내들이 모여 있었다.

보초처럼 보호 장비 따위를 착용하고 있는 사람은 그들뿐이었다.

분위기도 확연하게 차이가 났다.

다른 사람들은 하나같이 어두운 얼굴로 한숨을 불어 내고 있었지만, 그들은 과자 따위를 잔뜩 뜯어 놓고 술판을 벌이고 있었다.

심지어 그중 1명은 옆에 여자까지 끼고 있었다.

불안한 얼굴로 눈치를 살피는 모습을 보니 좋아서 앉아 있는 건 아닌 모양이지만.

'저건…… 방탄조끼인가?'

태영은 그보다 이쪽에 더 눈이 갔다.

경찰용 방탄조끼.

그러나 경찰은 아니다. 체육관에는 경찰 복장의 사내도 있었지만, 얼굴이 팅팅 부은 채 반대편 구석에 누워 있었다.

방탄조끼 뒤로 보이는 독특한 파란색의 옷을 보면 사내는 아마도…….

'수감자로군. 여기서 가까운 곳이라면 서대문 교도소. 그럼 나머지도 같은 곳에 있던 수감자라고 봐야겠군.'

"뭐야, 저 녀석은?"

"어디서 저런 옷을 주워입은 거야? 얼씨구, 검까지?"

"연극 같은 거 하던 놈인가?"

"오타쿠 아니야? 요즘 돈지랄 하며 저딴 거 모으는 놈들도 많다며?"

사내들이 태영을 보며 떠들었다.

그러나 방탄조끼의 사내가 입에 문 담배를 바닥에 비비며 헛기침하자 모두 입을 다물었다.

그가 슬쩍 태영을 돌아보며 물었다.

"날 보자고 했다고?"

"네, 그쪽이 여기 책임자라면……."

"그렇게 안 보이나?"

"그렇게 보입니다."

"그런 거다."

사내가 이를 드러내며 웃었다.

태영도 적당히 웃는 얼굴을 만들어 보여 주었다.

들어오자마자 바로 분위기를 직감했지만, 태영은 그들이 누구고 어떤 방식으로 이곳에 눌러앉아 있는지는 관심 없다.

목적이 있어서 찾아왔으니 그것만 해결하고 나가면 그만이다.

가능한 한 원만하게.

그게 모두에게 좋은 일이다.

그러니 내키지 않아도 상대에 맞춰 적당히 웃어 주는 수고 정도는 감수할 용의가 있었다.

뭐 그게 현대 직장인의 기본 스킬이기도 하고.

"제안할 게 있습니다."

"그래, 밖에서 그렇게 떠드는 소리를 들었다. 뭐지?"

"식량을 좀 얻어 가고 싶습니다. 가능한 한 부피는 작고, 칼로리는 높은 것으로. 육포나 초콜릿 같은 게 좋겠군요. 양은 보름치. 저는 혼자이니 보름치라도 많은 양은 아닐 겁니다. 물도 2리터짜리 생수 서너 병이면 됩니다."

"저 자식이 뭐래?"

"미친놈, 우리는 뭐 음식이 남아도는 줄 아나?"

남아도는 것처럼 보인다.

그때 여전히 웃음을 지으며 바라보던 방탄조끼의 사내가 다시 입을 열었다.

"이 녀석들이 하는 말처럼 우리도 처음 보는 놈에게 음식을 퍼 줄 정도로 넉넉지는 않다. 이런 상황에서는 아무리 많아도 부족하고, 보다시피 딸린 식구도 많으니 말이지. 하지만 제안이라고 했으니 그냥 달라는 건 아닐 테고. 뭔가 있다는 말이겠지? 우리가 귀중한 식량을 내주고 싶어질 만한 가치가 있는 게?"

"제가 입고 있는 방어구나 검 같은 건 어떻습니까?"

"그걸 주겠다는 건가?"

"그건 아니고, 구할 수 있는 장소를 알려 드리겠습니다. 보면 알겠지만, 당신들이 입고 있는 방어구보다 훨씬 나을 겁니다. 고작 보름치 식량과 바꿀 만한 건 아니지만, 먼저 제안한 건 저니 그런 건 넘어가죠."

태영은 선심 쓰듯이 말했다.

"흠……."

이에 방탄조끼의 사내가 까칠한 수염을 긁적일 때였다.

퍽-!

뒤에서 타격음이 터져 나왔다.

고개를 돌려 보니 중학생 정도로 보이는 학생이 피를 흘리며 쓰러져 있었다.

그 앞에서 거구의 사내가 뭉개진 종이상자를 걷어차며 다가가고 있었다.

방탄조끼의 사내가 인상을 찌푸렸다.

"야, 1023! 뭐야?"

"이 자식이 음식을 빼돌렸습니다!"

"음식? 어디서?"

"어제 정리할 때 빼돌린 모양입니다. 거동이 수상해서 살펴봤더니 박스 안에서 혼자 육포를 처먹고 있더라고요. 담요 아래에서 10봉지 정도 나왔습니다. 어떻게 할까요?"

"한창 클 때잖아."

방탄조끼의 사내가 대수롭지 않은 투로 말했다.

"세상 무서운 걸 가르쳐 줘야지."

"알겠습니다. 너 이 새끼 오늘 잘 걸렸다."

"그만두십시오!"

그때 한 사내가 뛰어나와 몸으로 학생을 덮으며 소리쳤다.

"몸만 컸지 아직 어린애입니다! 고작 육포 몇 봉지 훔쳤다고 애를 이렇게 때려서야 되겠습니까? 우리는 어른 아닙니까?"

"하! 여기 아직 정신 못 차린 놈이 하나 더 있었네. 애? 어른? 세상이 이렇게 된 마당에 그런 게 어디 있어?"

"이렇게 된 세상이니까 어른이 더 어른답게 행동해야 하지 않습니까?"

"지랄하네. 어이, 아저씨, 우리가 어른답게 행동할 줄 알면 빵에 갔겠냐? 그리고, 언제 니들이 우리를 사람 취급해 주기나 했어? 무슨 병균처럼 취급해 놓고 인제 와서 어른? 뒈지고 싶지 않으면 육갑 떨지 말고 비켜, 이 새끼야."

"못 비킵니다! 다른 건 몰라도 이렇게 주먹을 휘두르는 건……."

"X발 놈이 진짜!"

사내가 와락 윗옷을 벗어젖혔다.

넓은 등에 새겨진 조잡한 모양의 문신이 드러났다.

퍽! 퍽! 퍽!

그 문신 너머에서 연이어 울리는 거친 소리.

그때마다 학생을 몸으로 덮은 사내의 몸이 덜컥덜컥 흔들렸다.

"신경 쓰이나?"

"별로."

태영이 어깨를 으쓱이며 고개를 돌렸다.

"그보다 거래는?"

방탄조끼의 사내가 피식 웃으며 고개를 끄덕였다.

"그런 방어구에 제대로 된 무기까지 얻을 수 있다면 나쁜 제안은 아니겠지. 그런데 네 말을 어떻게 믿지?"

"그냥 믿는 편이 좋을 텐데……."

태영이 한숨을 불어 내며 주위를 둘러보았다.

사내들이 손에 망치나 회칼 따위를 쥐고 둘러싸듯이 모여들고 있었다.

태영이 피식 웃으며 방탄조끼 사내를 돌아보았다.

“뭐지, 이건?”

“네가 같이 가면 굳이 증명해야 할 이유도 없잖아. 안 그래?”

“그럴 생각은 없는데?”

“그건 네가 선택할 문제가 아니지. 그리고 하나 더 덧붙이자면 네 것이 더 당기기도 하고.”

“내 것?”

“그래, 특히 네가 차고 있는 그 칼 말이지. 아까 들은 얘기가 좀 있거든. 괴물 개를 싹뚝싹뚝 자르는 빛나는 칼을 봤다는 얘기 말이야. 정 가겠다면 보내 주겠지만, 그 칼은 두고 가라. 그 옷도. 대신 제일 좋은 메이커의 옷을 주지. 어때? 괜찮은 제안이지?”

-크하하하하!

머릿속에 그리모어의 웃음이 메아리쳤다.

-주인, 얕보였구나!

아무래도 그런 모양이다.

그러나 새삼 불쾌하다는 생각은 들지 않았다.

체육관의 분위기를 보고 대강 이런 식으로 흘러가지 않을까 생각하기도 했지만, 그런 걸 딱히 싫어하는 것도 아니니까.

이에 태영은 폭소를 터뜨리는 그리모어를 뽑아 들었고.

쾅―!

그대로 바닥에 박아 넣고 한 걸음 물러나며 웃었다.

물론 지금까지의 영업용 미소가 아니다.

할 수 있고, 또 할 마음이 생겨 버린, 굳이 감출 필요가 없어진 살의를 드러낸 웃음!

"가져가 봐라."

"뭐……."

방탄조끼 사내의 얼굴에서는 웃음이 사라졌다.

그래도 무리의 리더쯤 되니 분위기 정도는 읽을 줄 아는 모양이다.

그러나 그리모어의 말처럼 그는 태영을 얕잡아 보고 있었고, 그게 놈의 가장 큰 실수였다.

아니, 실수로 만들어 줄 생각이다.

놈의 눈짓을 받은 사내가 주춤주춤 다가와 그리모어로 손을 뻗어 오는 지금부터!

"흐억―!"

놈이 비명을 터뜨리며 물러났다.

피가 콸콸 뿜어져 나오는 팔목을 움켜쥐고 있었지만, 잡아야 할 건 그곳이 아니다.

어차피 잡아 봤자 소용없겠지만.

푸확―!

그 직후에 놈의 목이 갈라지며 뿜어져 나오는 피!

"뭐……."

"주, 죽었어! 1096이……."

몰려들던 놈들이 당황한 눈으로 태영의 손에 들린 단검과 피를 쏟으며 주저앉는 놈을 번갈아 보며 떠듬거렸다.

태영의 입술이 비틀어져 올라갔다.

"뭐지, 그 반응은? 이런 걸 바라던 게 아니었나?"

"이, 이런 병신 같은 놈들, 뭘 멍하니 보고만 있는 거냐? 저 새끼, 발라 버려!"

방탄조끼 사내가 벌떡 몸을 일으키며 소리쳤다.

그러나 태영은 이미 움직이고 있었다.

태영은 누군가에게 일부러 은혜를 베풀 생각도 없지만, 일부러 원한을 살 생각도 없다.

그러나 불가피하게 그래야만 하는 상황이 만들어진다면.

'확실하게!'

머뭇거릴 이유는 없었고, 적당히 할 생각도 없었다.

팍-!

"크악-!"

앞에 있던 놈이 피가 튀어 오르는 허벅지를 감싸 쥐며 주저앉았다.

태영은 그 턱을 차올리며 몸을 돌렸다.

푸확-!

머리가 튕겨져 올라간 놈의 목에서 치솟는 피.
“개, 개자식이!”
그때 옆에서 작대기에 묶인 식칼이 날아들었다.
상체를 비틀어 흘려 낸 태영의 몸이 팽이처럼 회전하며 작대기를 따라 이동했다.
베다 가문의, 아니 자기류 회피기 스파이럴이다.
태영은 순식간에 놈의 코앞까지 다가갔고.
“헉! 아, 안 돼!”
이런 말로는 놈의 목을 향해 날아가는 단검을 막을 수 없었다.
“우…… 어…….”
놈이 피가 콸콸 쏟아지는 목을 움켜쥐고 주저앉았다.
태영이 그 옆으로 몸을 굴리자 뛰어오던 다른 놈이 피가 튀는 발목을 감싸 쥐며 넘어졌다.
그 틈에 또 다른 놈이 달려들며 회칼을 내리찍었다.
태영이 단검을 비켜 들었다.
“크아아악!”
비명을 터뜨리는 놈의 손목 아래로 회칼과 손가락이 우수수 떨어졌다.
태영은 놈의 손목을 꺾어 쥐고 뒤로 물러났다.
그리고 한 동작으로 발목을 쥐고 버둥대던 놈과 질질 끌려오던 놈을 저세상으로.

태영이 놈의 팔을 놓으며 물러났다.

따당—!

그 앞에서 망치가 불똥을 튀기며 튀어 올랐다.

수 미터 떨어진 곳에서 날아온 망치였고, 던진 놈의 목에는 이미 단검이 박혀 있었다.

태영은 뒤 춤에서 새 단검을 뽑으며 몸을 돌렸다.

팍!

그 단검이 그리모어로 손을 뻗던 놈의 팔목에 박혔다.

그리고 그대로 팔을 타고 위로!

"흐아아아—!"

상처의 길이만큼 길게 이어지던 비명은 단검이 목에 도달하자 뚝 끊어졌다.

"괴, 괴물!"

"저 새끼는 사람도 아니야!"

"나, 난 그만둘래! 무리라고! 저딴 놈은!"

몸을 돌리자 남은 세 놈이 비명처럼 소리치며 도망치기 시작했다.

그러나 이미 그건 놈들이 결정할 일이 아니었다.

태영이 검을 뽑아 들게 만들었을 때부터.

"크억!"

놈들의 뒷덜미에 연이어 단검이 박혀 들었다.

그렇게 체육관의 지배층으로 군림하던 죄수 패거리는 불

과 몇 분 만에 전멸!

이에 태영이 주위를 훑으며 몸을 돌릴 때였다.

탕-!

체육관으로 굉음으로 들썩였다.

순간 태영의 상체가 튕기듯 뒤로 밀려났고, 그대로 서너 걸음 물러나다가 한쪽 무릎을 꿇고 주저앉았다.

'이건…….'

"개, 개새끼가 여기가 어디라고!"

앞에서 방탄조끼 사내의 목소리가 들려왔다.

그 손에는 권총이 들려 있었다.

'경찰에게서 뺏은 총이군.'

태영은 그 총을 보며 생각했다.

이계에서 검으로 수없이 내리찍어도 상처 하나 내기 힘든 몬스터와 싸울 때도 같은 생각을 한 적이 있었다.

이래서야 기관총을 갈겨 대도 끄떡없겠다고.

이계 사람들이 기관총이 뭔지 알 리는 없지만, 생각하는 건 비슷했다.

그런 몬스터의 가죽은 대체로 가죽 갑옷으로 바뀌기 마련이다.

물론 그것도 등급에 따라 격차가 있고, 태영이 입고 있는 가죽은 고급이라고 할 만한 수준까지는 아니었다.

'그래도 뚫리지는 않았군.'

대신 조금 찢어지고, 뼈가 얼얼할 정도의 통증이 느껴지기는 한다.

그러나 방심의 대가치고는 싸게 먹힌 편!

"후-!"

태영이 숨을 불어 내며 몸을 일으켰다.

"어, 어떻게…… 부, 분명 총에 맞았는데 어째서……."

방탄조끼의 사내가 당황한 얼굴로 중얼거렸다.

그러나 그것도 잠시, 태영이 한 발 내딛자 화들짝 놀라며 다시 방아쇠를 당겼다.

탕-!

그리고 한층 더 황당한 얼굴이 되었다.

"피해? 총을?"

어려운 일도 아니다.

되레 피하지 못한다고 맹신하는 쪽이 이상하다.

총구가 어디로 향해 있는지, 놈의 손가락이 언제 움직이는지가 뻔히 보이는데 말이다.

기관총까지는 무리라도 저런 단발식 권총이라면 얼마든지 피할 수 있다.

지금의 태영이라면.

목숨을 걸고 싸워 그만한 힘을 얻었으니까.

그러나 굳이 그런 힘을 발휘해 계속 총을 피할 필요도 없었다.

철컥! 철컥!

"뭐, 뭐야? 빌어먹을! 이건 또 왜 이래?"

펑-!

군데군데 녹이 슬어 있던 총이 폭발!

"크악! 손! 내 손!"

놈이 피떡이 돼 버린 손을 움켜쥐고 꽥꽥 비명을 터뜨렸다.

태영은 놈을 향해 걸음을 옮겼다.

서두를 필요는 없었다.

천천히, 지나는 길에 바닥에 박아 넣었던 그리모어를 뽑아 들고 놈의 앞으로 다가가자 바들바들 떨어 대던 놈이 화들짝 놀라며 고개를 들어 올렸다.

"자, 잠깐! 기다려! 나는…… 다쳤어! 보라고! 더 싸울 수도 없고, 그럴 생각도 없어! 그러니까 이제 됐어! 됐다고! 가져가! 식량이든 물이든! 원하는 대로 가져가라고!"

"그런 말을 하기는 좀 늦은 감이 있다고 생각하지 않나?"

"몰랐다고! 네가 이렇게 괴물 같은 놈인지! 그, 그래! 나와 손잡는 게 어떠냐? 이 근처에는 여기처럼 사람들이 모여 있는 곳이 많아! 네 실력이면 그곳을 다 장악하는 것도 어려운 일이 아니야! 그럼 여자도, 식량도, 뭐든 마음대로 할 수 있다고! 왕처럼 살 수 있단 말이야!"

"고맙게 생각해라."

태영이 싸늘한 목소리로 말하며 몸을 돌렸다.

"난 죽이기로 마음먹은 놈을 가지고 노는 취미는 없으니까. 너처럼 마음에 안 드는 놈이라도."

쿵-!

그 뒤에서 방탄조끼의 사내가 피가 콸콸 쏟아지는 목을 움켜쥐고 쓰러졌다.

그때 그리모어가 살짝 진동했다.

-흠…….

"뭐 말하고 싶은 거라고 있나?"

-아니, 뭐랄까…… 나는 주인이었던 인간들을 모두 기억하고 있는 건 아니다. 나를 만든 인간이 일부러 그렇게 만든 건지는 모르겠지만, 주인이 바뀌면 과거의 기억은 마치 안개가 낀 것처럼 모호하게 변해 버리지. 하지만 적어도 어떤 느낌이었지는 기억하고 있다.

"그런데?"

-처음이다. 주인처럼 감정이 급격하게 변하는 사람도, 또 같은 인간을 베면서도 아무런 감정의 변화가 없는 사람도.

"그런 것도 느낄 수 있나?"

-그렇게 되더군.

"그래서? 싫은가?"

-나는 검이다. 내게 몬스터와 인간은 크게 다른 존재가 아니야. 그러니 딱히 좋다 싫다 말할 문제도 아니지만, 흥미롭기는 하군. 주

인은 역시 정상이 아니야.

당연히 정상일 리가 없다.

수없이 죽음을 경험하고, 다시 같은 시간을 살아 낸 인간의 감각이.

이해할 수 있는 인간도 없을 테고 바라지도 않는다.

해야 할 일은 명확하고, 그 과정에 어떤 어려움이 있는지도 알고 있다.

그런 장애물을 치울 때마다 감정을 소모하는 건 미련한 짓이다.

지금도 마찬가지다.

체육관에는 아무 소리도 들리지 않았다.

중학생처럼 보이는 소년과 그를 감싸던 사내도, 그 외의 사람들도 그저 멍하니 태영을 바라보고 있을 뿐이었다.

그러나 태영은 시선도 돌리지 않았다.

그저 묵묵히 단검을 챙기고 놈들의 아지트, 식료품이 쌓여 있는 곳으로 걸어갔다.

그리고 배낭을 열고 날카로운 안목으로 엄선한 고칼로리 저단백 식품을 챙겨 넣기 시작했다.

전리품은 승자의 당연한 권리니까.

빵빵하게 채운 배낭을 짊어진 태영이 입구로 걸음을 옮길 때였다.

"어, 어이! 잠깐만요!"

웅성대던 사람들 속에서 누군가 소리쳤다.

"뭐지?"

태영이 걸음을 멈추며 고개를 돌렸다.

피에 젖은 얼굴을 본 사람들이 움찔하며 입을 다물었다.

그리고 서로 미루는 듯한 눈으로 마주보기를 잠시, 이내 한 청년이 조심스럽게 물어왔다.

"설마 그냥 가시는 겁니까?"

"그런데?"

"그, 그럼 저희는 어떡합니까?"

"그걸 왜 나에게 묻지?"

"아니, 그……."

"당신은 여기 모여 있는 사람들이 보이지도 않는 거요?"

그때 뒤에서 거친 목소리가 터져 나왔다.

시선을 돌리자 뚱뚱한 체구의 중년 남자가 사람들을 밀치며 다가왔다.

"지금까지 우리를 지켜 주던 사람을 당신이 다 죽였지 않소?"

"지켜 주던?"

"그래! 아까 그 사람들 덕에 버티고 있던 거라고! 여기는! 우리도 그래서 꾹 참고 있었던 거고! 그런데 갑자기 나타나 그런 사람들을 다 죽였으면 책임을 져야 하는 거 아니오? 그게 상식이고 도리 아니냐고!"

"책임?"

태영은 웃어 버리고 말았다.

물론 즐거워서 나오는 웃음은 아니었다.

ㅡ대체 뭐라는 거야, 저 인간?

태영도 모르겠다.

아니, 모르진 않지만, 이해하고 싶은 생각은 없다.

그딴 말을 이해하기 위해 뇌용량의 0.1%도 쓰고 싶지 않고, 어차피 기분만 나빠질 테니까.

그러나 궁금해지기는 한다.

"당신이 떠들어 대는 상식과 도리가 뭔지는 모르겠지만, 가장 궁금한 건 이거다."

태영이 중년 남자에게 바짝 다가서며 물었다.

"넌 내가 뭐로 보이나?"

"뭐……."

"내가 그런 웃기지도 않은 헛소리에 웃으며 고개를 끄덕여 줄 사람처럼 보였나? 자신을 위해서도 위험을 감수할 의지조차 없는 네놈 같은 인간들이나 지켜 주며? 그렇게 보였다면 유감이군. 난 만만하게 보는 놈은 좋아하지 않으니까. 그리고 봤다시피 나는 좋아하지 않는 놈을 저렇게 만드는 데 주저하는 사람도 아니고 말이야."

태영이 슬쩍 곳곳에 흩어져 있는 시체를 턱으로 가리켰다.

중년 남자의 얼굴이 대번에 창백해졌다.

"우, 우리까지 죽이겠다는 거냐?"

"다른 사람까지 끼워 넣지 마라. 네가 한 말이니 뒷감당도 네가 해야 하는 거 아닌가? 더구나 그렇게까지 책임이나 도리를 따지는 사람이라면 말이야."

"아, 아니야! 나는 모두의 의견을……."

"내가 알 바 아니지."

태영이 허둥대는 중년 남자의 목을 움켜쥐었다.

아니, 움켜쥐려 할 때였다.

"그, 그만하십시오!"

그 사이로 한 남자가 뛰어 들어왔다.

조금 전 학생을 감싸고 대신 두들겨 맞던 남자였다.

"무슨 말씀이신지는 충분히 알았습니다! 이 사람도, 나머지 사람들도 그저 겁을 먹었을 뿐입니다! 갑자기 모든 걸 잃고 목숨까지 위협받고 있으니, 누구에게든 의지하고 싶을 뿐입니다! 그게 이 사람이 당신에게 한 말의 변명이 되지 않는다는 건 알고 있습니다! 그저 이해해 달라는 겁니다, 우리 같은 사람들의 처지도."

그 말에 태영은 팔을 내리고 한 걸음 물러났다.

태영도 무슨 살인에 환장한 사람은 아닌지라 정말 죽일 생각은 없었다.

정말 죽일 생각이었다면 중년 남자는 한참 전에 바닥에 누워 피 분수나 뿜어 대고 있었을 테고.

태영이 물러난 건 중년 남자보다 끼어든 사내 때문이다.

적어도 그는 이곳에 있는 사람 중에서는 누구보다 그런 말을 할 자격이 있으니까.

"당신, 오래 살 타입은 아니군."

뭐 그게 좋은 건지는 모르겠지만 어쨌든.

태영이 그저 한번 피식 웃어 주고 몸을 돌릴 때였다.

안도의 한숨을 불어 내던 남자가 퍼뜩 생각난 얼굴로 소리쳤다.

"잠깐만요!"

"아직 뭔가 남았나?"

태영이 인상을 찌푸리며 고개를 돌리자 남자가 주춤하며 물었다.

"혹시 이 숲을 나갈 생각입니까?"

"당장은 그럴 생각도 없고, 설사 그렇다고 해도 다른 사람까지 끌고 다닐 생각은 없다."

"그런 말은 아니고…… 서쪽은 피하라는 말을 드리려고 한 겁니다."

"서쪽?"

"실은 이 사태가 일어났을 때 학교 사람들과 함께 이 숲을 나가려고 시도한 적이 있었습니다. 그런데 주변이 온통 늪지로 변해 있더군요. 독 안개 같은 것도 깔려 있고요. 게다가 이 근처에 돌아다니는 괴물보다 더 크고 끔찍한 괴물까지 있어서…….”

그가 입술을 꾹 깨물며 고개를 저었다.

“다른 곳도 위험하기는 마찬가지겠지만, 그쪽만은 피하는 게 좋을 겁니다.”

그 말에 잠시 생각하던 태영이 물었다.

“혹시 이 일이 벌어지고 며칠이 지났는지 알고 있나?”

“네? 그야…… 18일째일 겁니다.”

태영이 생각했던 것보다는 많이 지났다.

그러나 금속이나 플라스틱이 삭아 버릴 정도의 시간은 아니었다.

‘그건 다른 문제라고 봐야겠군.’

“여기서 서쪽이라면 군부대가 있을 텐데 혹시 군인을 본 적은 없나?”

“못 봤습니다. 거기까지 가지도 못했고요.”

사내가 한숨을 불었다.

“쓸데없는 기대감에 애먼 사람들만 죽어 나간 셈이죠.”

“쓸데없는?”

“아! 그렇군요. 그건…….”

주위를 둘러보던 사내가 주춤주춤 다가와 속삭이듯이 말했다.

“아직 다른 사람에게는 말하지 않았습니다만 서울만 이렇게 된 게 아닌 것 같습니다. 도중에 라디오가 끊어져 저도 다 아는 건 아니지만, 그때 분명 전역에서 같은 일이 벌어지고 있다고 들었습니다."

새삼 놀랄 일은 아니었다.

그럴지도 모른다고 생각했고, 그래서 이 숲에서 모든 것을 얻고 나가야겠다고 생각한 것이다.

그래도 확실하게 알게 된 건 수확이라면 수확이다.

"참고하지."

"아, 그리고……."

남자가 여기저기를 뒤적이다가 나침반을 꺼내 들었다.

"이것도 다른 물건들처럼 꽤 낡아 버렸지만, 밀폐되어 있어서인지 자석이라 그런 건지 자침은 크게 상하지 않아 정상적으로 작동합니다. 어디로 가시는지는 모르겠지만, 도움이 될 겁니다. 저는 하나 더 있으니 신경 쓰지 마시고요."

신경 안 쓴다.

그렇지 않아도 하나 필요하던 참이니까.

그러나 그런 것도 막상 필요할 때는 찾기 힘들었고, 문방구에 있는 건 싸구려 플라스틱 제품이라 그런지 제대로 작동하는 게 없었다.

"고맙게 받지."

"시간이 지나면 이곳의 사람들도 현실을 받아들일 겁니다."

"그건 내가 알 바 아니고."

피식 웃으며 대답한 태영은 나침반을 받아 들고 바로 체육관을 나왔다.

'적어도 이 숲을 나갈 때까지는…….'

나쁜 쪽도 그렇지만, 좋은 쪽의 사람이라도 얽혀서 좋은 게 없다.

조력도 짐도 필요 없다.

'이번에는…….'

발목을 잡히지 않을 것이다, 누구에게도!

'슬슬 시작되는군.'

태영은 걸음을 멈추고 주위를 둘러보았다.

무너진 건물의 잔해와 그 사이사이를 메우고 있는 나무들.

새삼스럽지도 않은 풍경이지만, 지금까지 지나온 길과는 확연히 다른 점이 있었다.

눈에 보이는 나무들이 모두 시커멓게 썩어 가는 부목(腐木) 뿐이었다.

그리고 발아래로 깔리기 시작한 안개.

-이건…….

"체육관의 남자가 말했던 그 독 안개야."

-온 거냐? 굳이 그쪽으로?

"그래, 여기가 내 두 번째 목적지니까."

–두 번째?

"첫 번째는 네가 있던 석실, 그다음이 여기라는 말이야. 기뻐해라. 내가 널 첫 번째로 간택했다는 말이니까."

–그런 말만 하지 않으면 기뻐할 수 있을지도 모를 텐데 말이지. 게다가 아까 체육관에서는 살기를 풀풀 날리더니 이번에는 또 뭐가 이렇게 가벼워? 불과 몇 시간 전이라고.

"그게 내 매력이지. 너도 내가 내내 꿀꿀한 얼굴로 신경질적인 반응을 보여서 좋을 건 없잖아."

–그건 그렇지만…….

"그럼 그냥 그런가 보다 해. 천성이라고 했잖아."

태영이 피식 웃으며 덧붙였다.

그러니 일단 그런 건 넘어가고, 어쨌든 알고 있었다.

체육관의 남자에게 듣기 전부터, 아니 되레 제대로 모르는 건 그 남자다.

그는 서쪽이라고 했지만 다른 방향이었어도 결과는 달라지지 않았을 것이다.

이 망할 숲에는 곳곳에 이런 독 안개가 깔려 있으니까.

일반 안개와 구분도 안 된다.

이계의 사람들도 이 숲에 들어오기 꺼리는 이유는 몬스터보다 그쪽이고, 태영 역시 같은 이유로 이 숲에서 수없이 죽었다.

그게 여기가 두 번째 목적지인 이유다.

이 앞의 늪지대에는…….

－그래서? 더 들어가겠다는 거냐? 앞이 온통 시커멓게 보일 정도로 독 안개 천지인데?

“안다고 했잖아.”

그렇지 않아도 안개가 닿는 발목이 따끔거려 슬슬 시작할 참이었다.

준비는 석실을 나왔을 때부터 시작했다.

숲을 지나며 보이는 족족 채취해 배낭에 챙겨 두었던 버섯과 풀.

그 둘을 한데 섞어 으깬 뒤 생수병에 넣자 물이 금세 주홍빛으로 물들었다.

－뭐냐, 그게?

“해독제지. 특효까지는 아니지만, 이 숲에서 구할 수 있는 재료로는 이게 최선이야.”

－대체 그런 건 또 어떻게 알고 있는 거야?

“다시 말해 줘, 나 천재인 거?”

진짜 그랬으면 좋겠지만 아쉽게도 아니다.

그래서 배웠다.

처음 이 숲을 탈출했을 때, 다음 회귀에 대비해 연금술을 들입다 파서 말이다.

슥슥! 슥슥!

이것도 그때 배운 것이다.

태영은 갑옷을 벗고 버섯과 풀을 으깨 만든 진액을 꼼꼼히 바르고, 마트에서 챙겨 온 손수건에도 두껍게 바른 뒤에 반으로 접어 입에 둘렀다.

해독제 스킨과 마스크!

당연히 중독의 위험을 줄이기 위해서고, 그게 가장 효과적인 방법이다.

"다 됐군. 그럼 이제 가 볼까?"

태영은 점차 짙어지는 안개 속으로 들어갔다.

늪지의 유실물

"후-."

태영이 낮게 숨을 불어 냈다.

그 주위로 허연 기류가 여러 개의 작은 소용돌이를 만들며 퍼져 나갔다.

질감마저 느껴지는 짙은 안개.

'확실히…….'

보통 이 정도로 깊이 들어올 때면 항상 눈앞이 깜깜해졌다.

비유 같은 게 아니라, 말 그대로다.

해독제 스킨과 마스크도 눈알까지 커버해 주는 건 아니니까.

그 탓에 이곳에 올 때마다 독기에 침습 당해 눈물을 콸콸 쏟았고, 그 눈을 해독제로 들이부으며 더듬더듬 바닥을 짚어 가는 안타까운 장면을 연출할 수밖에 없었다.

-어이, 주인. 괜찮은 거냐?

"하! 웬일이냐? 네가 내 걱정을 다 해 주고?"

-내 걱정도 해 달라는 말이다. 이런 곳에서 주인을 잃어버리면 나도 이런 곳에 처박혀 있어야 할 테니까.

"그런 걱정은 집어치우시지."

그러나 지금은 이런 쿨한 상태를 유지할 수 있었다.

-눈이 벌겋다 못해 까만데?

그래도 슬슬 안구 세척 할 때가 된 것 같기는 하지만.

질질 흐르는 눈물도 없고, 통증도 거의 없다.

그때와는 다른 몸이기 때문이다.

'각성자…….'

그 특성 중 하나인 모든 피해에 대한 저항력 50% 상승 덕분이다.

'기대했던 것 이상이야.'

사실 처음에는 뭐랄까, 기쁘면서도 아쉬운 부분이 있었다.

레벨이 존재하는 세상에서 레벨은 절대적인 기준치. 그때 확인한 레벨은 기대치에 못 미치는 감이 있었기 때문이다.

태영이 예상했던 건 80~90대.

팬텀 리퍼의 수준을 생각하면 그 정도는 충분히 달성할 수 있다고 생각했다.

그러나 결과치는 48, 절반 수준이었다.

'나머지 마소는 아마도 기맥을 뚫는 데 소모된 것이겠지.'

그러나 그냥 날아간 게 아니었다.

그 마소는 각성자, 정확히는 그 특성으로 바뀌었다.

온갖 스킬을 배울 수 있을 뿐만 아니라, 더 빨리 배우고, 더 빨리 성장하고, 더 강해지는 몸!

'인제 와서 생각하면…….'

석실에서 시간 감각을 잃었던 건 아마도 그래서였을 것이다.

깨닫지 못해서다.

지쳐 쓰러질 때까지 검을 휘두르면서도, 그 지쳐 쓰러질 때까지의 시간이 과거의 몇 배에 달할 정도로 길어졌다는 것을 말이다.

'레벨 같은 건 시간만 들이면 얼마든지 올릴 수 있다. 하지만 이런 특성은 시간을 들인다고 얻을 수 있는 게 아니야.'

새 몸의 굉장함을 새삼 실감하게 된 기분이다.

그러나 마냥 좋아할 때는 아니었다.

아쉽게도 각성자의 특성에도 불사는 없었고, 이곳은 방심이 곧 죽음으로 연결되는 곳이다.

굳이 과거의 기억을 뒤져 볼 필요도 없었다.

'저 사람들이겠지. 체육관의 남자가 함께 왔었다고 했던 사람들이.'

안개 저편에 겹겹이 쌓여 있는 시체들.

그중에는 남자와 함께 있던 소년처럼 학생으로 보이는 시체도 꽤 되었다.

물론 그들만이 아니었다.

이 근방에도 건물의 잔해가 꽤 있었고, 그 수만큼의 시체가 있었다.

그 탓에 주위는 온통 구더기로 들끓고 있었다.

그것도 평범한 구더기가 아니다.

요모조모 따지면 다른 점이 꽤 많지만, 일단 좀 크다.

한 2미터쯤.

'……웜.'

그 초대형 구더기의 이름이다.

늪지나 오래된 하수구, 동굴 등에 서식하고 지역에 따라 종류도 이름도 조금씩 다르지만, 딱히 중요하지 않다.

중요한 건 놈들이 보기만큼 만만한 놈들이 아니라는 것이다.

'엄청나게 몰려나와 있군.'

또 이전에 왔을 때와는 상황도 달랐다.

보통 놈들은 늪 속에 처박혀 있을 뿐, 밖으로 나오는 일은 드물다.

그러나 지금은 사방에 널린 시체 탓에 몽땅 밖으로 기어나와 주변이 온통 웜 천지였다.

‘하지만 이전과 달라진 게 그것만은 아니지.’

주위의 건물도 이전에는 없던 것이다.

태영은 배낭 옆에 달아 둔, 오는 길에 찾아 챙겨 두었던 피켈을 빼 들었다.

그 역시 꽤 녹이 슬어 있었지만, 아직은 쓸 만했다.

깡! 깡! 깡!

피켈로 내리찍는 건물 벽도.

겉면은 금세 가루로 변해 우수수 떨어졌지만, 안쪽 콘크리트는 아직 단단했다.

‘그렇겠지. 안쪽까지 다 삭았으면 진즉에 주저앉았을 테니까. 기둥의 심 부분까지 삭지 않았다면 아직은 괜찮아.’

태영은 건물 안으로 들어갔다.

내부는 엉망진창, 각종 집기와 시멘트 덩어리가 마구잡이로 뒤섞여 있었다.

멀쩡해 보이는 곳도 겉만 그렇지 발을 딛기가 무섭게 와르르 무너져 내리기 일쑤였다.

그 탓에 때때로 위험한 상황이 연출되기도 했지만, 태영은 레벨만큼 플러스 된 순발력을 발휘하며 옥상까지 올라갔다.

‘안개 때문에 제대로 보이지는 않지만…….’

태영은 지도를 펼쳤다.

‘얼추 맞혔군.’

지도에는 도넛 형태의 원이 그려져 있었다.

태영이 그려 넣은 것이고, 그게 이 늪지의 기본적인 형태다.

수십 미터 넓이의 늪이 커다란 원을 그리며 그 중심의 섬 같은 평지를 둘러싸고 있었다.

물론 그 섬도 곳곳에 크고 작은 늪이 있지만, 기본 형태는 그렇다.

태영이 이 숲에서 찾아낸 것 중에 이곳에 있는 것을 가장 늦게 알게 된 이유가 그 때문이다.

초기에는 늪을 건널 능력도, 이유도 없었으니까.

최근 들어서야 이 숲에 더 많은 게 숨겨져 있을지도 모른다고 생각했고, 샅샅이 뒤져 보기로 한 뒤에야 알게 되었다.

'그게 여기.'

지도에는 이미 그 위치도 표시되어 있었다.

물론 정확히 일치하지는 않겠지만, 늪의 위치가 얼추 들어맞으니 오차는 100여 미터 내외.

나침반으로 방향을 확인한 태영이 고개를 끄덕였다.

'오면서 확인한 건물의 배치를 봤을 때 아마도 지금 내가 올라온 빌딩은 이거다. 여기서 목적지까지 최단 거리로 이동한다면…… 가장 가까운 빌딩은 이게 되겠군. 저 방향으로 30미터. 거리도 적당해.'

태영은 등산용 로프를 피켈에 묶었다.

그리고 머리 위로 회전시키다가 그 방향으로 힘껏 던졌다.

깡-!

안개 저편에서 울리는 소리.

'좋아! 아직 있어!'

늪지 한복판이지만, 무너지지 않은 빌딩의 상층부가 그 위로 솟아 올라와 있다는 의미다.

태영은 로브를 당긴 뒤 다시 같은 방향으로 던졌다.

다른 건 몰라도 이건 운에 맡길 수밖에 없었다.

그리고 운이란 시도하는 횟수가 많아질수록 맞아떨어질 확률도 높아지는 법!

"……됐다!"

곧, 아니, 한참 뒤에 태영의 입가에 웃음이 번졌다.

핑-!

로프를 당기는 손으로 전해지는 팽팽한 감촉.

피켈이 단단히 고정된 것을 확인한 태영은 로프를 근처의 기둥에 묶었다.

아래쪽으로 사선을 그리며 뻗은 레일이 완성되었다.

"이 정도면 괜찮겠지."

당연히 문제는 없을 것이다.

총알도 뚫지 못했던 갑옷과 같은 가죽으로 만들어진 장갑이니까.

지이이이-!

이렇게 미끄러져도.

로프를 쥔 손에는 미미한 마찰열만 느껴질 뿐이었다.

그 덕에 태영은 거침없이 로프를 타고 미끄러져 내려왔다.

그러나 안개 속에서 건물의 형체가 떠오르기 시작하자 곧바로 손아귀에 힘을 꽉 쥐며 브레이크를 걸었다.

태영의 얼굴에 웃음이 떠올랐다.

"그래, 있겠지."

－있어? 뭐가? 아무 기척도 없는데?

기척은 없다.

그러나 있었고, 있으리라고 예상했다.

태영이 보고 있는 빌딩은 늪에 통째로 처박혀 있으니까.

그 외벽은 늪에서부터 기어 올라온 넝쿨에 뒤덮여 있었고, 그 사이사이는 둥근 열매가 붙어 있었다.

－저게 뭔데?

"함정이야."

태영이 가볍게 대답하며 오른팔을 뻗었다.

순간 태영의 머릿속에 무수한 도형과 기하학적인 문자가 떠올랐다.

뒤이어 한 줄기 빛이 도형의 선을 따라 질주했고, 겹쳐진 문자를 지나며 불꽃으로 변하더니 앞으로 뻗은 손 위로 실체화되어 떠올랐다.

"파이어 볼트!"

화염계 초급 마법 파이어 볼트.

작고 긴, 화살 형태의 불덩이를 날리는 마법이다.

그 크기처럼 그리 대단한 위력은 아니지만.

펑! 펑! 펑!

넝쿨의 열매를 터뜨리기에는 충분!

불화살이 날아갈 때마다 폭죽처럼 터지는 열매에서 녹색 가루가 확 퍼져 나왔다.

–저건…….

"말했잖아. 함정이라고. 이 주변의 안개가 독성을 띠고 있는 이유가 저 열매 때문이야. 열매 주제에 성질이 사나워서 살짝 건드리기만 해도 펑펑 터지며 뿜어내는 저 가루가 엄청나게 강한 독이거든."

그 가루에는 해독제 스킨이나 마스크도 별 도움이 되지 않는다.

십중팔구는 바로 중독!

거기서 다시 십중팔구는 고통에 몸부림치다가 죽는다.

과거에 태영이 그랬던 것처럼.

–그럼 주인은…….

"뭐?"

–아니, 됐다. 무슨 대답이 나올지 예상되니까.

"그래, 정신 사납게 하지 말고 조용히 있어. 내가 여기서 뒈져 버리면 너는 습기는커녕 아예 늪 속에서 푹푹 썩는 신세가 될 테니까."

태영은 독 가루가 가라앉기를 기다렸다가 건물로 들어갔다.

내부에도 곳곳에 열매가 주렁주렁 달려 있었다.

"정말 추억 돋게 하네."

펑! 펑! 펑!

그리 좋은 추억은 아니라 신속하게 제거.

열매를 정리한 태영은 뒤에 피켈의 로프를 풀어 근처의 기둥에 묶어 두었다.

로프를 회수할 필요는 없었다. 어차피 돌아 나올 때도 써야 하니까.

그래서 로프는 잔뜩 챙겨 왔고.

깡–!

다시 피켈에 묶여 앞의 건물로 날아갔다.

태영은 그렇게 세 번째 건물까지 이동한 뒤에 다시 지도를 확인했다.

'여기를 거쳐 여기로 왔으니 이 빌딩은 이거. 그렇다면…….'

아래로 내려와 보니 역시나.

첫 번째 건물이 있던 곳처럼 고목에 덮인 평지가 펼쳐져 있었다.

도넛처럼 일대를 두르고 있는 늪을 넘어 중심의 섬에 도착했다는 의미다.

물론 그게 이제 안전하다는 의미는 아니고, 태영도 방심하지 않았다.

'그걸 얻을 때까지는!'

조급함은 대부분 실수로 연결되는 법.

태영은 파이어 볼트로 곳곳에 보이는 넝쿨을 열매를 터뜨리고, 신중하게 지면과 구분하기 힘든 크고 작은 늪을 우회하며 고목 숲을 가로질렀다.

그렇게 대략 30여 분.

"저기 있다!"

마침내 찾아낼 수 있었다.

태영이 바라보는 고목 아래에 상체를 기댄 채 죽어 있는 시체!

—뭐야? 독 안개까지 뚫고 찾아온 게 저 시체였어? 대체 왜…… 혹시 아는 사람이냐?

모른다. 관심도 없다.

태영이 찾아온 건 그 시체가 아니라, 시체가 걸치고 있는 가죽 갑옷이다.

시체가 점액질 상태로 변할 정도로 부패가 진행되어 있음에도 은은한 검은 광택을 발하고 있는 그 갑옷은…….

"어라? 그러고 보니……."

—또 왜?

"시체의 상태가 이전에 봤을 때와 달라. 그때는 못 봤던 것도 있고."

-이전? 그럼 와 본 적이 있다는 거야?

"있지, 그것도 여러 번."

-그게 무슨…… 아니, 처음 와 본 것치고는 너무 익숙한 느낌이기는 했지만, 이해가 안 되는군. 그럼 대체 왜 다시 온 건데?

"그건 당장은 설명하기 힘들어. 어쨌든…… 그래, 뭐 당연한 일일지도 모르지. 이제 이계도 내가 기억하는 이계는 아니니까. 모든 상황이 그때와 같을 수는 없겠지. 너도 그렇고."

-뭔가 따라가기가 힘들다만?

"그런 게 있어."

태영이 그렇게 대답하며 시체로 다가갈 때였다.

부그르르.

이런 소리와 함께 시체 너머의 수풀이 흔들렸다.

아니, 수풀처럼 보였지만 늪이었다. 또 그저 흔들리기만 하는 것도 아니었다.

시체를 향해 빠르게 이동하고 있었다.

촤악-!

그 직후에 늪을 가르며 치솟아 오르는 거대한 물체!

웜이었지만, 평범한 웜은 아니었다.

늪지에 외곽에서 득실대던 놈들보다 적어도 대여섯 배는 커 보이는 웜!

"자이언트 웜!"

태영이 바로 그리모어를 움켜쥐며…….

"어?"

당혹성을 터뜨렸다.

놈이 나오자마자 돌기가 돋은 거대한 아가리로 시체를 집어삼켜 버렸기 때문이다.

순간 태영은 살짝 공황 상태에 빠질 뻔했지만.

푸확-!

몸을 비틀던 놈이 다시 시체를 토해 냈다.

불과 1분도 안 되는 시간이었지만, 한쪽 팔과 다리가 사라지고, 나머지도 당장이라도 떨어져 나올 것처럼 뒤틀려 있었다.

태영이 기억하는 시체의 모습 그대로!

'그렇군. 원래 멀쩡하던 시체를 저렇게 만든 게 저 녀석이었던 건가? 그때와 달랐던 건 이계가 바뀌어서가 아니라 내가 평소보다 일찍 와서 그런 거였군. 가장 빨리 왔을 때도 일주일 이상은 걸렸으니까.'

그래서다.

좀 더 싱싱한 먹잇감을 찾아 태영을 향해 몸을 돌리는 자이언트 웜과 마주치게 된 건.

그러나 실수했다는 생각은 들지 않았다.

"좋아, 해 보지."

태영도 이유 없이 빨리 올 수 있었던 게 아니니까.

쿠콰콰콰—!

10여 미터나 되는 거대한 동체가 굉음을 일으키며 돌진해 왔다.

태영이 몸을 굴리며 팔을 뻗었다.

"파이어 볼트!"

그 손에서 연이어 뻗어 나가는 불화살.

그중 한 발이 놈에게 적중됐지만, 불길은 표피를 타고 흐르다 맥없이 흩어질 뿐이었다.

짐작했던 일이다.

웜은 늪만이 아니라 그 아래의 땅을 파고 들어가기도 한다.

진흙이라도 땅굴을 파며 다닐 정도니 당연히 표피도 상상 이상으로 질기고 단단하다.

하물며 놈은 보통 웜의 대여섯 배 크기.

표피의 두께도 대여섯 배일 테니 초급 화염 마법의 불화살 따위가 먹힐 리가 없다.

태영 역시 놈에게 맞힐 생각으로 날린 게 아니다.

펑! 펑! 펑!

파이어 볼트를 날린 이유는 이것.

'저렇게 커다란 놈과 싸우려면 먼저 공간부터 확보해야 한다!'

먼저 주변의 넝쿨 열매를 없애 두기 위해서다.

"쳇! 망할 구더기 자식, 도망쳐 주니까 눈에 뵈는 것 없이 달려들어 대는군. 조금만 기다려라. 서두르지 않아도 곧 네 놈이 원하는 대로 제대로 부딪혀서 박살 내줄 테니까!"

—좋아! 주인, 나는 준비가 됐다.

"내가 안 됐어!"

크와아아—!

"그러니까 너도 좀 기다리라고, 인마! 파이어 볼트!"

태영은 진흙 위를 이리저리 굴러 대며 쉬지 않고 불화살을 날렸다.

거기에 거대한 몸을 굴리며 미친 황소처럼 날뛰는 자이언트 웜의 도움도 있는지라, 일대의 열매는 금세 말끔하게 정리되었다.

"됐다! 이제 와라!"

그제야 태영이 그리모어를 움켜쥐며 소리쳤다.

태영이 망설임 없이 놈, 보통 검으로는 표피조차 찢어 내기 힘든 자이언트 웜과 싸울 생각을 할 수 있던 게 바로 그 그리모어의 존재 때문이다.

물론 그리모어를 휘두를 실력도!

'석실을 나와 처음 만난 위협적인 상대다. 하지만 그래 봤자 구더기! 자이언트든 뭐든 길게 끌 생각은 없다! 전투는 속전속결!'

따라서 볼 것도 없이 최대 출력으로!

위이이잉-!

뽑혀 나오는 그리모어의 검날이 진동하며 푸른빛에 물들었다.

텅!

그리고 그대로 섬광이 되어 뻗어 나갔다.

그리모어의 오러 소드와 태영의 이동기 '차지대시'가 합쳐져 만들어 낸 살의의 섬광!

동시에 마주 오던 웜의 앞부분이 쩍 갈라졌다.

그리고 이어지기 시작했다.

놈의 몸에 그리모어를 박아 넣은 채 질주하는 태영을 따라, 표피가 쩍 갈라지며 시커먼 피가 분수처럼 치솟아 올라왔다.

그리고 그때!

"크악-!"

태영의 입에서 비명이 터져 나왔다.

마치 불로 지져 대는 것처럼 화끈거리는 두 눈!

'독이다! 이 자식, 체액이 맹독이야!'

몰랐다.

놈을 본 것도, 싸워 보기도 처음이니까.

그 탓에 느닷없이 눈앞이 깜깜해진 태영은 황급히 뒤로 물러났다.

그때 우측으로 엄청난 충격이 전해지며 몸이 붕 떠올랐다.

쿵!

묵직한 울림과 함께 몸을 뒤흔드는 아찔한 통증!

그러나 비명을 터뜨릴 새도 없었다.

태영은 황급히 허리에 차고 있던 해독제를 담아 둔 병을 빼 들고 눈에 쏟아부었다.

다행히 심각한 손상을 입지는 않았는지 점차 시력이 돌아왔다.

그런데 그 시야가 갑자기 핑 돌았다.

–[습독]에 중독되었습니다.

– 이런…… 주인! 마스크!

메시지와 함께 어질어질해지는 머릿속에 그리모어의 목소리가 흘러들어 왔다.

태영은 그제야 마스크가 벗겨져 있음을 깨달았다.

얼른 주위를 둘러봤지만.

크와아아!

지면을 기며 달려드는 웜밖에 보이지 않았다.

태영은 와락 몸을 돌려 고목이 우거진 숲으로 뛰어 들어가며 해독제를 들이켰다.

덕분에 얼마 안 돼 중독 상태는 벗어날 수 있었지만, 해독제도 그걸로 끝이었다.

준비한 양이 부족해서가 아니다.

갈라진 생수병 아래로 질질 새 버린 탓이다.

"젠장, 놈에게 들이받힐 때 깨진 건가?"

콰득! 와자자작!

그리고 고목을 부수며 밀고 들어오는 웜!

생각지도 못했던 위기였다.

'그렇다면……!'

"흡!"

태영은 크게 숨을 들이켰다.

순간 잠시 맑아졌던 머리에 다시 현기증이 느껴졌다.

독 안개를 있는 힘껏 빨아들였으니 당연하지만, 다행히 각성자의 특성 덕분인지 바로 중독 상태에 빠지지는 않았다.

'이 한 호흡에 승부를 낸다!'

이제부터는 시간 싸움!

태영은 그대로 숨을 멈추고 웜을 향해 달려 나갔다.

거리가 가까워지자 놈의 앞부분이 확 치솟아 올라갔다가 떨어졌다.

콰쾅-!

굉음과 함께 푹 주저앉는 지면!

좀 전에는 측면으로 얻어맞고 날아갔으니 망정이지, 이런 식으로 깔리듯이 맞았다면 뼈 한둘 정도로 끝나지 않을 것이다.

그러나 그뿐이다.

크든 작든 구더기는 구더기!

공격 수단이라 해 봤자 이런 식으로 내리찍거나 구르거나, 제 몸뚱이를 이용하는 게 전부고, 그런 건 파이어 볼트를 날릴 때 질리게 보았다.

"그리모어! 핼버드!"

바닥을 굴러 피한 태영이 몸을 일으키며 소리쳤다.

위이이잉!

고함과 함께 그리모어가 빛에 휩싸이며 진동했다.

소드 오러와는 달랐다.

검날이 아닌 전체가 빛에 휩싸이며 손잡이가 주욱 늘어나기 시작했다.

그리고 손잡이를 따라 저 멀리까지 뻗어 나간 검날은 도끼와 같은 형상으로 바뀌었다.

이게 바로 그리모어가 가진 또 다른 능력이다.

형태 변환.

마력 소모가 크긴 하지만, 사용자가 원하는 형태로 변환이 가능한 무기다.

그러나 그게 전부가 아니었다.

위기 상황인 만큼 그 역시 아끼지 않고 방출!

"그리모어, 한 번에 간다!"

-얼마든지!

태영은 몸을 돌리는 웜을 향해 돌진하며 핼버드로 변환한 그리모어에 다시 마력을 쏟아부었다.

칭! 칭! 칭!

도끼날에서 연이어 섬광이 터져 나왔다.

그때마다 푸른 빛이 하얗게 변하더니 이내 서리 같은 한기가 뿜어졌다.

이게 바로 그리모어가 가진 또 하나의 숨겨진 능력이다.

마법의 축적과 방출.

이 능력의 핵심은 바로 앞부분, 축적이다.

평상시의 몇 배에 달하는 마력이 소모하는 대신, 특정 마법을 여러 번 중첩해 축적할 수 있는 것이다.

그리고 타격과 동시에 방출!

콰직! 쩌쩌쩡-!

그 결과가 이거였다.

놈의 머리를 향해 수직으로 떨어지는 핼버드의 도끼날!

그 날이 가르며 파고들어 가는 놈의 살점 주위가 순식간에 허옇게 얼어붙었다.

크아아아-! 쿠광! 쿠광!

웜이 괴성을 질러 대며 미친 듯이 몸을 굴렀다.
그러나 태영을 향한 공격은 아니었다.
그저 고통에 몸부림치는 것이다.
당연히, 머리가 갈라진 것도 모자라 땡땡 얼어붙기까지 했으니까.
'그러고도 죽지 않는 게 대단하다 싶지만…….'
펑! 펑! 펑!
다시 도끼날에 축적되는 마법의 힘!
그때마다 붉게 달아오르던 도끼날에서 이내 불길이 피어오르기 시작했다. 그리고 다시 수직으로 치솟았다가 얼음에 뒤덮인 놈의 머리 위로 직격!
그게 끝이었다.
퍼펑! 푸화아아아-!
폭발하는 화염 속에서 터져 올라오는 살점.
얼음과 화염의 연속 공격에 웜의 머리 부분이 통째로 날아갔다. 그리고 그 아래로 뻥 뚫린 구멍을 드러낸 몸은 몇 번 움찔움찔 경련을 일으키다가 이내 축 늘어졌다.

-종합 평가 레벨이 상승했습니다.

팬텀 리퍼를 대량 학살한 이후 내내 멈춰 있던 레벨이 올랐다.

예전에는 감각으로 느끼거나, 번번이 주문서, 혹은 마도구를 이용해 확인할 수 있던 게 자동으로 떠오르니 확실히 이전보다 업그레이드되었다는 생각이 든다.

그러나 좋아할 여유는 없었다.

-조금 놀랐다. 오러 소드 외에는 모두 처음 써 보는 건데도 꽤 익숙하게 사용하는군.

그건 본 적이 있기 때문이다.

번번이 먼저 그리모어를 찾아가던 그놈은, 태영에게 그 힘을 사용하기를 주저하지 않았으니까.

이제 와 말하지만, 마법사였던 그 망할 놈이 그리모어를 원했던 이유가 바로 세 번째 능력, 마법의 축적과 방출 때문이었다.

그리고 하나 더 덧붙이자면, 당시 그놈은 마법 축적을 일곱 번까지 할 수 있었다.

그러나 방금 태영은 세 번이 한계였다.

아직 능력이 부족해서인지, 다른 뭔가가 필요한지까지는 아직 태영도 모른다.

확실한 건 하나.

본래 그리모어는 검사도, 마법사도 아닌 검과 마법을 동시에 사용할 수 있는 마검사, 즉 태영이야말로 그 능력을 100% 활용할 수 있는 검이라는 말이다.

그러나 방금 말했듯이 지금은 마냥 좋아하고 있을 때가 아니었다.

—아니, 그런 말을 하고 있을 때가 아니군. 주인, 빨리 해독제를 만들어야 하지 않나? 체내에 독성이 쌓이기 시작한다! 이대로는 곧 중독돼! 서둘러라!

이런 이유 때문이다.

그런 생각이나 하고 있다가는 죽는다, 질식하거나, 중독돼서.

그리고 그리모어의 경고대로.

'한계다!'

이미 이런 상태다.

태영이 웜을 쓰러뜨리자마자 시체로 뛰어가 갑옷을 벗기는 이유가 그 때문이다.

그리고 입고 있던 갑옷을 오러 소드로 단숨에 갈라 버리고 허겁지겁 바꿔 입었을 때였다.

—뭐 하는 거냐? 그런 짓이나 하고 있을 때가…….

"파하! 살았다!"

—뭐, 뭐야? 왜 갑자기 숨을…… 어? 가만? 이 마력은…… 혹시 그 갑옷…….

"뭐 그런 거지. 이런 독 안개까지 뚫고 왔을 때는 당연히 그만한 보상이 있으니까 그런 거 아니겠어?"

태영이 씨익 웃으며 대답했다.

마음껏 숨을 쉬며.

이 갑옷을 찾아온 이유가 그 때문이다.

곳곳에 독 안개가 넘실대는 이 숲에서 걱정 없이 마음껏 숨을 쉬고 싶어서.

태영이 아는 한 이 숲에서 그런 자유를 허락해 주는 건 이 갑옷밖에 없으니까.

'뭐 그건 알고 있던 거고…….'

푹! 지이이익-!

태영은 그리모어를 다시 검으로 변환시켜 웜의 몸을 갈랐다.

쩍 벌어지는 배 속에서 쏟아져 나오는 각종 잡동사니.

그중에는 시체에서 떨어져 나온 한쪽 팔과 다리, 그리고 작은 가방도 하나 섞여 있었다.

웜의 배를 가른 이유가 바로 그 가방을 봤기 때문이다.

시체의 허리에 채워져 있었지만, 지금까지 한 번도 본 적이 없었던 가방.

'그래, 이런 험지까지 들어온 사람이 가방조차 가지고 있지 않았을 리가 없지. 그게 도중에 잃어버린 게 아니라 웜이 먹어 버린 거였군. 이 갑옷은 이계의 도시에서도 쉽게 볼 수 있는 게 아니야. 그건 이 사람이 평범한 신분은 아니라는 뜻. 더 쓸 만한 게 있을지도 몰라.'

태영은 기대 어린 얼굴로 가방을 열어 보았다.

텅텅 비어 있었다.

대신 함께 나온 잘린 팔의 손에 끼워진 반지가 눈에 들어왔다.

'혹시…….'

태영은 반지를 빼 살펴보았다.

금으로 되어 있었는데, 윗부분에 특이한 문장이 새겨진 커다란 보석이 박혀 있었다.

'꽤 비싸 보이는군.'

그 정도는 한눈에 알아볼 수 있었다.

그러나 기대하는 건 그런 게 아니고, 딱 보고 알 수 있는 것도 아니었다.

아쉽게도 석실의 마도서는 원소 계열 마법 전문 서적이라 아직 습득하지는 못했지만.

찌익-!

"타깃 지정, 사용자."

석실에서 챙긴 두루마리 중에는 이런 것도 있었다.

찢어진 두루마리에서 흘러나와 태영의 눈에 깃드는 빛은 '감정' 마법의 힘.

그 눈으로 바라보자 반지의 비밀이 드러났다.

[반지]

주요 구성 : 금, 루비

※평범한 금반지입니다. 상단에 장식된 루비에는 문양이 조각되어 있습니다.

평범한 반지라는 놀랍지도 않은 비밀이.

"뭐 그렇겠지. 마법 아이템이 무슨 길가의 돌멩이도 아니고, 그렇게 툭툭 튀어나와 줄 리가 없지. 젠장, 괜히 두루마리만 낭비했네. 이것도 구하기 쉬운 게 아닌데."

그러나 실망할 일은 아니다.

이곳에 온 목적은 어디까지나 갑옷을 찾기 위해서고, 제대로 손에 넣었으니까.

[가죽 갑옷(블랙 아머)]

주요 구성 : 잿빛 아탄실의 가죽
등급 : 마법
종합 방어력 : 130(참격 : B 타격 : D 관통 : C)
특기 사항 : B급 이하의 모든 독에 내성을 부여하는 마법 효과 상시 발동
※독에 면역을 가진 잿빛 아탄실의 가죽으로 만들어진 갑옷. 높은 수준의 마법적 처리와 제작 방식으로 가죽의 특성을 최대한 보존해 독에 뛰어난 내성을 발휘합니다.

이게 그 갑옷의 정보창이다.

[가죽 갑옷]

주요 구성 : 라켈의 가죽 + 넬 스파이더의 갑각
등급 : 일반
총합 방어력 : 78 (참격 : E 타격 : F 관통 : E− 마법 : F)
특기 사항 : (손상 있음)
※비교적 가볍고 유연성이 좋은 상질의 가죽 갑옷입니다.

참고로 그 탓에 폐기 처리된 갑옷은 이렇다.

"막상 이렇게 대놓고 비교해 보니 수준이 다르기는 하군. 그래, 됐다. 있는지도 몰랐던 물건을 두고 불평할 수는 없지."

하물며 꽤 비싸 보이기까지 한다면 더 말할 필요도 없지만.

"문장이 새겨진 보석이라……."

걸리는 건 이 부분이다.

이계에서도 이런 고가의 보석에 문양을 새겨 넣는 일은 드물다.

문양을 봤을 때 갑옷처럼 마법적인 효과가 있을지도 모른다고 기대한 이유도 그 때문이다.

그런데 아니라면 생각할 수 있는 건 하나뿐이다.

가문의 인장.

'이 정도 크기라면 아무래도 귀족 가문이라고 봐야겠지. 일단 기억에 없는 인장이기는 한데…… 뭐 아무래도 상관없지. 일부러 찾아가서 돌려줄 것도 아니고. 뭐가 됐든 나야 땡큐지. 석실의 병장기보다 이게 더 가볍고, 더 두둑하게 받을 수 있을 테니까.'

태영은 다시 배낭을 짊어지고 몸을 일으켰다.

물론 던져 두었던 작은 배낭도.

마침 보조 가방이 필요하던 참이고, 이제 현대의 물건은 믿을 수가 없으니 이계의 것을 사용하는 편이 나았다.

그런 생각을 하며 가방을 집어 들었을 때였다.

"……어?"

그 위로 생각지도 못했던 메시지가 떠올랐다.

"하……."

태영은 헛웃음이 나왔다.

조금 이상하다는 생각이 들긴 했다.

이곳에 죽어 있던 사람은 독 내성의 갑옷을 입고 있었다. 이 숲에 대해 알고, 나름의 대비를 하고 들어왔다는 의미다.

그런데 정작 가방은 텅텅 비어 있었다.

이해하기 힘든 일이고, 어쩌면 영영 알아내지 못했을지도 모른다.

[가방+]

주요 구성 : 라크사의 가죽
등급 : 에픽
특기 사항 : 부여된 마법 효과 있음 (확인 불가 – 잠금 상태)
※자세한 정보를 확인할 수 없습니다.

아직 감정 주문서 효과가 남아 있는 눈에 이런 메시지가 떠오르지 않았다면 말이다.

"마법 아이템이 있을지도 모른다는 생각은 했지만……."

가방은 완전 예상 범위 외였다.

이유가 있다.

-정말 내가 잠들어 있던 사이에 세상이 많이 변하기는 한 모양이군. 고작 이런 곳에서 죽어 나자빠지는 놈이 마법 가방이라니. 내가 돌아다니던 시절에는 그렇게 개나 소나 가지고 다닐 정도로 흔한 물건이 아니었는데.

"지금도 그래."

마법이 일반화되어 있는 이계라도 마법 아이템은 결코 흔한 게 아니다.

특히 그중에서도 마법 가방은 차원이 다르다.

물론 마법 아이템의 가치는 형태보다 어떤 마법이 부여되어 있느냐로 결정되는 법.

그 부분은 감정 주문서의 메시지에도 확인 불가로 나오지만.

'이쯤 되면 더 생각할 것도 없겠지.'

짐작이 되었다.

그리고 그 짐작대로라면 이 가방의 가치는 지금 입고 있는 갑옷의 몇 배!

상황에 따라서는 수십 배에 달할 수도 있다.

당연히…….

-하지만 하필 마법 가방이라니, 차라리 모르는 편이 나았겠군.

그런 감이 있긴 하다.

분명 마법 가방은 활용도도, 가치도 엄청나지만 이대로는 쓰지도, 팔지도 못한다.

보안 장치 때문이다.

메시지 끄트머리에 붙어 있는 잠금 상태라는 게 그런 의미다. 그리고 당연히, 그 잠금 상태는 정식으로 등록된 주인만이 해지할 수 있게 되어 있었다.

'내가 쓸 때는 꽤 유용한 기능이라고 생각했는데…….'

지금은 난감할 뿐이다.

애초에 그러라고 붙여 놓은 기능이긴 하지만.

－그래도 일반 가방으로는 쓸 수 있으니 그 정도로 만족하는 수밖에 없겠지.

"그럼 볼 때마다 속이 쓰리지 않겠냐?"

－다른 방법이 없지 않나? 아니면, 버리고 갈 생각인가?

"그건 두고 봐야 알겠지."

－뭘?

"뭐든."

태영은 가방을 열고 안을 살펴보았다.

좀 전에는 보지 못했지만, 가방 바닥의 안감까지 더듬어 들어가자 여러 개의 도형과 독특한 형태의 기호가 뒤엉킨 문양이 눈에 들어왔다.

마법 술식.

태영은 손을 대고 마력을 불어 넣어 보았다.

도형을 따라 빛이 퍼져 나갔지만, 곧 사그라들듯이 사라졌다.

-괜한 짓을 하는군. 그런 식으로 풀 수 있으면 잠금장치도 아니지. 검술이나 마법은 그런 식으로 배울 수 있었는지 모르겠지만, 이건 그런 것과는 달라.

"다르겠지."

태영이 고개를 끄덕였다.

"하지만 그게 풀지 못한다는 말은 아니야. 너도 봤을 텐데? 방금, 술식이 내 마력에 반응하던 걸 말이야. 그게 무슨 의미인지 모르겠냐?"

-삽질?

그리모어의 대답에 태영이 피식 웃으며 말했다.

"고급품이라는 말이다, 이 가방이. 마법 가방 중에서도 말이야."

-지금 그게 중요한가?

중요하다.

마법 가방의 잠금장치를 해제하는 방식에는 두 가지가 있다.

첫째는 시동어로 해제하는 방식.

그러나 직접 써 보면 가방을 이용할 때마다 일일이 시동어를 외치는 건 꽤 번거롭다.

또 시동어가 유출되면 잠금장치가 무용지물이 된다는 단점도 있다.

이를 보완한 것이 두 번째.

바로 주인의 마력 패턴을 등록해 사용하는 방식이다.

말할 것도 없이 두 번째 방식을 채택한 마법 가방이 더 고급품이다.

기존 방식을 보완한 것이니만큼 더 편리하고, 보안 수준도 높으니까.

그러나 태영이 걱정했던 건 되레 첫 번째 방식의 마법 가방이었을 경우였다.

이미 시체가 돼 버린 주인에게 시동어를 불게 만들 방법은 없으니까.

"하지만 두 번째 방식이라면 얘기가 달라지지."

-다르긴 뭐가 달라?

"넌 정말 모르는군."

-모르는 건 주인이다. 마력 패턴 방식도 시동어와 다르지 않아. 열쇠가 되는 건 등록된 사람 고유의 마력 패턴. 그건 사람마다 모두 다르고, 흉내 낼 수도 없어.

맞는 말이다.

마력 패턴이란 마력이 흐르는 길, 즉 기맥이다.

그리고 기맥은 직업과 배우는 스킬에 따라 달라진다. 또 개인 차가 있어 설사 같은 직업, 같은 스킬을 익힌 사람이라도 완전히 똑같을 수는 없다.

말 그대로 고유 패턴.

마력 패턴 방식이 최고의 보안성을 자랑하는 이유다.

그러나 그 방식을 생각해 낸 사람은 몰랐을 것이다. 아니, 뭐 그 사람은 모르는 게 당연하지만, 그리모어도 모르는 건 좀 유감스러운 일이다.

이제 알 때도 됐다 싶은데 말이다.

태영이 어떻게 여러 유파의 검술을 짬뽕으로 익힌 것도 모자라 마법까지 익힐 수 있었는지.

'이전처럼 시체가 뼈만 남은 상황이었다면 무리였겠지만…….'

태영은 그 시체 옆에 앉았다.

"너는 다 좋은데 딱 하나, 주인을 너무 과소평가하는 경향이 있어."

그리고 왼손을 시체의 단전에 붙인 채 마력을 주입하기 시작했다.

-뭐 하는 거지?

"모르면 그냥 보고나 있어."

태영은 눈을 감고 마력의 움직임에 집중했다.

시체의 단전으로 주입된 마력은 잠시 뻗어 올라가다가 명치 부분에서 멈췄다.

그러나 압력을 좀 더 높이자 이내 복잡한 나선형을 그리며 팔과 다리로 퍼져 나갔다.

처음 해 보는 게 아니다.

태영은 한때 검술을 사사해 본 경험도 있고, 그때 사용하는 각인도 같은 방식이다.

'하지만 그때처럼 해서는 안 되겠지.'

시체는 이미 부패가 진행하고 있는 상태.

기맥은 살이나 혈관과는 다르지만, 그 역시 몸의 일부.

영향이 없을 리가 없다.

실제로 조금 더 압력을 높이자 몇몇 곳에서 마력이 누수되기도 하고, 당장이라도 터질 것처럼 위태롭게 떨리기도 했다.

'서두르면 안 돼. 천천히…… 천천히…….'

그 상태로 마력의 흐름에 느끼던 태영은 오른손으로 가방을 쥐었다.

가방 안감에 빛이 번졌다.

마력을 흘려 넣어 본 것이지만, 이전처럼 술식을 따라 흐르다가 사라졌다.

그다음도, 또 그다음에도 같은 상황이 반복되었다.

그러나 잠시 후.

－어? 어어? 어어어?

그리모어가 당황한 목소리를 내기 시작했다.

태영이 느끼는 것은, 그 역시 느낄 수 있기 때문이다.

가방에 불어 넣는 마력은 횟수를 더할 때마다 조금씩 더 뻗어 나가고 있었다.

그렇게 될 수밖에 없었다.

지금 태영은 왼손으로 불어 넣는 마력이 시체의 기맥을 따라 움직이는 루트를, 자신의 몸으로 똑같이 재현하며 가방에 마력을 불어 넣는 중이다.

그 루트가 곧 마력 패턴.

다시 말해 태영은 시체의 마력 패턴을 복사하고 있다는 말이다.

–마, 말도 안 돼. 그런 일이…….

가능하다.

태영은, 아니 태영이기에.

모든 기맥이 뚫린 각성자의 몸이 된 태영만이 할 수 있는 일이다.

물론 그게 저절로 되는 것은 아니다.

기맥이 손상되어 아예 마력이 흐르지 않는 곳도 많으니까.

그런 곳은 태영이 전체의 흐름을 파악해 채워 넣어야 하고, 잔가지처럼 몸 전체에 무수히 뻗어 있는 미세한 기맥 하나도 놓쳐서는 안 된다.

'모든 것을 똑같이! 이 사람과 완전히 같은 몸이 되지 않으면 안 된다!'

태영은 모든 의식을 오직 그 하나에만 집중했다.

그리고 그렇게 되었다.

별다른 변화는 없었지만, 느낄 수 있었다.

번번이 도중에 튕겨 나오던 마력이 자연스럽게 뻗어 나가 되돌아오는 느낌.

마침내 잠금장치가 풀렸다는 말이다.

태영이 예상한 대로!

—[???의 진해(眞解)—류(流)]의 기초 지식을 습득했습니다.

그러나 이런 것까지는 예상하지 못했다.

'어? 이게 뭐…….'

태영은 당황했지만, 잠깐이었다.

풍부한 지식 덕에 바로 상황을 이해할 수 있었다.

'그렇군. 마력 패턴은 곧 그 사람의 스킬 운용법. 바꿔 말하면 마력 패턴을 읽어 낸다는 건 스킬 운용법을 읽어 낸다는 의미와 같아. 이름이 물음표로 나오는 건 완전한 상태가 아니라서 그런 건가? 그래도 일단 보아하니 무술 쪽인 것 같기는 하지만…….'

중요한 건 그게 뭐냐가 아니다.

이런 식으로 스킬 정보를 읽어 낼 수 있다는 점이다.

물론 불완전한 정보고, 그것만으로 스킬을 익힐 수 있으리라는 생각도 들지는 않았다.

그러나 각성자의 새로운 가능성을 알게 된 것이다.

'활용할 방법은 얼마든지 있어. 아마도, 지금 당장 떠오르는 건 없지만.'

당장 생각할 일도 아니었다.

아직 할 일이 모두 끝난 게 아니기 때문이다.

지금은 왼손으로 읽어 낸 본래 주인의 마력 패턴을 복사하고 있을 뿐, 외우고 있는 건 아니다.

그러니 태영을 새로운 주인으로 등록할 필요가 있었다.

어려운 일도 아니었다.

말했듯이 태영은 이전에 마법 가방을 사용해 본 적이 있었다.

물론 지금처럼 불법 취득이 아니라 정식으로 구매해서.

당연히 새 패턴의 등록 방법 정도는 숙지하고 있었고, 간단히 끝났다.

"뭐 할 말 있냐?"

태영은 그제야 씨익 웃으며 눈을 떴다.

내내 안 된다고 부르짖던 녀석이 인제 와서 무슨 할 말이 있겠냐 싶었지만.

-……도둑으로 전향하면 대성하겠군.

"고작 할 말이 그거냐?"

-꼬아서 듣지 마라. 순수하게 감탄하고 있는 거니까. 주인에게도, 그 몸에도, 이쯤 되면 할 수 있는 게 뭔지가 아니라 못하는 게

뭔지 물어봐야 할 정도로군.

"묻지 마, 나도 모르니까."

태영이 피식 웃으며 대답했다.

잘난 척하는 게 아니라 정말 몰라서 하는 말이다.

대체 각성자의 몸으로 할 수 없는 게 뭔지. 물론 그렇다고 만능이라고 생각하는 건 아니지만, 지금 기분으로는 정말 뭐든지 가능할 것 같았다.

'아니, 설사 만능이라도 활용할 줄 알아야 제힘을 발휘하는 거지. 그러니 앞으로도 꾸준히 활용법을 찾아가야 하겠지만, 일단 지금은…….'

태영은 다시 감정 주문서를 꺼내 들었다.

꼭 확인할 필요는 없지만 이런 건 기분 문제다.

[은닉의 마법 가방]

주요 구성 : 라크사의 가죽

등급 : 에픽

특기 사항 : 인벤토리 마법 부여 (10㎥)

※고도의 기술력과 부여 마법으로 제작된 최상급의 마법 가방입니다. 뛰어난 보안 장치에 의해 잠금 상태에서는 어떤 종류의 마법으로도 내용물은 물론, 가방에 정보도 알아낼 수 없습니다.

역시나 만족스러운 메시지가 떠올랐다.

태영이 아낌없이 시간과 노력을 투자한 이유가 바로 이 때문이다.

이 가방에 부여된 마법은 이차원 공간을 창고처럼 사용할 수 있게 해 주는 인벤토리.

가지고 다닐 수 있는 창고나 다름없다는 말이다.

'그런데…… 뭐야, 이 넓이는?'

보통 마법 가방의 넓이는 3~4m^3, 거기서 1m^3만 넓어져도 가격이 기하급수적으로 늘어난다.

그런데 이 가방의 인벤토리는 무려 10m^3!

'대체…….'

얼마나 할지 상상하기 힘들었다.

물론 꼭 알아야 할 필요는 없다. 이제 살 일도 없지만 팔 생각도 없으니까.

그러나 아직 좋아하기는 이르다.

"인벤토리 검색."

태영이 안감의 마법 술식에 손을 대며 중얼거렸다.

–[주머니], [노트], [말린 약초 묶음×32], [가죽×4], [육포×10], [빵×7], [물통×10], [랜턴], [단검], [숫돌]…….

주르륵 떠오르는 메시지.

인벤토리에 수납된 물건 목록이 떠올랐다.

10m^3를 꽉 채울 양은 아니지만, 태영의 백팩 서너 개 분량은 되어 보였다.

마법 가방의 장점 중 하나가 이것이다.

그만한 물건이 수납되어 있어도, 아니 설사 10㎥를 꽉 채울 정도의 물건을 수납해도 무게는 조금도 늘어나지 않는다는 것.

그뿐이 아니다.

"혹시 모르니 이것들도 한 번씩 확인해 봐야겠지? 일단…… 주머니."

가방에 손을 넣고 말하는 것만으로도 원하는 물건이 자동으로 손에 쥐어진다.

태영은 그런 식으로 가방의 내용물을 하나씩 살펴보았다.

특별한 물건은 없었다.

그러나 필요 없는 물건도 없었다.

주머니에 들어 있던 30골드가량의 돈과 작은 보석들도 그렇지만 그 외에도. 모험에 필요한 도구가 꽤 들어 있었고, 모두 태영에게 필요한 물건이었다.

그리고 그 과정에서 오래된 궁금증도 해결할 수 있었다.

바로 회귀할 때마다 요긴하게 사용해 오던 갑옷의 주인이 이 숲에 들어온 이유다.

목록 맨 앞에 있던 노트의 끄트머리에 적혀 있었다.

드디어 필요한 약초를 모두 찾았다!

달랑 이 말뿐이었지만.

'어째 유난히 약초가 많이 들어 있다 했더니 그게 목적이었군. 이런 갑옷에 마법 가방까지 가지고 있던 사람이 돈이 없어서 그런 건 아닐 테고, 다른 곳에서는 구하지 못하는 약초를 찾아 들어온 거겠지.'

앞뒤 정황을 파악하기는 충분했다.

그리고 태영은 나름 연금술에도 조예가 있는지라…….

'그게 아마 이걸 거고.'

그게 뭔지는 바로 찾아낼 수 있었다.

뒤틀린 나뭇가지처럼 생긴 시커먼 풀 더미, 머먼트.

가방 속의 약초 중 이 숲에서만 구할 수 있는 건 그것밖에 없었다.

'머먼트가 약초로 쓰인다는 말은 못 들었는데…… 이 사람이 잘못 알고 있었던 걸까, 아니면 내가 모르는 효능이 있는 건가? 지금은 알아낼 방법이 없지만…….'

의미도 없었다.

그렇다고 당장 숲을 나가 전해 줄 수 있는 것도 아니니까.

애초에 태영은 그가 누구인지도 모른다.

혹시나 해서 다른 페이지도 살펴봤지만, 그의 신분을 알아낼 만한 대목은 없었다.

'하긴 일지에 자기가 누구인지 주저리주저리 써 놓는 사람도 없겠지. 그럼 결국 단서는 이 반지 하나뿐이군.'

태영이 그렇게 일지나 반지를 살펴본 건 관심이 생겨서다.

머먼트라는 약초의 쓰임새나 애매하게 배워 버린 '???의 진해'라는 스킬에 대해서.

'밖에 나가면 한번 알아보기는 해야겠군.'

태영은 생각을 떨어 내고 배낭의 물건을 모두 꺼내 가방에 옮겨 담았다.

당연히 그편이 더 편해서다.

그리고 또 하나, 실험해 보고 싶은 것도 있었다.

'이 세계의 물건은 금속이나 플라스틱, 시멘트마저 빠르게 부식되고 됐다. 아마도 이계의 영향이겠지만, 인벤토리는 이계와도 다른 이차원 공간. 실제로 이계에서 쓸 때도 인벤토리에 넣어 둔 음식은 상하지 않았으니 이 세계의 물건도 그대로 보존될 확률이 높아.'

이걸 확인해 보기 위해서다.

예상이 적중한다면 인벤토리에 또 다른 메리트가 생기는 셈이다.

'이런 것도 스텝 업이라면 스텝 업이겠지.'

–이제 뭐 할 거냐?

한결 가벼워진 배낭을 짊어지고 일어나자 그리모어가 물었다.

태영이 씨익 웃으며 대답했다.

"하나밖에 없지."

불청객

－미리 말해 두지만, 나는 대체로 과묵한 편이다.

"뭐야, 뜬금없이?"

－뭔가 얘기를 할 때는 제대로 해야지, 앞뒤 맥락 없이 툭 던지듯이 말해 버리면 내가 계속 질문을 해야 하지 않냐는 말이다.

"알고 싶은 게 뭔데?"

－한둘이 아니다만, 종합하면 이거다. 그래서 이제부터 구체적으로 뭘 하겠다는 거냐?

"생각 중이야."

－뭐? 아까는 할 일이 하나밖에 없다고 하지 않았나? 그런데 인제 와서 생각 중이라니? 무슨 대답이 그래?

"할 일은 정해져 있어. 문제는 그게 쉽지 않다는 거고, 그래서 방법을 생각 중이라고 하는 거다.”

-인제 와서?

“인제 와서라니?”

-검술이나 마법을 익힐 때도 그렇고, 아까 그 갑옷을 찾으러 갈 때도, 뭔가 고민하고 한 일이 아니잖아. 중간 과정 생략, 그런 게 특기 아니었나?

그게 안 되니까 이러고 있는 거다.

아니, 하려면 할 수도 있다.

마음만 먹으면 지금이라도, 남은 하나를 찾아 이 숲을 나갈 수 있다.

그러나 태영은 알고 있다.

쉬운 길을 택하면 당장은 편하지만 거기까지다.

그 이상의 발전은 없고, 실패는 그런 선택들이 쌓여 만들어지는 법이다.

-뭐 나야 어느 쪽이든 상관없다만…….

그때 잠깐 말을 끊은 그리모어가 살짝 진동을 일으키며 말을 이었다.

-주인, 또 있는데?

“알고 있어.”

태영이 고개를 끄덕였다.

늪지로 향할 때는 체육관의 사람들밖에 보지 못했다.

그러나 지금 걷는 곳은 모퉁이 뒤나 무너진 건물 안, 곳곳에서 사람의 기척이 느껴졌다.

예상은 하고 있었다.

이 숲의, 아니 이계의 몬스터 대부분은 영역 의식이 강하다.

특히 비슷한 힘을 가진 몬스터는 서로를 경계해 항상 일정 거리를 유지한다.

지금 태영이 있는 곳이 바로 그런 몬스터의 영역 사이.

어떤 의미에서는 안전지대라고 할 만한 곳이다.

'처음부터 이곳에 있던 건지, 몬스터를 피해 헤매다 흘러들어 오게 됐는지는 모르겠지만…….'

그들 역시 마찬가지다.

당장은 그 덕에 살아남았지만, 곧 한계가 온다.

그저 살아남은 것에 만족하면, 그저 편하고 안전한 길만 선택하면, 생존자 이상으로 많이 봐 온 시체들처럼 말이다.

'하지만 어떤 결과를 맞이하든 그건 저들의 선택이지. 내가 참견할 일이 아니야.'

태영만 그렇게 생각하는 게 아니다.

지금까지 꽤 많은 인기척을 감지했지만, 도망간 사람은 있어도 먼저 다가온 사람은 없었다.

'대부분은 경계해서 그런 것이겠지만, 체육관의 사람들처럼 식량을 나누기 싫어서 그런 사람도 있겠지. 하지만 결국 다를 건 없어. 위험을 감수하기 싫은 거다. 남을 위해서도,

심지어 자기 자신을 위해서도.'

비웃을 생각은 없다.

단지 태영은 그들과 다른 선택을 했을 뿐이다.

쉬운 길이 있지만, 어려운 길로 가기로 했고, 그 길을 가기 위해 노력하기로.

그 결과가 어떨지는 모른다.

경험해 본 적이 없기 때문이다. 무리라고 생각했으니까.

'하지만 지금은 다르다. 또 앞으로도 달라야 한다. 그러기 위해서는 한 걸음도 양보해서는 안 돼. 한번 마음먹은 일은 기필코 달성한다.'

그래서 생각 중이라고 말한 것이다.

뭘 해야 할지 몰라서가 아니라 너무 많아서.

태영은 적어도 마경의 숲을 나갈 때까지는 1분, 1초도 헛되이 쓰고 싶지 않았고, 그러기 위해서는 끊임없이 생각하고 움직이는 수밖에 없었다.

"저기로군."

그렇게 도착한 곳은 'e' 자만 남는 간판이 덜렁대는 건물이었다.

-음? 여기는 전에 왔던 곳 아닌가?

"뭐 그렇지."

정확히 말하면 위치는 다르지만, 같은 곳이기는 하다.

-왜 다시 온 거지?

"전에 봤잖아. 저기 이것저것 물건 많은 거. 왜 왔겠냐?"

–그럼 전에 왔을 때…… 아, 그렇군.

"그래, 그때와는 다르지."

그때도 필요한 물건이 없었던 건 아니었다.

그러나 짐을 더 늘릴 수도 없었고, 어차피 의미도 없다고 생각했다.

이 세계의 물건은 금속과 플라스틱을 빼면 남는 게 없었고, 아직 정확한 이유는 모르지만 일단 그 두 가지는 빠르게 부식되고 있으니까.

그러나 오는 길에 이미 확인했다.

'예상대로 마법 가방의 인벤토리에 넣어 둔 건 이 세계의 물건이라도 부식이 진행되지 않아.'

먼저 이곳을 찾아온 이유다.

필요한 물건이 있다면 지금, 조금이라도 빨리 챙겨 둬야 하기 때문이다.

'뭐 지금도 늦은 감이 있지만.'

마트 안의 진열대는 모두 무너져 있었다.

얇은 금속은 이미 손만 대도 바스러질 정도로 녹이 슬어 버린 탓이다.

그러나 상대적으로 플라스틱 재질은 손상이 덜했다.

텅–! 텅–!

"좋아, 이건 아직 쓸 만하겠어."

희죽 웃는 태영의 머릿속에 다시 그리모어의 목소리가 흘러들어 왔다.

– 나는 과묵한 편이다.

"하고 싶은 말이 있으면 그냥 해. 내가 언제 시끄럽다고 구박이라도 했어? 뭘 번번이 그렇게 깔고 들어가고 있어?"

태영의 말에 그리모어가 한숨을 불었다.

– 답답해서 그런다. 밖의 건물들이나 여기나 온통 처음 보고 모르는 것투성이라. 이전에도 수십 년, 심지어 100여 년 만에 밖으로 나온 적도 있지만, 이런 적은 처음이다. 내가 바보가 돼 버린 기분이다.

하긴 그리모어 입장에서는 답답하기는 할 거다.

물론 일단 이 세계에 어떤 일이 일어났는지는 말해 주었다.

일단 아는 범위 내에서는.

그러나 현대 문물까지 세세하게 말해 줄 수는 없었고, 듣는다고 이해할 수 있는 것도 아니다.

– 뭐냐, 그건?

그러니 이렇게 그때그때 묻고.

"물통이지. 그 용도로 쓸 건 아니지만."

대답해 주는 수밖에 없다.

그리고 태영은 이제 동반자나 다름없는 관계가 된 그리모어라면 그 정도는 기꺼이 해 줄 용의가 있었다.

—물통이라…… 뭐 대강 그런 용도이지 않을까 했다. 당연히.

그때마다 반응을 보는 게 은근히 재미있기도 하고.

—하지만 대체 뭐로 만들어졌는지는 모르겠군. 아니, 그보다 그게 가방에 들어가기는 하겠냐?

안 들어간다.

태영 앞에 쌓여 있는 건 20~30리터짜리 대형 물통이니까.

그러나 마법 가방에 대해 알고, 조금만 창의력을 발휘하면 문제 될 건 없다.

이차원의 인벤토리와 연결된 것은 가방이 아니라 어디까지나 안감에 새겨진 마법 술식.

"인벤토리 수납. 목록명 등록, 빈 물통."

그러니 이렇게 하면 된다.

가방을 뒤집어 술식이 새겨진 안감을 물통에 대며 말하자 순식간에 사라졌고.

"빈 물통. 빈 물통. 빈 물통."

주변에 흩어져 있던 수십 개의 물통도 그렇게 사라졌다.

—하…….

그리모어가 한숨을 불었다.

"자, 다음은 여기서부터 저기까지 수납! 수납! 수납! 아, 이참에 옷도 좀 챙겨 둬야겠군. 외투도 그렇지만 특히 속옷은. 음, 중요하지. 좋아, 이거 전부!"

그러나 그리모어가 뭔 반응을 보이든, 태영은 꾸준히 무지막지한 쇼핑을 이어 나갔다.

어차피 공짜니까.

현대의 물건만이 아니다.

마법 가방에도 꽤 많은 약초가 있었다.

그러나 부족했다.

절대적인 양을 말하는 게 아니라, 필요한 게 부족하다는 말이다.

대부분 약초는 섞어 쓸 때 제대로 된 효과를 발휘하고, 당연하게도 핵심 역할을 하는 약초는 아무 데서나 구할 수 있는 게 아니다.

대체로 어둡고, 밀폐되고, 습한, 특수한 환경에서나 찾을 수 있다.

마법 가방 안에 그런 약초가 적은 게 그런 이유 때문이다.

그러나 지금은 굳이 찾아다닐 필요도 없었다.

'그게 여기니까.'

반쯤 붕괴한 마트의 지하 매장.

역시나 동굴처럼 변해 버린 지하 매장에서는 종종 그런 약초도 눈에 띄었다.

그리고 좀 더 찾아보자 아예 그런 약초가 도배되다시피 모여 있는 곳까지 발견할 수 있었다.

그러나 마냥 기뻐할 수 있는 장소는 아니었다.

"하필…… 아니, 당연하지만…… 하아……."

되게 찜찜하다.

다름 아닌 화장실이기 때문이다. 심지어 각종 희귀 버섯이 덕지덕지 붙어 있는 곳은…….

"깊게 생각하지 마! 어차피 퇴비도 똥이다!"

약용 버섯을 이렇게 대략 확보하기는 쉬운 일이 아니라 일단 접수.

볼일을 끝내고 화장실을 나온 태영이 노트를 펼쳤다.

필요할 것 같은 물건이 생각날 때마다 틈틈이 적어 둔 노트다.

"인벤토리 검색."

그 목록을 챙긴 물건 목록과 대조해 보니 거의 다 확보되어 있었다.

그럼에도 인벤토리는 아직 반 정도 여유가 남아 있었다.

'그나마 쓸 만한 물건을 챙길 수 있는 것도 아마 이번이 마지막이겠지. 뭐가 됐든 더 챙겨 가고 싶은 생각도 없는 건 아니지만…….'

남은 공간을 뭐로 채울지는 이미 정해져 있었다.

그리고 그게 다음에 할 일이다.

"자, 그럼……."

이제 번화가는 더 볼일이 없다.

이에 마트를 나온 태영은 그대로 도심 외곽으로.

몇 번인가 지도를 확인하며 방향을 수정한 끝에 목적지에

도착할 수 있었다.

처음부터 건물과 한 덩어리였던 것처럼 기괴한 형태로 붙어 있는 돌산.

'틀림없어. 내 기억대로라면…….'

그 돌산이 인벤토리의 남은 공간을 채울 물건을 구할 수 있는 곳이다.

그러나 그 전에 할 일이 있었다.

크르르르.

주위를 어슬렁대는 거대한 짐승.

곰과 닮았지만, 다리가 여섯 개나 달린 오울베어라는 몬스터다.

챙-!

-후, 한결 기분이 나아지는군. 아는 곳에서 아는 놈을 만나니 말이야. 뭐 이쪽이 내 전문이기도 하고.

검집에서 뽑혀 나오자 그리모어가 모처럼 즐거운 목소리로 떠들었다.

콰직!

물론 그 검이 박힌 오울베어는 그리 즐거워하지 않았다.

크와아아-!

놈이 성난 울음을 터뜨리며 몸을 흔들자 검날이 금세 빠져나오며 옆으로 미끄러졌다.

뒤이어 상체를 일으킨 놈이 연이어 휘둘러 대는 다리!

콰광! 와지직!

아름드리나무가 일격에 박살 났다.

그러나 그때 이미 태영은 놈의 품 안으로 파고들어 가고 있었다.

동시에 몸이 팽이처럼 회전했고, 가슴을 지나 등 뒤로 이동하는 태영의 궤적을 따라 가죽이 쩍 벌어지며 피가 쏟아져 나왔다.

자기류 회피기 스파이럴과 함께 이루어진 검격!

그러나 치명상을 입히지는 못했는지 놈이 바로 몸을 돌리며 4개의 앞발을 휘둘렀다.

태영과 달리 일격에 확실히 치명상을 입힐 수 있는 공격.

태영은 일단 뒤로 물러 나왔다.

그때 그리모어의 목소리가 흘러들어 왔다.

―……주인, 내가 언제 내 능력을 쓴다고 눈치를 준 적이라도 있나? 내 기억으로는 항상 기꺼운 마음으로 능력을 발휘해 왔다고 생각하는데. 왜 굳이 사서 고생을 하는지 모르겠군.

점잖게 말하지만, 결국 불만스럽다는 말이다.

그리고 태영도 안다.

오러 소드를 사용하면 그리모어의 바람처럼 최초의 공격으로 시원하게 썰고 끝났을 것이다.

그러나 그건 태영의 힘이 아니다.

'내 것이 아닌 힘에 익숙해지면 안 돼. 도구는 어디까지나도구, 사용하는 건 나다. 내가 성장하지 않으면 아무것도 안 돼. 적어도 그리모어의 힘에 휘둘리지 않게 될 때까지는 가능한 한 사용하지 않는 게 좋아.'

힘들어도, 더 힘든 싸움을 위해.

'싸움의 결과는, 그때까지의 과정으로 결정되는 법이다.'

막연한 생각이 아니다.

해야 할 일이 명확한 만큼, 싸워야 할 상대도 명확하다.

'하물며 이런 놈을 상대로 그리모어의 힘을 사용해야 한다면 애초에 얘기가 안 되지!'

"파이어 볼트!"

펑!

크악! 크아아아-!

눈앞에서 불길이 일자 돌진해 오던 놈이 머리를 흔들었다.

태영은 그 틈을 놓치지 않았다.

탄환처럼 쏘아져 나가 놈의 목에 그리모어를 박아 넣었고, 그대로 측면을 스치며 검날을 당기자 쩍 벌어지는 목덜미에서 피를 뿜으며 쓰러졌다.

-흠, 뭐 나쁘지 않지만…….

그래도 그리모어는 만족스럽지는 않은 모양이다.

태영도 썩 마음에 들지는 않았다.

오울베어 1마리에 몇 분이나 걸리니 새삼 아직 가야 할 길이 멀다는 생각이 들었다.

그만큼 해야 할 일도 많다는 말이다.

태영도, 그리모어도.

“걱정 마. 네 차례도 있으니까.”

-응? 뭔 말이지? 주변에 다른 몬스터의 기척은 느껴지지 않는데?

“이런 말이지. 오러 소드!”

깡! 깡! 깡!

-윽! 어이, 주인, 갑자기 뭐 하는 짓이야? 돌은 왜 찍어 대?

“오러 소드를 쓰고 싶다며?”

-누가 이렇게 쓰래? 난 검이라고!

태영은 울컥하는 그리모어를 향해 부드러운 미소를 지으며 말해 주었다.

“그렇게 네 한계를 정하지 마. 넌 검 이상이야. 더 많은 걸 할 수 있는 존재라고. 봐라. 웬만한 곡괭이보다 낫잖아.”

깡! 깡! 깡!

-뭔 말 같지도 않은…… 나 참, 뭐 됐다. 하지 말란다고 안 할 주인도 아니고.

“확실히 검 이상이군. 벌써 나에 대해 그렇게 잘 알고 말이지.”

-그런데 대체 이런 돌멩이는 뭐 하러 캐는 거냐?

“그냥 돌이 아니니까.”

-그럼 뭔데?

"명반석이라는 거다."

그걸 가공해 결정화시켜 만들어지는 것이 명반.

여러 증상을 치료하는 약효가 있어 현대에서 약재로도 쓰이고, 같은 이유로 이계의 연금술에서도 꽤 자주 사용되는 재료 중 하나다.

그러나 지금 명반석을 캐는 이유는 그런 용도를 위해서가 아니었다.

명반의 다른 이름은 백반 가루.

"뱀이 질색하는 거지."

-뱀?

"그래, 뱀을 잡아야 할 일이 있거든."

-고작 뱀을 잡겠다고 나한테 곡괭이질을 시키고 있다는 말이냐?

"말은 똑바로 해, 인마. 곡괭이질을 네가 하냐? 내가 하지. 그리고……."

태영이 움찔하며 입을 다물었다.

-그리고 뭐?

"잠깐 조용히 해 봐."

태영은 낮은 목소리로 말하며 바닥에 엎드렸다.

그리고 지면에 귀를 붙이고 집중하자 미세한 진동음이 전해졌다.

'이 소리는…….'

태영의 머리가 복잡해졌다.

이 시기에, 이 숲에서 듣게 되리라고는 생각하지 못했던 소리였다.

"……역시."

태영의 미간이 좁아졌다.

그 눈이 향한 바닥에는 말발굽 자국이 새겨져 있었다.

그것도 한두 마리가 아니다.

못해도 10여 마리 이상.

-왜 그렇게 심각한 얼굴을 하는지 모르겠군. 다들 타잖아, 말 정도는.

"다들 타지. 이쪽 세계에서는."

-이쪽…… 흠, 그러고 보니 지금까지 말을 본 적이 없군. 그렇게 큰 유적지에서도. 그럼 주인이 말한 현대라는 곳에는 말이 없는 건가?

"있긴 하지."

그러나 흔히 볼 수 있는 건 아니다.

"일단 이계의 인간들이라고 생각하는 게 자연스럽겠지만……."

-그게 문제가 될 일인가?

"아직 모르지."

한 번도 없던 일이니까.

수없이 이 숲에 왔지만, 그 시기에 이계의 인간들이 들어왔던 적은 없었다.

물론 이미 이계도 태영이 아는 이계는 아닐 테니 이전과 같을 수만은 없다.

지금도, 앞으로도, 많은 부분이 달라질 것이다.

"일단 확인 정도는 해 두는 편이 좋겠어."

태영은 흔적을 따라 이동했다.

그리고 얼마 지나지 않아 두 가지를 알게 되었다.

하나는 예상대로 그들이 이계의 인간들이라는 것이고, 다른 하나는 현대의 사람들에게 우호적이지 않은 자들이라는 것이다.

"음……."

그 증거가 지금 주위의 모습이다.

도심 한복판을 가로지르는 말발굽 자국 주변에 흩어져 있는 시체들.

무슨 일이 있었는지는 쉽게 연상이 되었다.

"시체가 말발굽 자국 주변에 모여 있다는 건 그들이 먼저 접근했다는 말이겠지. 무장한 집단을 보고 도움을 받을 수 있을지도 모른다는 기대를 하고."

그리고 베였다.

-뭐 종종 있는 일이지.

그 말대로 종종 있는 일이다, 이계에서는.

무장한 집단은 도움을 요청할 상대가 아니다. 때로는 몬스터보다 더 경계해야 할 상대다. 다른 나라 사람이라면 말할 것도 없지만, 설사 같은 나라 사람이라도.

'하지만…….'

이해가 되지 않았다.

시체는 말발굽 주변에만 있는 게 아니었다.

꽤 멀리 떨어진 곳에도 있었고, 그런 시체는 대부분 등에 상처가 있었다.

'도망가는 사람들을 추격해서 죽였다는 말인데…… 이들은 난민이야. 말이 통하지 않았어도 그 정도는 보기만 해도 알 수 있다. 적군이라면 모를까, 왜 난민에 불과한 사람들을 추격까지 해서 죽인 거지? 설사 놈들이 도적 떼라도 그렇게까지 할 이유는 없을 텐데? 하물며…….'

도적 떼로 보이지도 않았다.

애초에 도적 떼가 이 숲에 들어올 리가 없지만, 시체의 상처만 봐도 알 수 있다.

'모두 일격에 당했어. 군더더기 없는 검흔. 개인 차는 있어 보이지만, 모두 같은 검술을 배운 자들이다. 그런 자들이 10여 명 이상…….'

떠오르는 건 하나뿐이다.

"아직 속단하기는 이르지만 좀 더 조심하는 편이 좋겠어."

-그 말은 계속 따라가 보겠다는 말인가? 왜? 설마 복수라도 해

주려는 건 아닐 테고…….

"그럴 생각은 없어. 그만한 능력도 없고."

검흔만 봐도 안다.

아마도 지금 태영의 능력으로 상대할 수 있는 건 잘해야 3명이 한계, 그 이상은 무리다.

그러니 알아봐야 한다.

현대인에게 우호적인 자들이 아니라면 더.

- 그래도 상대는 말을 타고 있다. 쉽게 따라잡을 수는 없을 텐데?

"따라잡을 수 있어, 금방."

태영이 하늘을 올려다보며 대답했다.

얼마 지나지 않아 그 하늘이 어둠에 뒤덮였다. 그리고 조금 더 지나자 숲 저편에서 불빛이 떠올랐다.

'저기로군.'

태영은 근처의 빌딩으로 올라갔다.

그리고 마트에서 파밍 할 때 챙겨 둔 쌍안경으로 불빛을 흘러나오는 곳을 살펴보았다.

2개의 천막 사이에 피워진 모닥불이었다.

'생각보다는 많군.'

불가 주위의 사람만 15명.

천막에도 몇 명은 있을 테니 20명 전후라고 봐야 한다.

가죽 갑옷과 풀 플레이트 갑옷을 입은 사람이 섞여 있었는데, 얼마 지나지 않아 천막에서 1명 더 나와 로브를 입은 사람이 추가되었다.

–마법사로군.

"너도 볼 수 있나?"

–나는 눈이 없다.

"아니, 뭘 인제 와서 새삼스럽게……."

–주인의 눈을 통해 보는 거다. 마도구를 사용해도 주인이 직접 보는 거라면 나도 보이지. 어쨌든 마법사까지 있다면 주인 말대로 평범한 도적 떼라고 보기는 힘들겠군. 장비도 그렇고, 영지 소속 병사들이 아니라면 저렇게 갖춰 입기는 힘들지.

태영도 그렇게 예상했다.

그 정도 숫자의 인원이 같은 검술을 익힌 집단은 그 외에 달리 떠올릴 만한 것도 없다.

문제는 그들이 어느 영지의 병사고, 왜 이 숲에 들어왔는지다.

'짐작되는 게 없지는 않지만.'

짐작은 어디까지나 짐작에 불과하다.

사실과 다를 수 있고, 그런 오류는 종종 예측하지 못했던 상황을 만들어 내기 마련이다.

지금 태영이 가장 경계해야 하는 게 그런 상황이다.

'어떻게 해야 하나…….'

당연히 그냥 접촉을 시도할 수는 없다.

그렇다고 기사에 마법사까지 있는 야영지에 몰래 숨어 들어가는 것도 멍청한 짓이다.

'안전거리를 유지하며 살펴보는 게 최선이라는 말인데…… 야영지를 돌아서 반대쪽 건물로 이동하는 편이 낫겠군. 그쪽이 더 높고 가깝기도 하니까. 그럼 이동 루트는 저 빌딩 사이의…… 어? 아니, 자, 잠깐?'

쌍안경으로 야영지 주위를 훑어보던 태영이 퍼뜩 고개를 들어 올렸다.

그냥 보는 편이 더 명확하게 보였기 때문이다.

"설마 이 지역은…… 지도!"

그리고 황급히 가방에 손을 넣으며 외쳤을 때였다.

퍼펑-!

굉음이 터져 나왔다.

동시에 어두운 숲 저편에서 치솟아 오르는 나무들.

야영지에서도 수백 미터 이상 떨어진 곳이었지만, 거리 따위는 장애가 되지 않았다.

쿠콰콰콰-!

엄청난 속도로 질주하는 굉음!

아니, 야영지의 병사들에게는 굉음뿐이었겠지만, 태영은 볼 수 있었다.

마치 숲에 긴 상처 자국을 새기듯이 아름드리나무를 으깨며 질주하는 길고 거대한 동체!

'……놈이다!'

태영은 바로 놈의 정체를 알아챘다.

그리고 곧 야영지의 병사들도 알게 되었을 것이다.

그 앞에서 거대한 탑처럼 솟아오르는 존재를 보고. 얼마나 멍청한 짓을 하고 있었는지.

바로 뱀이었다.

태영도 놈이 나타나기 직전에야 깨달았다.

두께가 10여 미터에 이르는 그 거대한 뱀은 바로 이 숲의 최상위 포식자 헬 스네이크!

여기가 바로 놈의 영역이라는 걸 말이다.

-고대종 몬스터로군. 아직 이 숲에 남아 있던 건가?

그러나 그리모어의 목소리는 평이했다.

사실 태영도 조금 놀라기는 했지만, 딱히 당황할 일은 아니었다.

일단 거리가 꽤 되기도 하고 지금 그 괴물 뱀의 시선은 제 앞마당에서 캠프파이어를 하던 놈들에게 박혀 있으니까.

"……!"

"……!"

야영지에서 알아듣기 힘든 고함이 터져 나왔다.

쿠쿵-!

그 위로 떨어지는 동체!

터지듯 피어오르는 불티와 함께 주위가 어둠에 삼켜졌다.

'잘 안 보이는데…….'

그래도 태영은 그냥 좀 불편하다는 생각이 들 뿐이다.

남의 일이니까.

그리고 곧 그런 불편도 해소되었다.

그 직후에 섬광과 함께 허공에 빛을 뿜어내는 구슬이 떠올라 줘서다.

덕분에 선명하게 볼 수 있었다.

헬 스네이크의 거대한 동체와 그 아래에 깔린 천막과 뭉개진 시체, 그리고 주위에서 뛰어다니는 병사들을 말이다.

'그래도 저 녀석들이 나보다 낫군.'

태영이 놈을 처음 봤을 때는 그냥 얼이 빠져 있었다.

그러나 야영지의 사람들은 그 와중에도 병장기를 챙기고 있었다.

몬스터가 일반적인 이계의 사람이라도 쉬운 일은 아니다.

헬 스네이크 수준의 몸집을 가진 몬스터는 이계에도 많지 않으니까.

따라서 당연히!

착!

'그런 놈과 싸우는 장면도 쉽게 구경할 수 있는 게 아니지.'

쌍안경을 든 태영은 관람 모드로 돌입했다.

그사이 마법사가 화염 마법을 날렸는지 놈의 동체에서 불길이 치솟았다.

'파이어 볼인가?'

3레벨 마법이지만, 위력은 4레벨 수준.

보통 이계에서는 종합 평가 레벨 외에 직업 레벨이 따로 존재한다.

그리고 마법사의 경우, 레벨 5만 되어도 관직을 받을 수 있으니 상당한 수준이라고 할만하다.

그러나 그 정도로는 어림도 없었다.

불길이 휩쓸고 지나간 자리는 생채기조차 보이지 않았다. 되레 번들번들 광택이 감돌았다.

'그렇겠지. 놈의 비늘은…….'

창조차 박히지 않는다.

놈에게 돌진하던 병사들의 창이 우수수 부러져 나가는 게 그래서다.

물론 그렇다고 무적은 아니다.

'셋…… 아니, 다른 사람에 비하면 좀 쳐지는 느낌이지만 1명 더 있군.'

그 4명은 기사급.

다른 병사들과는 수준이 다른 몸놀림을 보이며 검기를 날리고 있었다.

그때마다 헬 스네이크의 몸에 상처가 만들어졌다.

그러나 그뿐이다.

놈은 두께만 10여 미터에 달하는 괴물.

상급 기사라도 검기의 폭은 잘해야 1미터. 대부분은 비켜나갈 뿐이지만, 설사 그게 고스란히 상처가 된다고 해도 놈에게는 생채기밖에 되지 않는다.

잘해야 놈의 성질을 돋우는 정도.

푸화아아아-!

그 대가가 이것이었다.

놈의 입에서 쏟아져 나오는 시커먼 액체!

그 앞의 숲이 순식간에 사라졌다. 그리고 그 숲에서 뛰어다니던 사람들도.

액체를 뒤집어쓴 마법사는 순식간에 녹아내렸다.

풀 플레이트를 입은 기사는 그 정도까지는 아니었지만, 나은 상황이라고 할 수는 없었다.

시커먼 연기를 뿜어내며 이리저리 바닥을 굴러다니다가 털썩, 죽기까지 좀 더 고통스러워해야 할 뿐이다.

'모르고 있던 것은 아니지만…….'

역시 괴물이다.

병사들 역시 그런 결론에 도달한 모양이다.

순식간에 대여섯 명으로 줄어 버린 병사들은 황급히 살아남은 말을 타고 도주했다.

그러나 태영은 이미 그 결말이 눈에 선하게 보였다.

차라리 놈이 나타나자마자 도주했다면 그나마 살 방도가

있었을지도 모른다.

그러나 지금 놈의 몸은 야영지를 쑥대밭으로 만드는 사이 둥글게 똬리를 튼 형태가 되어 있었고, 병사들이 도주하자 확 펴졌다.

마치 꾹꾹 눌리던 용수철이 튀어 오르는 것처럼.

'빌어먹을!'

동시에 태영의 얼굴이 와락 일그러졌다.

그리고 그 직후, 퉁겨져 날아오는 놈의 아가리 속으로 병사들이 하나씩 사라졌다.

물론 그건 딱히 상관없는 일이지만.

—어이, 주인!

"알아!"

소리치는 태영의 손에는 피켈과 밧줄이 쥐여 있었다.

그리고 둘을 연결하는 것과 동시에 피켈을 난간에 박아 넣고 밧줄을 움켜쥐고 뛰어내렸다.

빠르게 떨어지던 몸이 턱 걸리며 멈춰 섰다.

콰쾅—!

굉음이 울린 건 그 직후였다.

태영이 건물에서 뛰어내린 이유가 그 때문이었다.

병사들은 도주한 방향은 왔던 길, 다시 말해 태영이 추격해 온 방향이었다.

당연히 놈이 병사들을 삼키며 같은 방향으로 돌진해 왔고,

가속도를 주체하지 못하고 그대로 건물과 충돌!

콰쾅! 쿠콰콰콰콰-!

삭아 있던 건물은 그 충격을 버티지 못하고 무너졌다.

태영은 벽을 차며 쏟아지는 잔해를 피해 최대한 멀리 몸을 날렸다. 그리고 바닥을 구르다 몸을 일으키다가 움찔하며 동작을 멈췄다.

쿠쿠쿠쿠.

그 앞에서 낮은 울림을 일으키는 벽.

'놈이다!'

태영은 반사적으로 숨을 멈췄다.

눈앞에서 비늘에 뒤덮여 있는 거대한 동체가 미끄러지듯이 움직이고 있었다.

'이 방향은…… 설마 벌써 내 체취를……'

그런 판단과 동시에 태영은 가방에서 한 움큼의 가루를 꺼내 몸에 뿌렸다.

순간 비늘의 움직임이 움찔하며 멈췄다.

그리고 다시 반대쪽으로 움직이더니 이내 꼬리가 눈앞을 스쳐 지나갔다.

그 꼬리는 빠르게 멀어졌고, 뒤이어 울리던 나무가 으깨지는 소리도 들리지 않게 됐을 때.

"푸하-!"

-용케 들키지 않았군.

태영이 참던 숨을 불어 내자 그리모어도 작은 한숨을 불어 내며 중얼거렸다.

"들키지 않았다기보다는 속인 거지."

-속여?

"말했잖아. 내가 모으던 명반석 가루, 뱀이 싫어하는 거라고."

-아, 주인이 뿌린 게 그거였나? 하긴 고대종 몬스터라도 일단 뱀이니까. 뱀과 같은…… 어? 자, 잠깐. 설마 아까 주인이 잡아야 한다는 뱀이…….

저놈이다.

-……미친 거냐?

"지금 당장 하겠다는 게 아니야."

그건 그리모어의 말처럼 그냥 미친 짓이 될 테니까.

당연히 먼저 준비할 생각이다.

승산이 있다고 생각될 때까지. 싸우는 건 그다음이다.

-주인은 내게 몇 번이나 주인을 과소평가하지 말라고 했지. 그래, 그런 부분이 있었다는 건 인정한다. 하지만 과대평가하는 것보다는 차라리 그게 나아. 자신감이 있는 건 좋지만, 지나치면 쓴맛을 보게 되는 법이다.

뼈가 되고 살이 될 만한 조언이다.

그러나 쓴맛은 이미 수십 번이나 본 몸이라 새삼 말해 주지 않아도 된다.

당연히 태영도 쉽게 생각한 건 아니다.

쉽게 생각했더라도, 좀 전 같은 장면을 보면 생각이 바뀔 수밖에 없을 테고.

'놈들을 따라오기를 잘했군.'

새삼 더 빡세게 준비해야겠다고 생각하게 됐으니까.

그러나 지금은 일단 그보다…….

"뭔가 있겠지."

태영이 야영지가 있던 방향으로 시선을 돌리며 히죽 웃었다.

물론 그렇다고 어정어정 기어들어 갈 수는 없다.

헬 스네이크는 야행성, 일단 놈의 영역에서 물러난 태영은 날이 밝은 뒤에 다시 들어갔다.

"뭐 대체로 이렇겠지."

야영지는 완전히 쑥대밭으로 변해 있었다.

병사들도, 그들이 입고 있던 갑옷과 무기도 재활용이 가능한 상태가 아니었다.

그래도 부지런히 뒤져 보니 아직 쓸 만한 검과 창 몇 자루가 나왔다.

거기에 지도도 1장.

때때로 나오는, 특히 기사의 것으로 보이는 주머니에서 꽤 짭짤한 수입도 올릴 수 있었다.

그러나 역시랄까, 가장 만족스러운 수확물은 마법사에게

서 나왔다.

'마도서라…….'

아쉽게도 당장 익힐 수 있는 마도서는 아니었다.

예상대로 마법사는 4레벨이었는지, 마도서도 4레벨짜리였다.

지금 태영이 가지고 있는 마도서는 2레벨까지.

'기왕이면 3레벨 마도서가 나와 주는 편이 좋았겠지만, 불평할 수는 없지. 4레벨 마도서가 더 구하기 힘들기도 하고. 덤으로 주문서도 몇 장 더 있으니까.'

태영은 두루마리도 모두 챙겼다.

그런데 그중 1장은 주문서가 아니었다.

"이건…… 영주의 직인이 찍힌 명령서군. 그럼 정식 명령을 받고 들어왔다는 말인데…… 어? 뭐, 뭐야, 이게? 어째서……."

내용을 읽어 가던 태영의 얼굴에 당혹감이 번졌다.

타임 리미트

–주인, 방금 뭐라고 했냐?

"헬 스네이크를 해치우겠다고 했다."

–아니, 그 전에.

"보름 안에."

–흠, 모르겠군. 좀 전의 어떤 장면이 그런 용감한 말을 할 수 있게 만들어 줬는지. 미쳤다고 생각하기 전에 하나만 더 확인하자. 주인, 좀 전에는 승산이 있을 때까지 준비하겠다는 둥 떠들어 대지 않았냐?

했다. 그리고 지금도 마찬가지다.

단지 지금은 보름 안에 모든 준비를 마쳐야 한다는 게 달라졌을 뿐이다.

그럴 만한 사정이 생겼기 때문이다.

현재 곳곳에서 우리 영지와 같은 사태가 벌어지고 있다는 보고가 있었다.

특정 지역에서부터 이 세계의 것이 아닌 건물과 사람들이 나타나는, 그 시작점 중 하나가 우리 영지와 가까운 마경의 숲이다.

거리상으로도, 차후 대책을 위해서도 더는 조사를 미룰 수 없다.

머레이 경은 휘하 병사를 소집해 마경의 숲에서 이번 사태의 원인을 조사하라. 또한, 그 숲에도 이계의 인간들이 있다면 모두 추살하라.

-4월 5일. 레디안 영주 데자드.

이런 걸 봐 버렸으니까.

'레디안…….'

일단 의외였던 건 이 부분이었다.

태영은 레디안 영지도, 또 영주도 알고 있었다.

두루마리에도 적혀 있듯이 이곳, 마경의 숲과 가장 가까운 거리에 있는 영지니까.

그러나 태영이 기억하는 레디안 영주는 그리 난폭한 성격은 아니었다.

인격자까지는 아니라도 이렇게, 단지 정체를 모른다는 이유만으로 몽땅 잡아 죽이라는 명령을 내릴 사람은 아니라는 말이다.

'인격이 바뀐 게 아니라면 결국 그사이에 뭔가 일이 벌어졌다는 말이겠지.'

있을 수 있는 일이다.

아니, 그런 일이 일어나지 않는 게 더 이상한 일이다.

서로 존재조차 몰랐던 두 세계가 겹쳐져 버렸으니 혼란과 충돌은 당연한 결과다.

태영을 당황하게 만든 것도 그게 아니다.

그 명령서에 적혀 있는 날짜다.

'4월 5일…….'

태영은 지금까지 항상 같은 날 자정에 이계로 날아갔다. 그리고 이계 역시 항상 같은 날, 같은 시간대였다.

그때가 정확히 몇 월 며칠인지는 모른다.

그러나 숲을 나가 확인한 날짜로부터 거슬러 계산하면 대략 6월경.

다시 말해 지금은 과거 태영이 온 시점보다 두 달 이상 앞당겨진 시점이라는 말이다.

뒤늦게 알게 된 충격적인 사실!

'뭐 그럴 수도 있지.'

그러나 태영은 매우 담백하게 받아들였다.

상식적이지 않지만, 태영은 그딴 걸 믿지 않게 된 지 오래됐기 때문이다.

수없이 회귀를 반복해 왔던 사람이 상식을 따지고 드는 게 더 웃길 테니까.

무슨 일이든지 일어날 수 있다.

지금의 태영에게는 이제 그게 상식이다.

그리고 짚이는 구석도 있다.

'그리모어가 있던 석실을 나올 때까지 그놈이 나타나지 않은 건 그렇다 쳐도, 늪지의 시체는…… 결과가 좋으니 깊게 생각하지 않고 넘어갔지만, 확실히 일주일 정도 빨리 간 것 치고는 너무 멀쩡한 상태였어. 하지만 두 달이라면…….'

말이 된다.

그러니 일단 시기의 문제는 그렇다고 치고, 다음에 생각할 건 이거다.

'그게 내게 무슨 의미가 있지?'

일단 딱히 해가 될 만한 일은 생각나지 않았다.

그 반대도 마찬가지였다.

태영은 이미 이계에서 같은 시간을 수없이 반복해 살아 봤다.

그러나 지금부터 살아가야 할 세계는 그때의 이계와는 다르다. 회귀로 얻은 지식은 도움이 되겠지만, 두 달이라는 시간 차이로 달라질 만한 건…….

'있다!'

그때 퍼뜩 떠올랐다.

달라졌다기보다는, 다르게 만들 방법이.

언젠가 태영이 오기 한 달 전의 이계에서 있었던 일에 대해 들은 적이 있어서다.

'이번 사태가 벌어진 게 대략 20여 일 전, 이 명령서가 작성된 시점 역시 한 달 이상 지나지는 않았다는 말이다. 그 일이 과거와 같은 시점에 벌어진다는 보장은 없지만, 일단 그렇다고 가정하면 내게 남은 시간은 한 달이다. 하지만 이동시간을 고려하면 실제로는 그 반! 보름 안에 이 숲을 나가야 한다!'

보름이라는 시간제한은 그렇게 나온 거다.

물론 그게 그냥 마음만 먹는다고 될 일은 아니다.

그리모어의 말처럼 헬 스네이크와 싸우겠다는 생각 자체가 미친 짓이다.

하물며 보름 안에 해치우겠다는 건 그때 죽겠다며 자살 플랜을 짜는 짓이나 다름없다.

본래 태영이 생각하던 기간도 한 달 이상.

'그것도 최소였다. 그런데 그걸 다시 반으로 줄인다니, 무리지. 하지만…….'

"할 수 있어."

-한참을 생각해서 나온 결론이 그거인가? 정말 그 머릿속에 한

번 들어가 보고 싶군. 조금 전에도 말했을 텐데? 자신을 과대평가하는 건…….

"네가 있으니까."

-……뭐?

"너는 그리모어다. 수많은 마도구가 존재하는 이 세상에서도 아티팩트라고 불리는 위대한 검 그리모어! 네가 나를 처음 봤던 그때, 그런 똥파리 같은 몸임에도 팬텀 리퍼를 뚫는 위험까지 감수하며 가장 먼저 너부터 찾은 이유가 그래서고, 그런 네가 함께 있으니 가능하다고 말하고 있는 거다."

태영이 진지한 얼굴로 그리모어를 꽉 움켜쥐며 말했다.

그 손에 미세한 떨림이 전해졌다.

그리고 한참 뒤에야 다시 그리모어의 목소리가 들려왔다.

-그런 말도 할 줄 아나?

물론 할 줄 안다.

태영이 이계에서 살아남기 위해 배웠던 건 검술이나 마법만이 아니다.

아직 그럴 기회가 없었을 뿐, 태영은 필요하다면 이렇게 진지한 얼굴로 입에 발린 말을 떠들어 대는 유연성을 발휘할 수 있는 남자다.

인상 팍 쓰고 살기를 풀풀 날리는 것보다 되레 그런 게 더 많은 일을 해결해 주니까.

물론 상황에 따라서는 다르지만, 대체로 그렇다.

-그래서? 할 일이 뭐라고?

적당히 사용하면 이렇게 검과 인간 사이에서도 좋은 윤활제가 되어 주기도 하고 말이다.

뭐 소소한 삶의 지혜다.

그러나 그저 듣기 좋으라고 한 말은 아니다.

그리모어가 없었다면 두 달 전이 아니라 석 달, 넉 달 전이었어도, 아니 애초에 헬 스네이크를 잡겠다는 생각 자체를 하지 못했을 것이다.

과거에 그랬듯이.

물론 그렇다고 그리모어만 믿고 있다는 말은 아니다.

검은 어디까지나 검. 싸우는 건 태영이고, 그만한 실력을 키워야 하는 것도 태영이다.

계획도 이미 세워 두었다.

촤악-!

태영이 지도를 펼쳤다.

그 지도에는 곳곳에 숫자가 적혀 있었다.

"이거다."

-그렇군. 그럴 줄 알았다, 그게 뭔진 모르지만.

"이 숲에 사는 몬스터의 분포도다."

역시 이계에서 가장 빨리 강해지는 방법은 레벨 업.

다시 말해 몬스터의 마소를 흡수해 신체 능력을 상승시키는 방법이다.

그러나 무턱대고 들이받을 일은 아니다.

그래서 지도를 얻은 뒤부터 틈틈이 적어 두었다.

1부터 10까지, 과거의 경험을 토대로 이 숲에 사는 몬스터에 등급을 매겨서.

그 순서대로 몬스터를 사냥하며 차근차근 레벨을 올리기 위해서다.

그러나 이제 시간이 예정의 반으로 줄었다.

'5부터 시작한다!'

따라서 과정도 반으로 뚝!

'마침 멀지도 않아.'

지도로 위치를 확인한 태영은 나침반을 꺼내 들고 바로 5등급 몬스터의 영역으로 향했다.

크아아아!

"뭐가 크아아아야? 넌 꺼져!"

깨갱–!

물론 그게 이런 잡종 개는 아니다.

그라울 따위는 등급조차 매기지 않은 먹이사슬 최하위, 플랑크톤 같은 존재다.

불행히도 지금은 서울에 살던 사람들이 그 자리를 대신하고 있겠지만, 어쨌든 이미 태영은 그 정도로는 만족할 수 없는 몸!

'저 정도는 돼야지.'

태영이 씨익 웃으며 걸음을 멈췄다.

그 앞에는 무너진 건물 잔해 사이에서 애벌레가 꾸물대고 있었다.

물론 평범한 애벌레는 아니었다.

사람만 한 크기였다.

그래도 오울베어보다는 작고, 그다지 전투적인 생김새도 아니지만.

치칙! 콰콰콰콰—!

겉모습만 보고 판단하면 안 된다.

태영을 보자마자 몸을 둥글게 말고 굴러오는 놈의 뒤로 쩍쩍 갈라지며 뒤집히는 아스팔트!

놈의 표피로 솟아 나온 무수한 가시 탓이고, 놈이 5등급으로 분류된 이유다.

철보다 단단한 표피와 가시!

'확실히, 지금 내 힘으로는 가시는커녕 표피도 찢기 힘들겠지만…….'

"그리모어!"

—물론 기꺼이 도와주지! 난 위대한 아티팩트니까! 본시 능력이란 그 가치를 알아보는 자를 위해 사용해야 의미가 있는 법! 자, 가자! 위대한 아티팩트의 주인이여!

기대대로 그리모어는 의욕이 넘쳤다.

되레 좀 지나친 감이 있어 윤활제를 너무 과했나 발랐나 싶은 생각도 들었다.

위이이잉-!

그러나 검날에서 뿜어져 올라오는 오러와 함께 그런 생각은 바로 날아갔다.

빛의 강도도, 크기도 확실히 이전과는 달랐다.

거의 검날이 보이지 않을 정도로 강한 빛이 이전보다 두껍고, 또 넓게 퍼져 나왔다.

이전보다 많은 마력이 빨려 들어가는 게 아닌데도.

'에고 소드가 왜 제대로 다루기 힘든 검이라고 하는지 알겠군. 재미있게도 말이야.'

태영의 입가에 실소가 번졌다.

텅-!

그리고 그대로 섬광으로 변하며 돌진!

맹렬한 속도로 아스팔트를 찢으며 굴러오는 놈의 옆을 스치듯 지나쳤을 때였다.

그 뒤로 굴러가던 놈이 건물의 벽을 들이받았고.

푸확-!

체액을 뿜어 올리며 갈라졌다.

과거에는 한 달 이상 힘을 키워도 고전을 면치 못했던 놈이 일격!

그게 그리모어의 힘이다.

본래 오러 소드는 헬 스네이크와 싸우던 기사들이 날리던 검기보다 한 등급 높은 기술이다.

힘, 정확히 말하면 관통력의 수준이 다르기 때문이다.

검기로는 두꺼운 나무를 베어 내는 게 한계지만, 오러 소드는 철조차 베어 낸다.

당연히 아무나 도달할 수 있는 수준의 기술이 아니다.

남다른 재능과 피나는 노력, 거기에 기연까지 더해져야 겨우 맛이라도 볼 수 있는 경지다.

그런 힘을 약간의 마력만으로 사용한다.

태영이 할 말은 아니지만, 역시 사기라는 생각밖에 들지 않았다.

'뭐 원래 아티팩트라는 게 그런 거지만.'

한동안 그 힘을 사용하지 않으려고 한 것도 그 때문이다.

'이 힘에 너무 익숙해져 버리면…….'

태영이 갈라진 애벌레를 향해 걸어가며 생각할 때였다.

칭-!

-주인, 위다!

검날이 울리며 그리모어의 목소리가 들려왔다.

이에 태영이 움찔하며 걸음을 멈추는 것과 동시에 끈적한 점액질이 몸을 휘감았다.

"윽! 젠장, 1마리가 더 있었나? 아니……."

1마리가 아니었다.

기울어진 건물의 그늘진 벽에 10여 마리나 되는 애벌레가 다닥다닥 붙어 있었다.

점액질은 그중 한 놈의 입에서 뿜어져 나온 것이다.

그리고 태영이 둘둘 말리는 순간!

쿠콰콰콰! 쿠콰콰콰!

나머지 놈들이 돌출된 가시로 벽을 찍으며 일제히 굴러오기 시작했다.

이쯤 되면 이미 게임은 끝난 것이나 다름없다.

놈들이 뿜어내는 건 그냥 점액질이 아니다.

오울베어조차 바로 마비시켜 버릴 정도로 강력한 마비성 독을 품은 점액질이다.

그러니까…….

'블랙 아머는 폼으로 입고 있는 게 아니다!'

태영이 옆으로 몸을 날렸다.

그리고 바닥을 구르며 아스팔트를 찢으며 굴러오는 애벌레 떼를 피해 내고 퉁기듯 일어났다.

그 몸에서 불꽃을 일으키며 떨어져 나가는 점액질.

왼손으로 일으킨 화염 마법의 힘이고.

"쓸어 주마!"

오른손에서는 시퍼런 오러를 일으키는 그리모어가 춤을 추었다.

–크하! 간만에 통쾌하구먼!

그리모어의 말대로!

위잉! 서걱! 치치치치! 서걱! 쿠콰콰콰! 서걱!

방향을 틀다가 썰리고! 점액질을 뿜어 대다가 썰리고! 굴러오다가 썰리고!

태영이 보기에도 정말 시원하게 썰려 나갔다.

'아직인가?'

그냥 기분만 그랬다.

그렇게 썰어 댔는데도 레벨이 올라가지는 않았다.

애벌레 10여 마리로도 만족할 수 없는 몸이 됐다는 말이다.

-이제야 제대로 뭔가 하는 기분이 드는군. 그래, 싸움은 기세지! 주인, 이대로 쭉쭉 밀고 나가자고!

그러니 태영도 살짝 흥분 상태에 빠져 버린 그리모어의 말처럼 하고 싶었다.

그러나 그것도 기분만 그렇다는 말이다.

"챙길 건 챙겨야지."

태영은 썰어 둔 애벌레를 더 잘게 썰며 대답했다.

이계는 RPG와 비슷한 점이 많다.

일단 레벨이 존재하는 것도 그렇고, 몬스터의 가죽 따위가 돈이 된다는 점도 그렇다.

당연히, 철처럼 강한 표피나 가시를 써먹을 데는 얼마든지 있으니까.

그러나 가장 가치가 높은 것은…….

"오, 있다!"

갈라지는 애벌레의 턱 아래에서 떨어지는 붉은 결정이다.

그라울 같은 잡종 개 따위에게는 없지만, 일정 수준 이상의 몬스터는 종종 체내의 마소가 뭉쳐 이런 결정이 생성되기도 한다.

그게 바로 마석.

활용도가 무궁무진한 이계의 핵심 자원 중 하나다.

그 범용성은 화폐 대신 사용될 정도.

'뭐 파는 것도 살아서 이 숲을 나갔을 때나 할 수 있는 것이지만…….'

생존을 위해서도 필수적으로 챙겨 둬야 할 전리품이다.

그러나 아쉽게도 3개밖에 찾을 수 없었다.

그리고 또.

"남은 건 가죽과 가시인데…… 역시 일일이 다 챙겨 갈 수는 없겠지."

이것도 아쉬운 일이다.

인벤토리 공간은 아직 반 정도 남아 있기는 하다.

전리품을 위해 일부러 비워 둔 것이다.

그러나 앞으로 태영이 보름 동안 잡아야 하는 몬스터의 숫자를 생각하면 넉넉하다는 생각은 들지 않았다.

"처음부터 관리할 필요가 있겠어. 일일이 해체하는 데도 시간이 꽤 걸리니까. 먼저 당장 쓸 수 있는 것, 다음은 가치, 그중에서도 부피가 작은 순서대로 챙기면 되겠지."

애벌레의 가시가 딱 거기에 해당하는 전리품이다.

쓸모도 많고, 비싸기도 하고, 뭣보다 아무리 많이 모아도 부피를 걱정할 필요도 없다.

아니, 그렇게 생각했지만, 곧 아닐지도 모른다는 생각이 들기 시작했다.

얼마 지나지 않아 거대한 돔 형태의 건물, 코엑스 몰 내부에 득실대는 애벌레를 발견했기 때문이다.

아무래도 놈들은 그곳을 주요 서식지로 삼은 모양이다.

"대박이다!"

불행하게도.

팍!

태영이 그리모어를 바닥에 박아 넣었다.

그리고 가방에서 500cc 생수를 꺼내 단숨에 들이켰다.

바짝 마른 몸 구석구석에 물이 퍼져 나가는 감각이 고스란히 느껴졌다.

"푸하-!"

실로 상쾌한 기분!

그대로 생수병을 와락 구겨 내던지면 좀 더 폼 나 보일지도 모르겠지만, 안 된다.

이런 것도 다 쓸데가 있고, 지금은 다시 구하기도 힘든 소중한 자원.

태영은 다시 돌돌돌 뚜껑을 닫고 인벤토리에 고이 넣어 둔 뒤에 고개를 돌렸다.

애벌레가 있었다.

정확히는 죽은 애벌레고, 곳곳에 산처럼 쌓여 있었다.

"내가 봐도 어마어마한 양이군. 대체 몇 마리나 있었던 거야?"

모르겠지만, 이건 알고 있었다.

'일일이 찾아다니며 잡으면 며칠이 걸릴지도 모르지. 위험하기도 하고.'

태영은 코엑스 몰에 와 본 적이 있었다.

그리고 그때, 주차장으로 내려가는 길을 못 찾아 30분 넘게 헤맨 기억이 있다. 주차장에서도 차를 세워 둔 위치를 못 찾아 또 그만큼 헤맸다.

그야말로 현대판 던전!

물론 지금은 그때처럼 헤맬 일은 없겠지만, 애벌레 소굴이 되어 버린 곳에 무턱대고 발을 들이는 건 지나치게 용감한 짓이었다.

이에 태영은 일단 근처에 돌아다니는 똥개, 그라울 10여

마리를 후다닥 때려잡았다.

그리고 다짐육으로 만든 뒤에 입구 주위에 적당히 쌓아 두자 놈들이 알아서 기어 나오기 시작했다.

우글우글!

그것도 무지막지한 기세로!

그러나 출구의 넓이는 한계가 있는지라 곧 병목 현상을 일으키기 시작했다.

그럼에도 고기 맛 좀 보겠다며 부지런히 꿈틀대며 그 틈을 비집고 나오는 애벌레가 있었고.

서걱! 서걱!

그런 걸 써는 건 일도 아니었다.

되레 놈들을 써는 것보다 사체가 입구를 막지 않게 치우는 게 더 힘들었을 정도다.

그러나 보람 있는 노동이었다.

—종합 평가 레벨이 상승했습니다.

출구 근처에 한 더미의 사체가 쌓일 때마다 이런 메시지가 떠올랐으니까.

그런 애벌레 더미가 6개!

"레벨 49에서 하루 만에 6이라…… 기가 막히는군."

무수한 회귀 인생 중에서도 처음이다.

이렇게 질이 아닌, 양으로 밀어붙여 한나절 만에 그만한 레벨을 올리기는.

당연히 한나절 동안 몬스터만 해체해 보기도, 또 그만한 양의 마석을 모아 보기도 처음이다.

그러나 이제 시작이다.

"갈 길이 멀지."

–뭐야? 설마 몬스터를 더 사냥하겠다는 말은 아니겠지? 마음이 급한 건 알겠다만, 부지런한 것과 무리하는 건 다르다.

손잡이를 움켜쥐자 그리모어가 움찔하며 중얼거렸다.

여러 번 들은 말이다.

그리모어도 처음 애벌레를 썰기 시작할 때는 신나서 떠들어 댔지만, 100마리가 넘어갈 때부터는 말이 없어졌고, 좀 더 지나자 태영의 몸을 걱정해 주기 시작했다.

그만한 이유가 있었다.

–주인의 말대로 나는 위대한 아티팩트다. 아마 이 세상, 주인이 말한 또 다른 세상에서도 나와 비견될 만한 검을 찾기는 힘들겠지. 물론 그런 나라도 홀로 힘을 발휘할 수 있는 건 아니다. 주인의 마력이 있어야 발휘할 수 있지. 하지만 그게 주인의 마력만으로 가능하다는 말이 아니다. 말로 설명하기는 힘들지만, 거기에는 무수한 과정이 필요하고 그걸 처리하는 게 나다.

물론 알고 있다.

그래서 적당히 누르고, 또 적당히 띄워 주기도 하는 거다.

이번 경험으로 새삼 그게 얼마나 중요한지도 알게 됐고.

따라서 그리모어가 하고 싶은 말이 뭔지도 대강은 안다.

"그러니까, 너도 힘들다는 거지?"

—아니, 힘들다기보다는…… 조금은 여유도 필요하달까…….

"그 말이 그 말 아니야. 그 한마디면 될 걸 뭘 그렇게 장황하게 늘어놓고 있어? 결국, 너도 좀 쉬고 싶다는 말이잖아."

—다르다. 그래야 제대로 힘을 발휘할 수 있다는 말이다. 그게 주인에게도 더 도움이 될 테니, 주인을 위해서 하는 말이다.

그리모어는 이쪽으로 밀고 나가기로 한 모양이다.

검인데도 이상한 부분에서 자존심을 세운다 싶기도 하지만, 검인데도 힘들다고 징징대는 것보다는 차라리 낫다 싶기도 하다.

"그런 거라면 걱정할 필요 없어. 나도 당장 몬스터를 더 사냥할 생각은 없으니까. 오러 소드도 쓸 일이 없을 테니 이제 넌 쉬고 있어도 돼."

—갈 길이 멀다며?

"멀지."

따라서 태영은 쉴 생각이 없다.

물론 쉬고 싶은 마음은 태영 역시 굴뚝이다.

그리모어가 무슨 구실을 갖다 붙이든 내내 마력을 쏟아부으며 휘둘러 댄 태영이 힘들기로 따지면 더하면 더했지 덜하지는 않으니까.

'그래도 쉬고 있을 여유는 없어. 물론 레벨도 중요하다. 뭐든 기본은 신체 능력이니까. 하지만 아무리 힘이 세지고, 빨라져도 제대로 활용할 기술을 갖추지 못하면 의미가 없어.'

석실에서 익힌 것은 베고, 찌르는 기본적인 동작이다.

물론 그것도 기술이라면 기술이고, 또 실제로 상당한 도움이 되기도 했다.

그러나 한꺼번에 여러 마리의 애벌레와 싸워 보니 알 수 있었다. 아니, 당연히 그 전에도 알고 있었다.

단지 새삼 실감했을 뿐이다.

'역시 그것만으로는 한계가 있어!'

이제 다음 단계로 넘어갈 때가 되었다는 말이다.

그리고 그건 무턱대고 몬스터나 잡는다고 될 일이 아니다.

되레 갈수록 힘들어질 것이다.

애벌레는 출구로 몰아 어찌어찌 잡았지만, 다음 등급은. 그리고 다음 등급은 더!

그러니 쉴 시간 따위는 없다.

주어진 시간이 반으로 줄었다고 할 일도 반으로 줄일 수는 없는 법.

시간을 늘리는 재주는 없으니 덜 쉬는 수밖에 없다.

부웅! 부웅!

태영은 석실에서처럼 다시 쉬지 않고 검을 휘둘렀다.

내리치고, 다시 사선으로 올려 베고, 한 걸음 내디디며 좌우로 베고, 회전하며 찌르고!

동작 하나하나는 석실 때와 똑같다.

그리고 그게 당연하다.

검법이 따로 있는 게 아니다.

초급이든 고급이든 검술은 결국 그런 기본적인 동작을 좀 더 효율적으로 사용하기 위해 만들어 놓은 연결 동작이다.

'물론 그게 전부라고 할 수는 없지만…….'

동작과 함께 생각을 이어 가던 태영이 우뚝 멈추며 미간을 좁혔다.

"이 부분이다."

-이 부분이라니?

"내가 수정해야 할 부분 말이다."

검을 멈추기 전까지 펼치던 동작은 태영이 검술의 베이스로 삼은 그라나다 가문의 검술이었다.

그러나 말했듯 그 검술 역시 완벽한 건 아니다.

'이 동작은 불필요하다!'

그렇게 생각되는 동작이 있었고, 다른 검술도 마찬가지다.

그리고 그건, 불가피한 일이다.

이계의 검술은 동작에 마력이 더해져 만들어지는 것.

그 탓에 숙달된 검사일수록 기맥이 그 검술을 사용하기에 적합한 형태로 고정되어 버린다.

아니, 그렇게 고정되도록 노력한다.

이는 곧 그만큼 검술의 위력과 정밀도가 올라간다는 의미이기 때문이다.

그러나 바꿔 말하면 그만큼 다른 동작이 끼어들 여지도 없다는 의미.

그 결과 한정된 기맥만을 이용해 동작을 연결하다 보니 방금 태영이 말한 불필요해 보이는 동작, 즉 오직 연결만을 위한 동작이 들어가게 돼 버리는 것이다.

그러나 태영은 다르다.

다른 검사들은 이미 기맥이 고정될 때쯤에야 깨닫게 되지만, 태영은 이미 알고 있다.

그뿐만 아니라 이를 보완할 수 있는 다른 검술도 알고 있었다.

그러나 가장 중요한 것은 지금 태영이 각성자, 모든 기맥이 뚫린 몸이라는 것이다.

'이 부분을 다른 검술의 초식으로 대체한다!'

즉, 그래도 되는 몸이라는 말이다.

애초에 그럴 생각으로 목숨 걸어 얻은 몸이고.

'자, 그럼 처음부터 다시!'

부웅! 부웅!

'그래, 이 부분도 조금…….'

태영은 그렇게 검술의 초식을 새로 짜기 시작했다.

물론 이미 완성된 초식에 다른 동작을 끼워 넣는 게 말처럼 쉬운 일은 아니었다.

뭣보다 이계 검술의 초인적인 위력은 그 내면에서 일어나는 마력의 흐름으로 자아내는 것.

강한 만큼 자칫 그 마력이 충돌하는 일이라도 벌어진다면.

부웅! 부웅! 틱!

"큭!"

이런 일이 벌어질 위험도 있었다.

몸 곳곳이 찢어지는 듯한 통증과 함께 목구멍으로 치밀어 오르는 피!

무협 식으로 말하면 주화입마, 아니 그 직전 단계다.

"걱정 없어!"

태영은 절대 거기까지 이를 일은 없다.

보통은 그런 충돌이 일어나면 기맥이 파열해 버리지만, 태영은 각성자!

모든 기맥이 뚫린 만큼 그 충격도 겹겹이 연결된 기맥으로 분산되기 때문이다.

그래도 갑자기 마력이 역류할 때 가해지는 충격은 상상을 초월하지만, 결국 그 고통만 참으면 된다는 뜻!

부웅! 부웅! 틱!

"크헉! 크…… 컥! 빌어먹을! 이 동작도 아닌 건가? 그럼 이번에는 베일 가문의 초식 동작을 섞어 보자! 어디…… 욱! 젠장, 이건 제대로 시작도 안 되잖아? 그럼 다음!"

태영은 수없이 피를 토하고, 다시 일어나 검을 휘둘렀다.

–뭔가 보고 있기가 미안해지는군.

그런 말을 들을 일은 아니다.

이건 태영만 할 수 있는 일이고, 또 해내야만 하는 일이다.

그렇다고 그리모어가 할 일이 없는 건 아니다.

그렇게 몇 시간이나 검을 휘두르고, 때때로 기맥이 뒤틀리는 충격까지 받으니 당연히 몸도 마음도 너덜너덜.

"크, 지금은 여기까지인가?"

–끝난 건가?

"오늘은. 팔도 제대로 움직이지 않는 몸으로 검술을 익힐 수는 없으니까. 그리모어, 망 좀 보고 있어. 이 상태로 잠들면 몬스터에 씹히기 전까지는 깨어나지도 못할 테니."

그리모어는 기척 감지 능력이 뛰어나다.

따로 그런 기능이 있는 건지, 그저 마력의 변화에 민감해서인지는 모르겠지만 어쨌든, 때로는 태영이 미처 감지하지 못한 기척까지 감지하는 수준이었다.

게다가 따로 잠을 자야 하는 것도 아닌지라 불침번 역할에는 적합하다고 할 수 있었다.

"별일 없으면 4시간, 아니 3시간 뒤에 깨워 주고."

–난 시간은 모른다만.

"그럼 천천히 1만까지 세고 깨우든가."

—어…… 그러지.

약간의 융통성을 발휘하면 자명종으로도 이용할 수 있었다.

이에 태영은 알람 모드로 전환한 그리모어를 품에 안고 잠들었고, 짧은 휴식 끝에 전해지는 진동과 함께 기상!

“다 덤벼!”

다시 눈에 불을 켜고 몬스터를 사냥했다.

—좋아! 다 쓸어버리자, 주인!

위잉—!

왠지 모르게 굉장히 협조적으로 오러를 뿜어 주었다.

—종합 평가 레벨이 상승했습니다.

그 덕에 무난히 몬스터를 해치우며 레벨 업!

보물상자 같던 코엑스 몰의 애벌레를 잡을 때는 미치지는 못했지만, 2레벨을 더 올릴 수 있었다.

그리고 다시 찾아온 밤.

—또 하는 건가?

“해야지!”

태영에게 휴식은 없다.

부웅! 부웅!

그렇게 하루, 또 하루, 달밤에 널뛰듯이 검을 휘두르며 닷

새째로 접어들었을 때였다.

–자기류 검술에 최초의 워페어–폼 완성되었습니다.

마침내 눈앞에 이런 메시지를 보게 되었다.

–새로 창안한 검술의 워페어–폼에 이름을 명명할 수 있습니다.

덩달아 이런 메시지도 떠올랐지만.

"제1식!"

이름 따위는 아무래도 상관없다.

울트라니 슈퍼니 하는 이름을 붙인다고 더 강해지는 것도 아니니까.

중요한 건 검술 본연의 힘!

그리고 그건 바로 체감할 수 있었다.

윙! 윙! 윙!

막힘 없이 연결되는 무수한 동작들!

그때마다 몸속의 마력이 가속에 가속을 붙이며 더 빠르게 회전했고, 또 그때마다 검속도 더 빨라졌다.

이게 바로 제대로 된 검술!

검과 마력이 완전히 하나가 되어 펼쳐지는, 버릴 것 하나 없는 동작의 연결이다.

그리고 그 검이 우뚝 멈추는 순간!

쩡-!

파열음과 함께 검 아래에서 흙먼지가 확 뿜어져 올라왔다.

정제된 연결 동작과 검속, 거기에 마력이 더해져서 일어나는 소드 블라스트, 일종의 검풍으로 검기의 전 단계다.

'검술을 하나 만든 것만으로 이 단계까지 도달하게 줄은…….'

이 부분에서는 태영도 놀랄 수밖에 없었다.

그리모어도 그런 모양이다.

- 놀랍군. 정말 이런 일이 가능할 줄은…… 아니, 이제 와서 새삼 할 말은 아니겠지. 주인을 따라나서면 지루하지 않겠다는 생각은 했지만, 기대 이상이야. 괴상하게 변해 버린 세상도 그렇지만, 주인도. 불과 며칠 전에 기본기를 배운 인간이 새로운 검술을 창안했다는 말은 들어 본 적도 없으니까. 이제 적어도 천재가 아니라는 말은 못 하겠군.

꼬지도 않고 이런 말을 할 정도로.

뭐 따지고 보면 반 이상은 커닝한 셈이라 그렇게 대놓고 천재 운운하면 살짝 듣기 민망한 구석도 있지만.

- 어떤가, 주인? 실전 감각으로, 오러를 실어서 해 보는 건?

태영도 마침 전력으로 해 보고 싶던 참이다.

그 결과는 기대를 배신하지 않았다.

위잉! 위잉! 위잉!

오러 소드까지 더해지자 소리부터 달라졌다.

무수한 검광이 어둠을 가르며 만들어 내는 빛의 궤적은 황홀함마저 느껴질 정도.

그리고 다시 그 동작의 끝에 다다랐을 때!

쩌쩌쩌쩡ㅡ!

대기가 울리며 그리모어 아래의 지면이 움푹 들어갔다.

ㅡ후…….

그리모어가 부르르 진동하며 살짝 고조된 느낌의 한숨을 불었다.

ㅡ응원하지.

마음에 든다는 말인 모양이다.

뭐 그리모어가 응원하고 말고 할 일은 아니지만.

ㅡ계속할 거지?

계속하기는 할 거다.

그러나 방법은 바꿀 생각이다.

갖은 머리를 다 쥐어짜 좋다 싶은 걸 다 집어넣어 하나 만들었더니 달리 뭘 더 만들어야 할지도 모르겠고, 어설프게 만들어 봐야 도움도 되지 않는다.

'일단 이 1식을 완전히 숙달시킨다!'

지금은 이게 먼저다.

그러나 이미 형태는 완성되었으니 그런 건 실전에서도 할 수 있다.

또 필요한 건 검술만이 아니었다.

'상대는 헬 스네이크!'

분명 뛰어난 검술이라면 그런 놈이라도 몰아붙일 수 있을 것이다.

그러나 태영은 제대로 한 방만 맞아도 KO다.

그리고 그건, 장담컨대 맷집을 키운다고 어떻게든 될 일이 아니다.

'그럼…….'

자연스레 뭘 해야 할지 답이 나왔다.

'시작한다!'

태영이 지그시 어금니를 악물었다.

그 앞에는 완만한 경사를 이루며 기울어진 건물이 있었다.

태영의 눈은 그 위쪽, 벽의 틈에 박아 고정한 나무토막 뒤에 쌓여 있는 돌덩이들에 향해 있었다.

보기만 해도 불안하다. 무진장 불안하지만.

"쫄 것 같으냐! 파이어 볼트!"

태영이 버럭 소리치며 팔을 뻗었다.

그리고 손에서 뻗어 나간 불길에 적중한 나무토막이 퉁겨져 날아갔을 때.

콰쾅! 쿠콰콰콰—!

돌덩이들이 요란한 소리를 내며 쏟아졌다.

여기저기 패인 벽면에 튀기고, 서로 부딪히며 마구잡이로 뒤엉키며 태영을 향해 떨어지는 수백 개의 돌덩이들!

'저 돌을 모두 피한다!'

태영은 그렇게 마음먹었다.

그러나 세상일이 항상 마음먹은 대로 되는 것은 아니었다.

처음 몇 개는 어찌어찌 피했지만, 곧 중심을 잡기도 힘들어졌고, 튀어 오르는 돌에 발목을 맞은 뒤부터는 그냥 몰매.

"크! 윽! 악!"

태영은 머리를 감싸 쥐고 바닥을 굴러 대다가 축 늘어졌다.

—어이, 주인. 응원한다고 하고 할 말은 아닌 것 같다만, 아무리 그래도 이건 좀 아니지 않냐? 나는 말이다…… 주인이…… 어이, 듣고 있어?

듣고는 있다.

중간중간 끊기지만, 일단 뭔 말인지는 알겠으니 어디가 심각하게 고장 난 건 아닌 모양이다.

그러나 대꾸는 할 수 없었다.

턱 관절에 제대로 맞았는지 입을 조금만 움직여도 욱신거렸다. 물론 다른 곳도, 움직이기는커녕 숨만 쉬어도 뼈 마디마디가 쑤셨다.

'하지만 헬 스네이크에게 맞으면 이런 생각조차 못 하겠지.'

놈과 태영의 체급 차이를 생각하면 틀림없이, 한 방만 맞아도 DEAD KO패를 당할 테니까.

그렇다고 맷집을 키우고 있다는 말은 아니다.

체술(體術).

그게 태영의 다음 과제였다.

그리고 체술 역시 기본은 검술과 크게 다르지 않다.

굳이 다른 점을 꼽자면 좀 더 깊은 이해와 좀 더 많은 시간이 필요하다는 것이다.

아득한 시간을 들여 몸에 익히고, 습관처럼 만들어야 비로소 완성되는 것.

어설픈 흉내만으로는 되레 독이 되는 게 체술이다.

'이제 남은 시간은 고작 열흘 남짓…….'

그러나 시간이 없다.

그럼 어떻게 해야 단시간에 습관이 될 정도로 몸에 익힐 수 있을까?

태영은 검술을 익힐 때부터 그 문제를 고민해 왔다.

그리고 결국 답을 찾았다.

'때려 박는다!'

싫어도 기억할 수밖에 없도록! 몸에 직접!

그리고 해 보고 나서 알게 됐다.

제정신 가진 놈이 할 짓은 아니라고 말이다.

그러나 달리 떠오르는 방법이 없었고, 다른 방법을 궁리할 시간도 없었다.

'그렇다면 이게 최선이라고 믿고 끝까지 해 보는 수밖에 없다!'

그리고 할 수 있었다.

"크……!"

꿈틀꿈틀 몸을 일으키는 태영이 꺼내 드는 병이 있다면.

생수병이지만, 내용물은 다른 것이다.

틈틈이 뜯어 모은 약초를 조합해 만든 회복약.

이런 무식한 방법을 실행으로 옮길 생각을 할 수 있었던 건 그 회복약이 있어서다.

그렇다고 그게 게임 속의 포션처럼 마시기만 해도 HP가 쭉쭉 올라가는 드라마틱한 효과를 발휘하는 건 아니다.

효과는 확실하지만, 매우 느리다.

그러나 모든 일이 그렇듯이 이 역시 개선의 여지는 있었다.

"씁-! 후-!"

그게 바로 이거다.

몸속의 마력을 회전시켜 약효가 빨리 퍼지게 하는 방법.

역시나 마력을 회전할 때마다 곳곳에서 느껴지는 통증이 빠르게 줄어들었다.

'그래도 아직 완전히 회복하지는 않은 것 같지만…….'

그때까지 기다릴 필요는 없었다.

—뭐야? 또 하게?

"해야지."

습관을 몸에 강제로 때려 박는 게 한두 번 한다고 될 리가 없다.

그러니 될 때까지 하는 수밖에 없고, 다시 돌을 주워 담아 경사진 건물 위에 쌓아 두는 것도 모두 셀프로 해야 하니 남은 상처는 그사이에 회복될 것이다.

그리고 그것도 다 수련이다.

'레벨이 오른다고 저절로 신체 능력이 오르는 건 아니야. 레벨로 늘어나는 신체 능력은 어디까지나 잠재력. 온전히 내 힘으로 만들기 위해서는 그만큼 훈련을 해야 한다.'

돌을 가죽 부대에 담은 이유가 그래서다.

마법 가방의 인벤토리를 사용하면 편하지만, 편해서는 안 된다.

돌덩이가 든 가죽 부대를 짊어지고 경사진 건물 벽을 기어오르는 것은 근력을 키워 줄 것이다.

또 되돌아 뛰어 내려오는 때는 순발력을.

"파이어 볼트!"

펑! 콰광! 쿠콰콰콰!

온몸을 때리는 짱돌들은 맷집과 몰매도 두려워하지 않는

담력을 키워 줄 것이다.

비록 의도한 바는 아니라도.

'크윽! 뭐든 좋다! 조금이라도 도움이 된다면!'

꿀꺽! 꿀꺽!

태영은 한시도 쉬지 않았다.

약 빤 듯이, 아니 실제로 약을 빨아 대며 체술 수련을 매달렸다.

–대체 왜 이렇게까지 하는 거냐?

"그걸 몰라서 물어? 말했잖아. 보름 안에 헬 스네이크를 쓰러뜨려야 한다고."

–일단 의식은 정상이군.

그리모어가 이런 확인을 해 볼 정도로.

–뭐 원했던 대답은 그게 아니었다만, 입이 팅팅 부은 사람에게 긴말을 시키고 싶지는 않으니 넘어가지. 대신 하나만 더 묻자. 싸울 준비를 하다가 죽으면 허망하지 않겠냐? 나도 내 전 주인이 돌 맞아 죽었다는 기억을 갖고 싶지는 않은데.

"도와줄 거 아니면 그냥 보고나 있어. 네 말대로 입이 팅팅 부어서 대답하기도 힘드니까."

–내가 도와줄 건 있나?

없다.

이건 오직 태영 혼자서만 해내야 하는 일이다.

그러나 수없이 떡이 되며 하루, 또 하루가 지나도 떡이 될 뿐이었다.

그런데 나흘째 접어들었을 때 태영은 묘한 느낌을 받았다.

'체술도 검술과 기본은 같아. 중요한 건 동작과 마력의 조화다.'

태영도 생각 없이 떡이 되어 온 것은 아니다.

검술처럼 체술 역시 기억하는 체술의 요결을 뽑아 여러 형태로 조합해 보고 있었다.

머릿속에 그리는 이상적인 형태의 체술을 만들기 위해 안 맞는 것은 바꾸고, 부족한 부분은 메우며.

묘한 점은 그렇게 조정해 나갈수록 닮은 형태가 되어 간다는 점이다.

'그래, 틀림없어. 완전히 똑같다고 할 수는 없지만, 분명 늪지의 시체에 마력을 불어 넣었을 때 만들어지던 패턴과 비슷한 패턴이다.'

놀랄 일은 아니다.

마력 패턴이란 그가 익힌 스킬의 마력 운용법.

태영이 마력 패턴을 완전히 복사했을 때 스킬 정보를 얻은 것도 그 때문이다.

'그럼 그 사람은 내가 생각하는 체술과 비슷한 형태의 체술을 익히고 있었다는 말인가? 아니면 나도 모르게 그때 기억한 마력 패턴을 따라가고 있는 걸까?'

의문이 드는 건 이 부분이다.

이에 잠시 생각하던 태영은 바로 결론을 내렸다.

그런 건 아무래도 좋다고.

중요한 건 태영이 조종해 나가는 마력 패턴이 그와 닮아 가고 있다는 것이고, 그게 좀 더 나은 결과치를 보여 주고 있다는 것이니까.

'그렇다면…….'

태영은 시험 삼아 다음에는 그 마력 패턴을 그대로 체술에 적용해 보았다.

그 결과는 놀라웠다.

–음? 뭐지? 어째 갑자기 움직임이 매끄러워진 것 같은 느낌이…….

느낌이 아니다.

실제로 놀라울 정도로 매끄러워지고 있었다.

뭐 그래도 결국은 꽤 얻어맞고 바닥에 널브러지기는 했지만, 답이 나왔다.

'틀림없어! 그 시체는 분명 내가 이상적으로 생각하는 체술과 비슷한 형태의 체술을 익히고 있었던 거야!'

물론 완전히 똑같을 리는 없었다.

게다가 체술만 익히고 있었을 리는 없으니 다른 기술의 패턴도 섞여 있을 터.

'이제부터 내가 할 일은 그거다. 그 시체의 마력 패턴에서 다른 기술의 마력 패턴을 솎아 내고, 그 빈자리를 최적의 형

태로 연결할 수 있는 마력 패턴을 찾아 채워 넣는 것! 새로 짜는 것보다 그편이 더 빨라!'

태영의 예상은 적중했다.

방법을 선회하자 돌에 맞는 횟수가 눈에 띄게 줄어들기 시작했다.

당연히 태영도 한층 의욕적으로 몰입!

마력 패턴을 뜯고 자르고, 새로 이어붙이기는 반복한 끝에 마침내 완성할 수 있었다.

"돼, 됐다!"

-자기류 최초의 무브먼트-폼이 완성되었습니다.

-새로 창안한 무브먼트-폼에 이름을 명명할 수 있습니다.

그 많은 돌을 한 대도 맞지 않고 피할 수 있는 새로운 체술을 말이다.

그리고 태영은 이번에는 이름을 명명했다.

체술을 검술처럼 1식, 2식으로 나누기도 뭐하니까.

그러나 바탕이 되어 준 마력 운용법은 ???인 관계로 그냥 태영의 이름에서 '영'을 따서 명명.

-자기류 무브먼트-폼 [섀도 스텝]이 등록되었습니다.

이런 이름을 붙였다.

'검술에도 이름을 붙일 걸 그랬나?'

막상 만들고 보니 의외로 그럴듯해 보여 이런 생각이 들기도 한다.

살짝 중2병스럽더라도 기왕이면 다홍치마니까.

그러나 이미 1식으로 등록되었고, 그건 어쩌면 두고두고 후회하게 될지도 모를 일이지만.

"일단…… 자자."

태영은 그대로 쓰러지듯이 잠들었다.

그리고 다음 날.

"아하!"

태영의 입이 귀에 걸렸다.

펑! 퍼펑-!

그 주위에서 연이어 치솟아 오르는 흙 기둥!

고릴라를 닮은 7등급 몬스터 베라자크의 공격이다. 양손으로 공기를 압축해 뿜어내는, 웬만한 나무를 따위는 일격에 박살 내는 위력의 압축포!

그러나 스치는 기미조차 없었다.

새도 스텝의 힘이다.

그리고 본시 체술의 핵심은 두 가지.

펑-!

'첫째는 적의 공격을 피하는 것! 그리고 둘째는 유리한 위

치를 점하는 것!'

그 두 가지를 할 수 있다면…….

위잉! 서걱!

전투는 순식간에 끝난다.

섀도 스텝을 완성하자 한동안 고전하던 베라자크도 더는 상대가 되지 않았다.

그뿐만 아니라 태영은 무수한 짱돌에 찍히는 사이 범상치 않은 담력까지 겸비하게 된 몸!

곧바로 8등급 몬스터의 영역으로 넘어갔다.

그리고 그동안 키워 온 게 담력만은 아닌지라 그 역시 무난하게 사냥할 수 있었다.

덕분에 만족스러운 레벨 업을 하고 다시 밤.

–또 뭔가 하겠지?

당연히!

'검술과 체술은 익혔다. 그럼 이제 남은 건…….'

마법이다.

그렇다고 검술이나 체술처럼 새로운 마법을 창안하겠다는 말은 아니다.

마법은 이미 완전한 이론이 정립되어 더 파고들 구석도 없다. 또 설사 있다 해도 넘치는 마력을 주체 못 하는 최고위 마법사나 돼야 가능한 일이다.

돼 봐서 아는 거다.

일단 가능성이 전혀 없지는 않다는 말이다.

그렇게 슬쩍 한 발 빼듯이 말하는 이유는 그때도 성공하지는 못했기 때문이다.

대신 그 과정에서 알게 된 게 있었다.

'당장 상위 마법을 배우기는 힘들지만, 익히고 있는 마법을 개선할 수는 있다!'

거기에 필요한 건 딱 두 가지.

하나는 최고위 마법사 수준의 마법 지식, 그리고 다른 하나는…….

촤라라락!

태영이 바닥에 쏟아 놓는 마석이다.

마법 수련을 마지막 순서로 잡아 놓은 이유가 그 때문이다.

마법은 당연히 검술이나 체술보다 많은 마력을 소모한다. 작정하고 파고들면 10분도 되지 않아 마력이 거덜 날 정도로.

그러나 마석은 마력의 구성원인 마소의 결정.

탁탁탁! 탁탁탁! 치익-!

이렇게 가루로 만든 뒤 몇 가지 약초를 섞어 물에 희석하면…….

'마력 회복제 완성!'

넘치는 마석으로 넘치는 마력 회복제를 조제한 태영은 본격적으로 마법 개조 작업에 돌입했다.

검술과 체술처럼 마법 역시 기본은 마력이다.

마법은 머릿속에 각인된 술식으로 마력을 변환시켜 방출하는 힘.

당연히 검사처럼 마법사도 그에 맞는 기맥을 뚫고, 그 기맥만을 이용해 마법을 일으킨다.

이건 이계에서 사용하는 모든 힘에 적용되는 상식이다.

'하지만…….'

지금의 태영에게는 적용되지 않는 상식이다.

그래서 생각해 보았다.

만약 술식에 통과하는 마력을 다른 루트로 우회해 더 빠르게 움직일 수 있다면?

"일단…… 파이어 볼트!"

펑!

그 결과가 이거다.

본래 아무리 빨리 발동시켜도 3~4초는 걸리는 마법이 2초 이내에 발현!

파이어 볼트의 마력 루트가 1→2→3→4로 되어 있다면, 그걸 1→검술에 사용되는 기맥으로 우회→4라는 식으로 지름길을 만들어 사용한 결과였다.

물론 예를 들어 그렇다는 거지, 실제로는 그렇게 단순하지 않다.

그러니까…….

'더 개선할 여지가 있다는 말이지.'

태영은 수없이 마법을 날리고, 마력 루트를 변환해 다시 날리기를 반복했다.

'실전에서는 0.1초에 생사가 달라지기도 한다!'

그 0.1초라도 더 줄이기 위해!

마력 회복제를 먹어 가며 몇 시간을 쉬지 않고 개조에 개조를 거듭한 결과!

"파이어 볼트!"

펑!

거의 발동과 동시에 발현!

"좋아. 이 정도면……."

그제야 태영이 얼굴에 만족스러운 미소가 번졌다.

물론 아직은 파이어 볼트뿐이지만, 일단 완성형을 만들고 요령도 파악하니 다른 마법의 개조는 어려운 일이 아니었다.

그리하여 수 시간 만에 익히고 있던 1레벨 마법을 모두 개조했을 때였다.

–스킬 [고속 영창]을 습득했습니다.

그게 스킬이 되었다.

–하…… 1레벨 마법 유저가 고속 영창을 사용한다는 것도 그렇지만, 이제 그런 걸 보고도 놀라지도 않는 내가 더 기가 차는군.

그럼 마법까지 했으니 이제 끝난 건가?

"끝났지, 오늘은."

마법 개조는 다음 날 밤에도 이어졌다.

이번에는 지난밤에 했던 개조와 정반대의 작업이었다.

마력 루트의 단축이 아닌 연장, 우회로를 이용해 최대한 멀리 돌아가게 하는 것이다.

우회로가 길어진다는 건 마력을 증폭시킬 여지도 늘어난다는 말이고.

"파이어 볼트!"

펑! 콰광--!

마력의 양은 곧 위력과 직결되니까.

1레벨 마법임에도 2레벨 파이어 애로 수준의 위력을 발휘하는 파이어 볼트!

사실 이계에는 이미 이런 기술이 존재한다.

–스킬 [마력 증폭]을 습득했습니다.

그게 바로 이거다.

그러나 보통은 술식을 여러 개 겹쳐서 사용하고, 그만한 술식의 연산은 상급 마법사가 되고 나서야 할 수 있었다.

뇌에 다이렉트로 대미지가 들어오기 때문이다.

그걸 태영은 우회로를 사용해 1레벨 마법사 수준에 성공!

덕분에 의욕에 자신감까지 붙은 태영은 한층 열의를 불태우며 몰입했다.

'그럼 같은 요령으로…….'

"파이어 볼트!"

퍼퍼퍼퍼펑―!

그 결과 다음 날은 이런 게 가능해졌다.

위력은 조금 줄었지만, 여러 개로 분산되어 날아가는 불화살.

술식에 여러 개의 우회로를 연결해 마력을 분산시켜 마법을 발동시킨 것이다.

그리고 이 역시 방식은 다르지만 같은 기술이 존재했다.

―스킬 [마력 분열]을 습득했습니다.

그래서 이런 메시지가 떠오를 것은 예상했지만.

"뭐, 뭐지?"

태영의 얼굴이 당혹감에 물들었다.

메시지가 떠오른 직후, 갑자기 몸속의 마력이 미친 듯이 날뛰기 시작했다.

결전의 밤

"크!"

신음이 터져 나왔다.

-응? 어이, 주인! 갑자기 왜 그래?

그리모어의 목소리가 들려왔지만 대답할 여력조차 없었다.

뭔가 할 새도 없이 마구잡이로 날뛰던 마력이 몸속에서 충돌을 일으키기 시작했다.

그때마다 몸과 의식을 뒤흔들어 대는 아찔한 충격!

'혹, 혹시 그동안 기맥을 너무 마구잡이로 만져 대서 그런 건가?'

모르겠다.

지금 수준의 레벨에서 이렇게 기맥을 만져 댄 적은 없으니까.

당장은 그런 걸 생각할 때도 아니었다.

'윽! 아, 안 돼! 의식만큼은…… 이렇게 마력이 폭주하는 상태로 의식을 잃으면 무슨 일이 벌어질지 모른다!'

태영은 어금니를 질끈 깨물고 허리를 꼿꼿이 세웠다.

일단 마력을 가라앉히는 게 먼저다.

의식을 잃더라도 그다음!

태영은 멀어지는 의식을 붙잡고 필사적으로 마력의 흐름을 잡아 가기 시작했다.

마음은 급했지만, 서둘러서는 안 된다.

'억지로 누르면 틀림없이 다른 곳이 터져 나간다. 누르는 게 아니라 흘려 주는 게 최선이야. 먼저 큰 마력의 흐름을 잡으면 작은 마력들은 저절로 그 흐름에 끌려갈 거다. 그러니 지금 잡아야 하는 것은 여기, 단전에서 날뛰는 마력이다!'

태영은 단전에 모든 의식을 집중했다.

그러나 잡히지 않았다.

마치 의지를 가진 생물처럼, 의식의 손으로 잡으려 할 때마다 미끄러지듯이 빠져나갔다.

태영은 방법을 바꿔 주위의 기맥을 하나씩 막아 나갔다.

그렇게 점점 공간을 좁혀 나가자 밀려나던 마력이 돌연 기맥을 따라 질주했다.

'크! 엄청난 힘이다. 기맥이 통째로 뜯겨 나가는 것 같아. 대체 언제 마력이 이렇게 커다란 덩어리로…… 아니, 잡념은 금물이다! 몸에 쓸데없는 힘이 들어가면 안 돼!'

불필요한 힘은 마력의 흐름을 방해한다.

하물며 제어조차 되지 않는 거대한 마력 덩어리라면 그것만으로도 심각한 내상을 입힐 수도 있다.

태영은 최대한 호흡을 길게 늘이며 몸을 이완시켰다.

그사이 마력은 몸을 한 바퀴 돌아 다시 단전으로 돌아왔다. 그리고 또, 같은 루트를 따라 질주했다.

이미 한 번 지나간 뒤라서 그런지 이전만큼 고통스럽지는 않았다.

다음은 더 줄어들었고, 그다음부터는 아예 사라졌다.

'이제…… 된 건가? 하지만…….'

여전히 마력은 몸속을 회전하고 있었다.

속도도 점차 빨라져 어느 시점부터는 의식조차 따라잡을 수 없게 되었다.

그리고 마침내 완전한 하나의 원과 같은 형태가 되었을 때!

'……사라졌다!'

정확히는 흩어졌다.

마치 그 상태로 몸속에 흡수되듯이.

순간 그 주위에서 믿어지지 않는 힘의 파동이 일어나기 시작했다.

뭔가 더 조여지고, 단단해지고, 질겨진 느낌!

'이 감각은 설마……!'

태영은 그와 같은 감각을 느껴 본 적이 있었다.

그것도 꽤 여러 번.

그리고 거기까지 생각했을 때…….

―[각성자] 레벨이 상승했습니다.

―[각성자 Lv. 2]

―잠재 능력 [힘의 원천]의 마소 흡수율이 55%로 상승했습니다.

―잠재 능력 [재능의 원천]의 스킬 습득률이 55%로 상승했습니다.

―잠재 능력 [지식의 원천]의 지식 습득률이 55%로 상승했습니다.

―잠재 능력 [용기의 원천]의 모든 피해에 대한 저항력이 55%로 상승했습니다.

―신체 능력이 대폭 향상되었습니다.

―근력 : 201⇒216 순발력 : 199⇒234 지구력 : 212⇒231 마력 : 178⇒209

―종합 평가 레벨 : 74⇒84

"뭐……."

태영이 멍청한 얼굴로 메시지를 바라보았다.

직전에 느낀 감각대로 그건 레벨 업을 할 때의 느낌이었다.

그렇게 나오기도 하고.

—하아, 이제 하다 하다 정말 별걸 가지고 다 놀라게 만드는군. 무슨 레벨 업을 그렇게 요란하게 하는 건가?

그러나 이렇게 말하고 넘어갈 일은 아니었다.

적어도 태영은.

말했듯이 이계에는 종합 평가 레벨과 직업 레벨이 별개다.

그러나 지금까지 태영은 자신과는 관계없는 일이라고 생각하고 있었다.

애초에 각성자를 직업이라고 생각해 본 적이 없어서다.

'그런데…….'

직업처럼 레벨이 올랐다.

물론 그것만으로 각성자가 직업이라고 말하기는 힘들지만, 요점은 그게 아니다.

중요한 것은 성장했다는 점이다.

이미 다른 직업을 씹어먹고도 남을 정도의 메리트를 가진 각성자가!

태영의 몸이 부르르 떨렸다.

"으……!"

—뭐, 뭐냐? 또 어디가 안 좋은 건가?

"아니, 너무 좋아서."

-……이런 것도 처음이군. 여러 주인을 만나 봤지만, 썰어 버리고 싶다는 생각이 드는 건.

"네가 말하면 농담처럼 들리지 않으니 그만둬."

-농담이라고 한 적 없다.

태영은 피식 웃고 말았다.

뭐가 됐든 태영을 걱정했다는 말일 테니까.

확실히 요 며칠, 정확히는 희대의 아티팩트니 뭐니 하며 띄워 준 다음부터지만, 유대감이 꽤 높아지기도 했다.

오러 소드의 강도가 상향 조정된 상태로 유지되고 있다는 게 그 증거다.

목소리나 말투는 노년에 가까운 분위기지만, 어린애 같은 면도 있다는 말이다. 뭐 애나 어른이나 띄워 주는 걸 싫어하는 사람은 없지만 어쨌든.

'뭐든 아직 좋아하기는 일러.'

태영은 확실히 강해졌고, 또 강해지고 있었다.

그러나 상대는 그 헬 스네이크. 이 숲의 최상위 포식자다.

'놈을 쓰러뜨리지 못하면…….'

아무 의미가 없다.

조금 전 입술 사이를 비집고 나오려는 환호성을 꾹 눌러 삼킨 이유가 그 때문이다.

'그건 놈을 쓰러뜨리고 난 다음에 할 일이다!'

따라서 지금 태영이 해야 할 일은 그때를 대비해 조금이라도 더 강해지는 것.

그때까지는 1분 1초도 낭비해서는 안 된다.

태영은 언제나처럼 짧은 수면을 하고 사냥터로 향했다.

현재 공략 중인 몬스터는 8등급.

이제 그것도 충분히 공략할 수 있었지만, 연속 사냥은 힘들었다.

'하지만 지금 내 힘이라면…….'

푸확! 푸확!

불과 하룻밤 사이에 가능해졌다.

이에 태영은 과감하게 한 단계 더 올려 9등급 몬스터 타란튤라의 영역으로 향했다. 그리고 한두 마리 때려잡아 본 뒤에 10등급 몬스터 영역으로 이동했다가 돌아왔다.

힘들어서가 아니다.

애초에 9등급과 10등급의 힘 차이는 크지 않다.

상대하기가 조금 더 까다로울 뿐이다.

그리고 본래 상위 포식자일수록 개체 수가 적어지는 법. 찾아다니는 것도 꽤 번거로운 일이다.

'효율을 생각하면 키마이라 쪽이 훨씬 낫지. 개체 수도 많고, 쓸 만한 전리품도 얻을 수 있으니까. 그러니 남은 시간은 그곳에서 보낸다!'

물론 그것만은 아니다.

밤에는 새로 익힌 검술과 체술, 마법을 연습하며 숙련도를 쌓아 갔다.

그리고 다시 이틀이 지난 뒤에는 사냥을 멈췄다.

'이제 남은 시간은 사흘. 그사이에 조금 더 레벨을 올린다고 해 봤자 놈과의 격차를 생각하면 어차피 큰 의미가 없어. 설사 지금보다 두 배는 더 강해진다고 하더라도 정면 승부로 놈을 쓰러뜨리기는 무리다.'

싸움은 힘만으로 하는 게 아니다.

'놈과 벌일 싸움은 내가 원하는 전장에서, 내가 원하는 대로 한다!'

이를 위해 준비할 시간이 필요했다.

태영은 이틀의 시간을 그 준비에 쏟고 남은 하루는 푹 쉬었다.

다음 날, 오후 늦게 일어난 태영은 가벼운 식사를 한 뒤에 몸을 풀었다. 그리고 장비를 점검하며 시간을 보내다 저녁 무렵, 놈의 영역을 향해 이동했다.

– 그게 다인가?

"뭐가?"

– 뭐 그런 거 있지 않나? 드디어 결전의 날이 온 거 아닌가. 그동안 그 많은 고생을 한 것도 바로 오늘을 위해서였고. 그럼 승리를 다짐하는 함성 같은 거라도 질러 줘야 하지 않나?

듣고 보니 좀 심심하다는 생각도 들었다.

그러나 혼자 할 짓은 아니다.

그리고 그런 짓을 한다고 달라질 건 없다.

이미 할 수 있는 일은 다 했다. 이제 그 결과를 확인할 때가 됐을 뿐이다.

"이 정도가 좋아. 파이어 볼트!"

펑! 화륵!

태영은 전날 준비해 둔 나뭇더미에 불을 붙였다.

-후-.

불길이 솟아오르자 그리모어가 작은 한숨을 불어 내며 말했다.

-어이, 주인, 혹시 모르니 지금 말해 두마. 이 싸움의 결과가 어떻게 되든, 주인이 보통 사람이 아니라는 것만은 인정한다.

뭐냐, 이건? 느닷없이 사망 플래그냐?

"그럼 이제 내가 이번 싸움이 끝나면 집으로 돌아가 애인과 결혼하기로 했다는 말은 하면 완벽해지겠군."

-뭐?

"아니, 그냥 그렇다고. 그보다, 넌 아직도 나에게 승산이 없다고 생각하냐?"

-무리지. 하지만…… 솔직히 말하면 지금은 잘 모르겠다.

"그럼 지켜봐."

퍼펑-!

어둠에 물든 숲에 폭음이 울려 퍼진 건 그때였다.

뿌리째 뽑힌 나무 몇 그루가 분수처럼 치솟아 오르고, 와작대는 소리가 빠르게 숲을 가로지르며 다가왔다.

뒤이어 모닥불 앞에서 수직으로 솟아오르는 검은 기둥!

아래를 향해 숙여지는 거대한 머리는 바로 놈, 헬 스네이크였다.

그러나 살기로 번들대는 놈의 눈에는 불티를 날리며 치솟는 모닥불만이 비치고 있었다.

푸확—!

태영은 여기에 있으니까! 그리고…….

'차지대시!'

텅! 촤촤촤촤—!

태영이 탄환처럼 뻗어 나갔다.

푸른 오러를 뿜어 올리는 그리모어가 박힌 놈의 몸이 그 뒤를 따라 주욱 갈라졌다.

크아아아아—!

괴성과 함께 그 몸이 요동쳤다.

지진처럼 땅이 흔들리고 그때마다 치솟는 흙과 수풀의 파편이 어둠과 더해져 한 치 앞도 구분하기 힘들었다.

심지어 거대한 놈의 몸조차!

한순간에 10여 미터를 치솟았다가 떨어지거나, 좌우로 출렁대니 어디가 앞이고 뒤인지조차 분간하기 힘들었다.

그때 돌연 머리 위에서 열기를 품은 돌풍이 일었다.

－주인, 위쪽이다!

그리모어의 목소리와 함께 태영의 손이 빠르게 움직였다.

가방과 머리 위로!

파악－!

머리 위로 떠 오른 주머니가 폭발했다.

시선을 들어 올리자 뿌옇게 퍼지는 하얀 분말 너머에서 확 돌아가는 놈의 머리가 보였다.

펑! 펑! 펑!

동시에 그 머리에서 폭발하는 푸른 섬광!

자기류 검술 1식을 완성했을 때 초입에 들어서고, 얼마 전에야 익힌 검기다.

그러나 흩어지는 섬광 뒤로 드러나는 놈의 비늘에는 상처조차 보이지 않았다.

'그렇겠지.'

기대도 하지 않았다.

검기가 통하지 않는다는 건 기사들이 죽어 나갈 때 이미 확인했다.

검기는 그저 시간을 벌기 위한 수단이다.

태영은 빠르게 수풀 사이를 뛰며 연이어 주머니를 던졌다.

그때마다 하얀 분말이 터지자 주위가 마치 안개에 휩싸인 것처럼 뿌옇게 변해 갔다.

이어 태영이 하나 더 꺼내 몸에 발랐을 때였다.

쿠콰콰콰–!

굉음과 함께 나무와 바위 따위가 일대를 뒤덮으며 날아왔다.

이거다. 놈이 거대한 동체로 숲을 쓸어 대며 산탄처럼 쳐날리는 나무와 바위! 그게 야영지의 병사를 가장 많이 박살낸 놈의 공격이고.

"섀도 스텝!"

태영이 무수한 짱돌에 얻어맞으며 체술 수련을 한 이유다.

타탁! 탁! 탁탁!

태영의 발이 빠르게 교차했다.

좌로! 우로! 작은 돌 조각이 몸에 부딪히고, 제대로 맞으면 한 방에 머리를 박살 낼 거대한 바위가 불과 수십 센티미터 옆에 떨어졌다.

'쫄 것 없어! 두려움 따위는 감각을 무디게 할 뿐이다! 그렇게 피를 토하며 체술을 익힌 건 두려워하기 위해서가 아니야!'

그러나 망설일 이유는 없다.

피 터지게 체술을 익힌 이유는 물러나기 위해서가 아니다.

앞으로 나아가기 위해서!

쩌쩌쩌쩡–!

그 앞에서 시퍼런 섬광이 터져 나왔다.

그사이에 그리모어에 축적해 놓은 마법의 힘이다.

그것도 마력 증폭을 더한, 위력은 웜과 싸울 때의 배 이상 되는 냉기 마법!

들썩이는 놈의 동체에서 허옇게 얼어붙은 비늘이 튀어 올랐다.

쿠콰콰콰—!

맨살을 드러낸 놈의 몸이 도망치듯 쭉 밀려가고, 반대쪽에서 다시 나무와 바위가 날아들었다.

태영은 섀도 스텝을 밟으며 따라붙었다.

퍼퍼퍼펑—!

이번에는 불길이 터져 나왔다.

비늘이 벗겨진 채 얼어 있던 살점이 폭발을 일으키며 떨어져 나왔다.

한층 더 거칠어진 놈의 요동에 숲 여기저기에서 나무와 바위가 우박처럼 쏟아졌다.

그러나 태영은 여유가 있었다.

'어차피 마구잡이로 몸을 휘둘러 대는 것에 불과하다! 지금 놈은 장님이나 다름없다!'

본래 뱀의 눈은 장식이다.

그럼에도 밤에, 심지어 놈에 비하면 콩알 수준밖에 되지 않는 사람을 찾아낼 수 있는 것은 예민한 후각을 발휘하는 혀 때문이다.

그래서 부지런히 모았다.

놈이 극도로 싫어하는 냄새의 명반석, 백반 가루를!

조금 전 숲 곳곳에서 터뜨린 주머니에 들어 있던 게 바로 그 백반 가루다. 더불어 몸에도 잔뜩 발라 놨으니 놈이 태영의 체취를 감지하기는 무리.

'분명 내 힘은 아직 너에게 미치지 않는다. 하지만 지난 보름 동안 나는 너만 생각하고, 너와 싸울 준비만 하며 살아왔다! 너를 죽이기 위해!'

태영은 안개처럼 퍼진 백반 가루 사이를 빠르게 가로질렀다.

손도, 발도, 감각도 쉬지 않았다.

모든 것이 오직 하나, 놈의 몸에서 쉴 새 없이 치솟는 피를 위해서 움직였다.

그러나 태영도 알고 있었다.

그조차 놈에게는 생채기에 불과하다.

고통을 줄 수는 있어도 숨통을 끊기에는 부족하다.

놈의 숨통을 끊을 방법은 하나, 머리를 직접 타격하는 방법뿐이다.

그러나 태영은 처음 나타났을 때 이후로는 놈의 머리를 본 적이 없었다.

당연하다. 놈도 바보가 아닌 이상 자신의 몸에 대미지를 줄 수 있는 상대, 심지어 어디에 있는지도 모르는데 머리를 들이밀 리가 없다.

그러나 문제 될 일은 아니다.

'곧 끌어 내려 주마!'

시작부터 끝까지, 모든 것은 계획대로.

한 치도 어긋나지 않았고, 또 앞으로도 어긋날 일은 없다.

'오늘 밤, 너는 죽을 것이다!'

"그리모어!"

—흠!

검날이 진동하며 푸른 빛에 휩싸였다.

콰직!

그리고 곧 사라졌다.

무수한 비늘로 이루어진 벽이 출렁대며 도망치듯이 밀려 나갔다. 검날이 뽑혀 나오며 길게 벌어지는 비늘 사이로 피가 뿜어져 나왔다.

놈의 몸에 또 하나의 상처가 새겨졌다.

그게 몇 번째인지도 모르고, 헤아릴 여유도 없었다.

'놈이 백반 가루 속에서 내 위치를 알아낼 수 있는 유일한 때가 바로 지금!'

콰콰콰콰!

생각과 동시에 사방에서 울리는 폭음!

찌른 건 앞이지만, 길고 거대한 놈은 어디에든 있었다.

옆에도, 뒤에도. 그리고 물러났던 앞에서도.

그 몸의 비늘이 모두 빳빳하게 세워져 있었다.

마치 무수한 칼날이 박혀 있는 듯한 그 몸이 일대를 휩쓸며 들이닥치자 나무와 바위 따위가 순식간에 가루로 변해 흩어졌다.

—하! 압살인가?

"분쇄겠지."

태영은 잠시도 망설이지 않았다.

그라인더처럼 숲을 통째로 갈아 대며 다가오는 놈의 몸을 향해 뛰었다.

'차지대시!'

그리고 그 몸에 가속이 더해졌을 때!

"변환, 핼버드!"

팍—!

아래를 향한 그리모어가 쭉 뻗어 나가며 도끼로 변한 묵직한 날로 바닥을 찍었다.

태영의 몸이 그 지점을 중심으로 포물선을 그리며 날아올랐다.

콰콰콰콰—!

비늘의 파도가 아래를 스쳐 지나갔다.

그 위를 날아가는 태영의 손에 쥐어진 그리모어는 다시 검의 형태로 돌아와 있었다.

그리고 그 검날에서 뿜어져 올라오는 오러도.

탁! 푸확–!

바닥에 내려서는 태영의 뒤에서 피가 치솟았다.

그만한 여유는 있었다.

채찍처럼 긴 몸의 움직임을 예측하기는 힘들지만, 불가능한 건 아니다.

놈도 땅에 몸을 붙이고 사는 존재인 이상 물리법칙을 거스를 수는 없다.

아무리 놈이라도 관성이 붙은 몸을 곧바로 반대 방향으로 움직일 수는 없다는 말이다.

'그러니 지금 신경 써야 할 건 뒤에 있는 놈의 몸보다…….'

푸화아아악–!

'이쪽이다!'

위에서 비처럼 쏟아지는 시커먼 액체!

풀 플레이트를 입은 기사마저 고통에 몸부림치며 죽게 만든 즉효성 맹독의 비!

독 내성의 갑옷이 꼭 필요했던 이유지만, 그 장면을 봤을 때 예상할 수 있었다.

'이 갑옷으로 막을 수 있는 독이 아니다!'

태영은 양손으로 그리모어를 꽉 움켜쥐고 수직으로 치켜세웠다.

그리고 섬광 같은 내리치기!

쩌쩌쩌쩡-!

검 끝에서 대기가 폭발했다.

한계를 넘은 속도의 검이 대기와 마찰하며 만들어 내는 소드 블라스트!

대기가 소용돌이를 일으키며 뻗어 올라가자 쏟아지던 독액이 좌우로 확 흩어졌다.

그래도 흩어지는 작은 방울까지 막을 수는 없었지만.

"윈드!"

그 정도는 1레벨 대기 마법으로 충분하다.

치치치치-!

주위에서 치솟는 시커먼 연기.

20여 미터 내외에서 멀쩡한 곳은 바람을 두른 태영이 서 있는 자리뿐이었다.

태영이 고개를 추어올리며 소리쳤다.

"이게 나다!"

그러니 이제 알게 됐을 것이다.

까마득한 높이에서 태영을 내려다보고 있는 놈도.

"나는 네놈의 먹잇감이 아니다! 널 상처 입힐 힘을 가지고 있는, 네가 전력을 상대해야 할 적이다! 그러니 너도 죽을 각오를 하고 덤비라는 말이다!"

놈이 그 말을 알아들었을 리는 없다.

그러나 뱀이라도, 더구나 평범한 뱀도 아니니 분위기 정도는 파악했을 것이다.

후욱-! 후욱-!

저 위에서 거친 숨소리가 들려왔다.

아니, 들린다 싶은 순간!

콰콰쾅-!

그대로 내리꽂혔다.

바닥을 구르던 태영이 몸을 일으키자 치솟는 흙더미 속에서 놈의 머리가 확 튀어나왔다.

버스라도 한입에 삼켜 버릴 정도의 아가리!

그 안쪽으로 보이는 목구멍 깊은 곳에서 시커먼 독액이 부글대며 차오르고 있었다.

태영이 우측으로 뛰어가자 놈의 머리도 원을 그리며 따라붙었다.

푸화아아악-!

그 앞으로 분출되는 독액!

태영은 둥글게 말린 놈의 몸으로 방향을 꺾어 뛰어넘었다.

낮게 깔리며 뿜어진 독액은 모두 놈의 몸통을 적시며 흘러내릴 뿐이다.

아니, 핼버드로 변해 지지대 역할을 해 주었던 그리모어의 검날에도 묻기는 했지만.

"괜찮냐?"

―흥! 이따위야……!

오러 소드가 덮이자 순식간에 증기로 변해 사라졌다.

그때 뒤의 몸통이 주욱 미끄러지며 그 위로 놈의 머리가 떠올랐다.

불과 수 미터 높이라 지금은 확실히 보였다.

분노로 일그러진 놈의 눈!

팍―!

그 머리 앞에서 백반 가루가 담긴 주머니가 터졌다.

놈이 질색하며 머리를 뒤로 뺐지만, 이내 바닥에 몇 번 거칠게 머리를 비비고 떠올랐다가 다시 떨어졌다.

콰콰콰쾅―!

태영의 바로 뒤에서 치솟는 흙 기둥!

앞에서도 거대한 놈의 몸통이 파도처럼 위아래로 출렁대며 밀려들었다.

번번이 몸통을 뛰어넘는 것에 대한 대책인 모양이다.

아니면 그냥 열 받아서 발광하는 것이거나.

뭐 어느 쪽이든.

―왜 그런 쓸데없는 짓을 하는지 모르겠군. 어차피 대미지를 줄 수 있는 것도 아니고, 그저 열 받게 할 뿐이라면 좋을 게 없지 않나?

물론 좋은 건 없다.

지금까지 놈의 공격은 그저 턱없이 크고, 긴 몸통을 휘둘러 대는 것뿐이었다.

태영이 어디에 있는지도 모르고 마구잡이로.

그럼에도 대처하기 쉽지 않았다.

지난 보름 동안 놈과 싸우는 장면을 수없이 시뮬레이션해 봤기에 피하는 것 자체는 여유가 있었지만, 감정적인 여유는 1도 없었다.

한 방.

한 번의 방심, 한 번의 실수로도 죽을 테니까.

그러나 당연히 놈은 아니다.

태영이 번번이 목숨을 걸고 입힌 상처도 놈에게는 생채기에 불과하다.

불쾌하겠지만, 그게 놈이 위험을 감수하면서까지 태영을 죽여야 할 이유는 되지 못한다.

'도망친다면…….'

굳이 따라오지는 않을 것이다.

태영처럼 까다로운 사냥감을, 굳이 제 영역을 벗어나면서까지는 말이다.

'더! 더 열 받아라!'

팍! 팍! 서걱!

태영이 쉬지 않고 백반 가루를 던지고, 틈틈이 상처를 입히는 이유가 그 때문이다.

그래야 눈이 뒤집혀서 따라올 테니까.

'여기는 놈의 영역이다! 내 전장이 아니다! 내가 싸워야 할

곳은……'

콰콰콰콰! 퍼펑-!

'여기다!'

쓸듯이 숲을 뭉개고 지나가는 놈의 몸 뒤로 보이는 도로.

무수한 빌딩이 무너졌음에도, 아직도 무수한 빌딩이 남아 있는 서울의 중심지를 가로지르는 강남대로였다.

퉁-!

태영은 곧바로 차지대시를 발동하며 대로를 질주했다.

크와아아아-!

놈이 반쯤 흙에 파묻힌 자동차를 으깨며 따라붙었다.

장애물이 사라진 탓에 놈의 뿜어내는 열기가 순식간에 뒷덜미로 따라붙었다.

"파이어 볼트!"

태영이 빌딩 사이의 골목으로 뛰어 들어가며 손을 뻗었다.

우측 빌딩의 위로!

푸확-!

그 끝에서 백색 분말이 터져 나왔다.

길게 휘어지며 따라붙던 놈의 머리가 움찔하며 물러났다.

당연하다. 방금 터진 건 태영이 백반 가루를 꾹꾹 담아 매달아 놓은 부대 자루. 작은 주머니와는 비교도 할 수 없는 양이니 본능적으로 피할 수밖에 없다.

그 틈에 태영은 건물의 창을 부수며 뛰어 들어갔다.

그리고 마구잡이로 뒤엉킨 책상 위를 구르고, 의자 따위를 뛰어넘으며 건물 내부를 가로질렀다.

콰쾅! 쿠콰콰콰–!

그 옆에서 폭음이 울렸다.

놈의 머리가 거대한 머리가 건물 외벽을 긁으며 따라오고 있었다.

그리고 번들대는 거대한 눈동자로 태영을 본 뒤, 떠오르듯이 위로 상승했다.

그 뒤를 따라 무수한 비늘이 외벽을 긁으며 지나갔다.

'놈은…….'

앞질러 가는 것이다.

태영이 건물 내부를 관통하면 반대편의 빌딩 사이로 나오게 될 테니까.

역시나, 얼마 지나지 않아 맞은편 빌딩 사이의 골목으로 머리를 들이미는 놈이 보였다.

더불어 그 위쪽에 달아 둔 부대 자루도.

"파이어 볼트!"

펑! 푸화아아악–!

다시 백반 가루가 터지며 놈의 머리가 튕겨 나갔다.

그 틈에 빌딩을 빠져나온 태영은 다시 맞은편 빌딩의 창을 부수며 뛰어 들어갔다.

그리고 다시 같은 방법으로 앞서간 놈을 밀어내고 빌딩에 들어갔을 때였다.

– 가까워진다! 놈이 온다!

콰쾅–!

놈이 벽을 부수며 들이닥쳤다.

턱없이 거대한 머리가 비집고 들어오자 건물이 위태롭게 흔들리며 시멘트 덩어리가 떨어졌다.

이렇게 되면 더는 건물 내부를 가로지르기는 무리!

그리고…….

'됐어! 놈이 뒤로 따라붙었다!'

이제 그럴 필요도 없다.

태영은 곧바로 방향을 틀어 오러 소드로 덜렁대는 문을 가르고 밖으로 뛰어나갔다.

펑–!

그 뒤에서 문이 통째로 터져 날아갔다.

그리고 우수수 쏟아지는 시멘트 가루 속에서 떠오르는 거대한 놈의 머리!

태영은 몸을 돌려 놈을 정면으로 바라보았다.

– 그렇군. 이래서…….

그때 그리모어가 중얼거렸다.

"그런 거지."

태영이 씨익 웃으며 끄덕였다.

동시에 그리모어의 검신에서 일렁이는 오러가 한층 강하

게 타올랐다.

"자, 덤벼라! 이제 결판을 내자!"

그 말대로 여기가 승부처다.

태영이 계획을 세우고, 이제 그리모어도 알고 있는.

크와아아아—!

모르는 건 아가리를 쩍 벌리고 달려드는 이놈뿐이다.

놈이 긁어 대는 땅속에 뭐가 있는지.

텅! 콰콰콰콰—!

바로 놈의 아가리 좌우에서 치솟아 오르는 줄!

그동안 태영이 도시 곳곳을 돌아다니며 모은 것이고, 또 꼬박 하루를 들여 30센티미터가 넘는 두께가 될 정도로 엮어 놓은 등산용 밧줄이다.

그러니 끊어지지 않는다.

태영을 향해 돌진하는 놈의 거대한 아가리 사이에 걸려 있어도.

그 내구성은 상상을 초월하니까.

콰직! 콰직! 퍼퍼퍼펑—!

놈의 좌우에 있는 빌딩의 아랫부분이 터져 나가는 이유가 그래서다.

태영은 그 밧줄은 주변 빌딩의 기둥에 복잡하게 엮어 놓았다. 그리고 지금 그 빌딩들은 삭을 대로 삭은 상태.

놈의 힘에 당겨지는 밧줄의 압력을 버텨 낼 수 있을 리가 없었고…….

쿠콰콰콰콰—!

그 결과가 이것이다.

강남대로에 길게 늘어서 있는 놈의 몸 위를 덮치며 무너지는 빌딩들!

크아아아아—!

아무리 삭아도 콘크리트는 콘크리트, 철골은 철골이다.

빌딩 몇 채 분의 무게에 짓눌린 놈은 태영이 있는 곳까지 도달하지 못한 채 괴성을 터뜨리며 몸을 비틀어 댔다.

그러나 빠져나오지는 못했다.

그런 사태를 방지하기 위해 빌딩의 외벽에 애벌레의 가시를 촘촘히 박아 두었으니까.

그 가시가 비늘을 뚫지는 못해도 틈을 파고들어 걸림쇠 역할은 해 줄 터!

쉽게 털어 내지는 못할 것이다.

"파이어 볼트!"

이런 일이 벌어져도.

분열 마법에 의해 10여 발로 나뉘어 퍼져 나가는 불화살!

물론 마력 증폭으로 위력을 상승시킨 파이어 볼트도 통하지 않는 놈에게 되레 위력이 줄은 마력 분열의 파이어 볼트 따위가 통할 리는 없다.

파이어 볼트를 날린 건 그 주위.

순간 그 자리에서 불길이 치솟으며 바닥을 따라 이어지기 시작했다.

마트에서 챙긴 그 많은 물통이 필요했던 이유가 바로 이 순간을 위해서였다.

그동안 태영은 그 물통에 정말 부지런히 모았다.

주유소가 보일 때마다, 휘발유는 물론 신나나 페인트처럼 활활 태울 수 있는 건 뭐든지.

그리고 모두 한자리에 묻어 두었다.

바로 지금, 불길이 모여드는 놈의 몸 아래에!

펑! 콰콰콰콰—!

폭발과 함께 치솟는 엄청난 불길!

최고위 마법사의 극대 화염 마법을 뛰어넘는 수준의 화력이었다.

그럼에도 놈의 비늘은 쇠처럼 벌겋게 달아오를 뿐이다.

'정말 무지막지한 놈이군.'

그러나 놈도 살까지 그렇게 무지막지하지는 못했다.

이미 놈은 태영과 싸움으로 무수한 상처를 입은 몸.

치솟는 불길이 상처를 파고들어 가자 곳곳에서 살점이 자글자글 타들어 가기 시작했다.

게다가 위는 빌딩의 잔해로 뒤덮인 상태라 온도는 꾸준히 상승!

크와아아아아—!

'그래도 버티고 있는 게 굉장하다 싶기는 하지만…….'

사실상 전투는 끝난 것이나 다름없었다.

그러나 이대로 지켜보고만 있을 생각은 없었다.

아니, 그래서는 안 된다. 놈이 이대로 통구이가 돼 버리면 마소가 어디로 갈지 장담할 수 없으니까.

그런 이유로!

"자, 그럼…… 핼버드 변환!"

태영이 그리모어를 핼버드로 변환시키며 다가갔다.

칭! 칭! 칭!

그 도끼날에 충전되는 얼음 마법!

위기를 느낀 놈이 독액을 뿜었지만, 헛된 발버둥이었다.

쩌쩌쩌쩡-!

놈의 미간에서 폭발하는 냉기!

다시 치솟는 도끼날이 떨어지며 얼어붙은 놈의 미간을 파고들어 갔고.

콰콰콰쾅-!

다음에는 화염이 폭발했다.

비늘이 찢어지고 벌어진 살점 너머로 쩍쩍 금이 간 놈의 머리뼈가 드러났다.

태영은 묵묵히 그 위를 도끼날로 찍어 갔다.

이제 이건 전투가 아니다.

끄아아아아-!

도살이다.

—종합 평가 레벨이 상승했습니다!

—종합 평가 레벨이 상승했습니다!

—종합 평가 레벨이 상승했습니다…….

빗발치는 메시지.

거친 숨을 몰아쉬던 태영은 그제야 헬버드를 멈추고 크게 숨을 들이켰다.

"우아아아아—!"

그리고 터져 나오는 포효!

앞에는 머리통 하나만 태영의 10배는 되는 거대한 뱀의 사체가 길게 늘어져 있었다.

두개골이 박살 난 채 죽어 있는 뱀은 헬 스네이크.

서울을 통째로 뒤덮어 버린 마경의 숲에서 최강의 포식자로 군림하던 고대종 몬스터다.

즉, 놈을 쓰러뜨렸다는 건 태영이 이 숲의 최강자가 됐다는 의미!

—흣, 주인도 결국 인간이기는 한 모양이군. 지금까지는 말도 안 되는 짓을 하면서도 히죽 웃고만 말아서 뭐 이런 인간이 있나 싶었

는데, 이제야 좀 인간처럼 보이는군. 그래, 이게 훨씬 인간다운 반응이지. 그럴 자격도 있고 말이야.

그 말대로, 태영은 자격을 얻은 것이다.

수십 번의 회귀에서 처음으로, 그 출발점이 되었던 마경의 숲을 정복했다고 말할 수 있는 자격을 말이다.

그것도 불과 40여 일 만에!

이는 태영에게 상상 이상의 성취감을 해 주었고, 동시에 상상 이상의 자신감을 불어넣어 주었다.

'과거에는 싸워 볼 생각조차 못 했던 놈을 쓰러뜨렸다! 넘어설 수 없는 벽은 없다는 말이다! 그러니 할 수 있다! 아니, 해내겠다, 이번에는! 어떤 벽이라도 넘어 보이겠다!'

태영의 포효는 바로 그런 의미였다.

물론 90%는 기쁨이었고.

–근력 : 223⇒260 순발력 : 242⇒280 지구력 : 239⇒276 마력 : 216⇒254

–종합 평가 레벨 : 87⇒102

'오……!'

정보창을 확인해 보니 그 기쁨은 배가되었다.

이 숲의 상위에 속하는 몬스터를 줄기차게 잡아도 1도 올리기 힘들었던 레벨이 단숨에 +15로 수직 상승!

헬 스네이크가 얼마나 규격 외의 몬스터였는지 실감할 수 있는 부분이다.

덕분에 태영은 단숨에 100레벨 돌파!

새삼 감격스러운 기분이 들었지만, 다시 환호성을 터뜨리는 건 좀 아니다 싶었고, 사실 마냥 그런 기분에 젖을 일도 아니었다.

'승부는 결과지만, 결과만으로 강해지는 것은 아니다.'

이계에도 게임처럼 택시가 있다.

귀족 도련님들이 종종 하는 몬스터 토벌 여행이 그것이다.

동행한 기사단이 다 죽여 놓은 몬스터에 막타를 넣고 마소를 흡수하는, 일종의 성인식처럼 치르는 일이라 귀족들은 대부분 상당한 고레벨이다.

그러나 전장에서는 그 반도 안 되는 전사에게 픽픽 죽어나가기도 한다.

레벨은 기준일 뿐 실력을 대변해 주는 건 아니라는 좋은 예다.

태영이 놈을 잡은 것도 레벨 업을 위해서가 아니었다.

"자, 그럼 다시 시작해 볼까?"

그사이 회복약으로 자잘한 상처를 치료한 태영은 말끔해진 손으로 다시 그리모어를 움켜쥐었다.

지익! 지익!

승자의 마땅한 권리를 행사하기 위해서다.

일단 먼저 챙겨야 할 건 불길조차 태우지 못했던 가죽.

그건 단순한 화염 내성이 아니다.

그리모어에 얼음 마법을 축적했을 때도 마찬가지였다.

물론 도움은 됐겠지만 실제로 놈의 비늘을 뚫은 건 오러 소드, 마법의 힘이 아니다.

'대(對)마법 내성…….'

그것도 상당한 수준의 마법 내성이 있다는 말이다.

물론 그것도 놈이 살아 있을 때의 얘기.

몬스터가 죽으면 그런 소재의 성능도 대폭 떨어진다.

그러나 그런 점을 감안하더라도, 최고급 소재라는 것은 분명한 사실.

'이미 꽤 손상됐지만, 아직 쓸 만한 곳이 많아.'

태영은 수고를 아끼지 않았다.

꼼꼼히 가죽을 벗기고, 송곳니와 뼈를 발취했다.

그사이 놈의 덩치만큼이나 큰, 당연히 그만큼 비싸고 활용도도 많을 마석도 찾았다.

–[은닉의 마법 가방]에 [헬 스네이크의 두개골]이 수납되었습니다.

–[은닉의 마법 가방]에 [헬 스네이크의 등뼈]가 수납되었습니다.

–[은닉의 마법 가방]에 [헬 스네이크의 가죽]이 수납되었습니다…….

당연히 차곡차곡 마법 가방의 인벤토리로.

그렇게 1시간 정도가 지나자 헬 스네이크는 음식물 쓰레기 같은 몰골이 되었다.

-이게 이 넓은 숲에서 왕 노릇을 하던 놈의 말로라니…… 뭐, 고대종 몬스터라도 결국은 필멸자에 불과하니 언젠가는 이렇게 됐겠지만 뭐랄까, 참 허망하다는 생각이 드는군.

태영은 그렇게 생각하지 않는다.

부지런히 벗기고, 잘라 낸 소재들은 좀 더 유용한 물건으로 재탄생하게 될 테니까.

물론 태영을 위해서.

-그럼 죽일 놈 죽이고, 챙길 거 챙겼으니 이제 나가는 일만 남은 건가?

"할 일이 남았다고 했잖아."

-응? 무슨 말이지? 그 할 일이라는 게 이놈을 때려잡는 거 아니었어?

아니다.

헬 스네이크는 목적이 아닌 과정이었다.

이만큼 오른 레벨도, 이만큼 챙긴 최고급 소재도 그 과정에서 얻은 부산물에 불과했다.

"오래 걸리지는 않아."

태영은 다시 놈의 영역으로 들어갔다.

사실 레디안 영지에서 파견된 병사들이 그곳에 들어갔던 건 우연이 아닐 확률이 높다.

이 숲은 이미 몇 번 탐사된 적이 있었고, 그 덕에 알려진 장소가 있었다.

과거 태영도 여러 번 그 장소에 들렀던 적이 있었다.

물론 병사들처럼 모닥불을 피워 뱀을 부르는 멍청한 짓은 하지 않았다.

몰래 숨어들어 왔었다.

당연히 지금은 그럴 필요가 없지만.

"여기다."

태영이 걸음을 멈춘 곳은 바위 앞이었다.

우거진 숲에 둥그렇게 둘러싸인 땅 위에 수직으로 세워진 10여 미터 높이의 바위.

그 표면에는 마치 관광지의 유명 바위처럼 그림인지 글자인지 모를 문양이 빼곡히 새겨져 있었고, 아래에는 작고 평평한 바위가 놓여 있었다.

–허! 이건…… 드루이드 제단이군.

그 앞에 도착하자 그리모어가 놀란 목소리로 말했다.

태영도 약간 놀랐다.

"알고 있어?"

–안다기보다는 본 적이 있지. 하지만 여기는 아니야. 북부 대륙, 그것도 꽤 깊은 곳이었다. 얼마나 됐는지는 모르겠지만, 꽤 오래전에.

그럴 거다.

적어도 태영이 넘어갔던 시기의 이계에서는 그 이름을 아는 사람조차 없었다.

태영이 알게 된 것도 비교적 최근.

4회 전의 회귀로 이계에 왔을 때 우연히 얻게 된 책을 통해서였다.

그래도 좀 전까지 북부 대륙에 같은 게 존재한다는 사실은 모르고 있었지만.

"여기가 뭘 하는 곳인지도 알아?"

-거기까지는 모른다. 나도 드루이드를 직접 본 적은 없으니까. 하지만…… 그곳도 그랬지만, 여기도 이상할 정도로 마력의 농도가 높군. 주인은 아나?

"알지."

그래서 헬 스네이크를 잡은 것이다.

정확히는 놈을 쓰러뜨렸다는 증거, 심장을 얻기 위해서.

"직접 보여 주마."

태영은 인벤토리에서 심장을 꺼내 돌기둥 앞의 평평한 돌, 드루이드의 제단에 올려 두었다.

그리고 단검으로 손을 살짝 그어 그 위에 피를 떨궜을 때였다.

-지금 뭐 하는…….

의아한 목소리를 내던 그리모어가 움찔하며 말을 멈췄다.

그 역시 느끼고 있기 때문이다.

보이지는 않았다.

그러나 흔들리고 있었다. 주위의 공간이, 아니, 공간을 가득 채우고 있는 농도 짙은 마력이. 물결처럼 출렁이더니 돌연 돌기둥을 중심으로 회전하기 시작했다.

밤하늘도 회전했다.

점점이 떠 있는 별이 긴 빛줄기로 변하며 밤하늘을 무수한 빛의 원으로 뒤덮었다.

－이건 대체…….

"놀랄 것 없어. 마력의 소용돌이가 만들어 내는 환각에 불과하니까."

－환각? 이게?

"그래, 중요한 것은……."

우수수수－!

그때 갑자기 숲이 들썩이기 시작했다.

"저기서 뭐가 나오느냐다."

태영이 그 숲으로 시선을 돌리며 말했다.

드루이드는 한때 이계에서 위세를 떨치던 종족이다.

지금 태영이 하는 것은 그들이 성인이 될 때 치렀다고 전해지는 의식이다.

자신이 사냥한 몬스터의 심장을 제단에 바치는 이 의식으로 그들은 이계와는 또 다른 환계라는 세계의 존재와 교감할 수 있었다.

그리고…….

'역시 저 녀석들이 처음이군. 뭐 한때 꽤 도움을 받기는 했지.'

찌직! 찍! 찍!

들썩대는 수풀 아래로 모이는 설치류.

쥐처럼 보이지만, 아니 쥐지만 태영이 처음 의식을 치를 때 나왔던 환계의 동물이다.

오랜만에 보니 그때의 추억이 알알이 눈앞을 스쳐 지나갔지만.

'너희들을 부른 게 아니다!'

의식에 소환되는 환수는 바치는 제물에 따라 다르다.

즉, 더 강한 몬스터의 심장을 바치면, 더 강한 환수를 불러낼 수 있다는 말이다.

그 제물이 곧 의식을 치르는 전사가 가진 힘의 증거이기 때문이다.

'나는 지금까지의 나와는 다르다!'

태영이 완강히 거부하자 설치류들도 금세 주제 파악을 하고 물러갔다.

아니, 도망쳤다.

크르르르!

그리고 그 자리를 채우듯이 잿빛 갈기의 늑대들이 낮은 목울음을 흘리며 몰려들었다.

'저 녀석들도 꽤 쓸 만하지만…….'

사실 최상급이다.

적어도 태영이 아는 한은 그렇다.

직전의 회귀 때 10등급으로 분류했던 몬스터의 심장을 바쳤을 때 나왔던 녀석들이니까.

그러나 지금 태영이 바친 심장은 그 이상!

다른 몬스터와는 아예 비교조차 불가한 규격 외 포식자의 심장이다.

당연히 늑대를 불러내기 위해 바친 심장이 아니다.

'분명 더 높은 수준의 환수가 있을 것이다!'

헬 스네이크와 피 튀기는 싸움을 벌인 건 그런 믿음이 있어서였다.

끼아아악!

그 답이 들려온 건 머리 위였다.

날카로운 울림과 함께 하늘을 뒤덮는 새 떼!

좌우로 펼친 날개가 2미터에 달하는 거대한 맹금류들이었다. 그러자 거만해 보일 정도로 당당하게 서 있던 늑대들도 놀란 듯이 뿔뿔이 흩어져 사라졌다.

'그래, 역시 내 생각이 맞았어! 새! 늑대 다음은 저 녀석들이었군. 확실히, 짐승으로서는 몰라도 환수라면 활용도는 단연 날 수 있는 쪽이 좋겠지. 그럼 저 중에 어떤 녀석이…….'

태영이 품평하듯 맹금류를 바라보고 있을 때였다.

삐이-!

날카로운 고음이 하늘을 가로질렀다.

순간 위용을 뽐내듯 날아다니던 맹금류들의 분위기가 어수선해졌다.

허둥대듯이 날개를 퍼덕이며 물러나자 새 떼에 뒤덮여 있던 하늘이 구멍이라도 뚫린 것처럼 벌어졌다.

그리고 그때!

피잉-!

그 중심에서 푸른 섬광이 떨어졌다.

우뚝 솟은 돌기둥 위에 떨어진 섬광의 정체는 매!

은은한 푸른 빛을 뿜어내는 깃털의 매였다.

"이게……."

멍하니 바라보던 태영은 퍼뜩 주위를 둘러보았다.

좀 전까지도 수풀 곳곳에서 빛나던 눈동자들이 하나도 보이지 않았다.

머리 위에도, 그 많던 새들이 흔적도 없이 사라졌다.

이에 다시 고개를 돌린 태영은 매와 눈이 마주치는 순간 이해했다.

아니, 이해되었다.

그 매가 어떤 존재인지, 뭘 해야 하는지도.

"와라."

태영이 왼팔을 뻗자 매가 날개를 펼치며 미끄러지듯이 활강해 그 위에 앉았다.

마치 오랫동안 그렇게 해 왔던 것처럼.

당연하다.

눈을 마주치는 것만으로도 알 수 있었다.

그 매가 의식을 통해 태영과 영적으로 연결된 환수!

"좋아. 네 이름은 앞으로 청영이다."

태영이 빙긋 웃으며 말하자 매, 청영이 알아들었다는 듯이 머리를 끄덕였다.

"그리모어, 이 녀석의 능력치도 확인할 수 있나?"

－응? 어…… 뭐 접촉하면? 아마도?

태영의 말에 그리모어가 조금 당황한 목소리로 대답했다.

그리고 그 말대로.

[청영]

근력 : 110
속도 : 377
지구력 : 110
마력 : 184
종합 평가 레벨 : 10
보유 스킬 : [천조(天鳥)의 울음 Lv. 5] [감지 Lv. 5] [감각 공유 Lv. 1]

그리모어의 손잡이로 다리를 툭 치자 메시지가 떠올랐다.

"레벨 10인가?"

생각했던 것보다는 낮았다.

그러나 본래 종합 평가 레벨이란 종족마다 기준이 다르다.

레벨 1의 인간과 레벨 1의 드래곤이 다르듯이.

실제로 이 매의 능력치는…….

—흣, 주인이 처음 나를 찾아왔을 때보다 이 매가 훨씬 강하군. 어? 뭐, 뭐야? 윽! 윽! 이, 이 자식이…… 그만두지 못하겠나! 감히 어디서 매 따위가…… 윽! 어이, 주인! 이 자식 교육 좀 해야 하는 거 아닌가?

매가 손잡이를 콕콕 쪼아 대자 그리모어가 울컥한 목소리로 소리쳤다.

교육 같은 건 시킬 필요 없다.

이미 태영과 매는 일심동체, 이심전심이다.

매, 아니 청영이 쪼아 대는 것도 그래서다. 태영도 그리모어가 실소를 터뜨리며 떠들어 대는 말에 살짝 기분이 언짢아지려던 중이니까.

"그만해."

물론 그래 봤자 태영에게도 좋을 게 없어서 그만두게 하기는 했지만 어쨌든.

'중요한 건 지금의 능력치가 아니지.'

성장성이다.

이계의 모든 생물은 성장에 한계가 있다.

생쥐가 레벨을 올린다고 호랑이를 씹어먹을 레벨이 되지 못하는 것처럼. 설치류는 레벨 10이 한계였고, 늑대는 80이었다.

'하지만 이 매는 그 헬 스네이크의 심장을 바치고 얻은 환

수! 성장 한계도 다른 녀석들보다 높겠지. 레벨 10에 이 능력치인데 80, 혹은 그 이상이라면…….'

장래가 기대되는 녀석이다.

"이제 이 숲에서 할 일은 다 끝났다."

－그럼 이제 나가는 거냐?

"나가야지."

가야 할 곳도 이미 정해 두었다.

'문제는 어느 경로로 그곳까지 가느냐인데…….'

원래는 이계에 올 때마다 그랬듯이 먼저 레디안 영지를 들를 예정이었다. 그러나 기사의 소지품에서 찾은 명령서를 보고 생각이 바뀌었다.

레디안 영주가 이유도 없이 이곳의 사람들을 죽이라는 명령을 내렸을 리는 없을 터.

자칫 예기치 못한 분쟁에 휘말리게 될 위험이 있다.

사실 이제 굳이 갈 이유도 없었다.

레디안 영지에 들르려고 했던 가장 큰 이유는 이동 수단인 말을 구하기 위해서였지만, 이미 구했기 때문이다.

헬 스네이크를 잡기 위해 덫을 설치하러 갔을 때.

놈이 기사단의 야영지를 습격할 때 도망쳐 나온 것으로 보이는 말을 발견해 잡아 두었다.

"자, 가자!"

태영이 말에 올라 숲을 가로질렀다.

해 달라면 못 해 줄 것도 없다

두두두두!

거친 말발굽 소리가 숲을 가로질렀다.

그 앞의 고목들이 들썩였다.

뒤틀린 가지가 살짝 아래로 내려오고, 흙 위로 뿌리가 슬그머니 올라온다.

뒤쪽에는 아예 통째로 자리를 이동하는 나무도 있었다.

'까불고 있군.'

태영의 입가에 희미한 미소가 번졌다.

"그리모어, 헬버드 변환!"

그 손에서 도끼 창으로 변한 그리모어가 거칠게 지면을 긁으며 뻗어 나갔다.

부우웅! 콰지지직-!

주욱 갈라지는 지면에서 잘린 넝쿨이 튀어 올랐다.

크아-! 크아-!

숲에서 괴성이 터져 나왔다.

정확히 말하면 숲이라기보다는 드문드문 섞인 고목이다.

이어 꿈틀대는 껍질 위로 사람의 얼굴 같은 형상이 떠올랐고, 눈처럼 보이는 구멍 속에서 붉은 안광이 떠올랐다.

그런트.

나무로 위장해 여행자나 모험가가 방심한 틈을 노려 습격하는 몬스터다.

놈들이 움직일 때마다 덜렁덜렁 흔들리는 게 그 성과물.

뼈만 남은 모습으로 가지에 꿰이거나, 넝쿨에 휘감겨 있는 시체들이다.

"하! 그런 걸 걸어 놓고 평범한 나무인 척하다니, 웃기지도 않는군."

부웅! 부웅!

태영의 손에서 핼버드가 돌풍을 일으키며 회전했다.

그 앞으로 뻗어 오던 무수한 나뭇가지가 갈기갈기 찢기며 날아갔다. 그러나 놈들을 상대할 때 조심해야 하는 건 그런 나뭇가지가 아니다.

탁! 탁!

태영이 고삐를 당기며 발꿈치로 말의 등을 두들겼다.

그리고 펄쩍 뛰어오르는 말 옆으로 상체를 숙이며 바닥을 향해 핼버드를 휘둘렀을 때였다.

부웅! 콰지지직-!

그 끝에서 치솟아 올라오는 파편들!

흙과 수풀에 숨어 발아래로 뻗어 오던 놈들의 넝쿨과 뿌리다.

그러나 태영은 경험이 있었다.

'역시 군마로군. 따로 훈련을 시킬 필요는 없겠어.'

놈들도 그렇지만, 이쪽도.

그 많은 회귀 생활 중에는 군영에 속했을 때도 있었고, 군마를 몰아 본 경험도 있었다.

군마를 다루는 요령 정도는 당연히 알고 있었다.

'그리고 청영은…….'

굳이 뭔가를 할 필요 없었다.

콰직! 쩌저적-!

태영이 아래에서 휘감아 오는 뿌리를 피하며 그런트의 몸통을 갈랐을 때.

삐익-!

그 위로 청영이 떨어졌다.

그리고 갈라진 틈으로 드러나는 붉은 물체를 낚아채자 그런트의 몸이 맥없이 허물어졌다.

그 붉은 물체가 놈의 핵이다.

핵을 파괴하지 않는 한 넝쿨이나 가지, 뿌리 따위는 아무리 잘라 내도 금세 재생된다.

태영이 알고 있는 지식이고, 그것만으로 충분했다.

태영과 청영은 이미 영적으로 한 몸.

그게 지식을 공유한다는 의미는 아니지만, 태영의 의지가 곧 청영의 의지.

'그래, 많이 먹고 쑥쑥 자라라.'

쩍! 쩍! 쩍!

태영은 한층 부지런히 핼버드를 휘두르며 그런트의 몸을 쪼갰고, 청영은 빠르게 따라붙으며 핵이 드러나기가 무섭게 파괴했다.

그렇게 불과 10분.

앞을 막아서던 그런트는 몽땅 장작더미로 변해 버렸다.

"뭐랄까, 격세지감이 느껴지는 장면이네."

태영은 피식 웃음이 나왔다.

본래 그런트는 결코 약한 몬스터가 아니었다.

핵을 부수면 한 방이지만, 그 핵을 감싸고 있는 몸은 철목(鐵木)이라고 부를 정도로 단단하다.

이계의 모험가들이 그저 부주의해서 놈들에게 당하는 것만은 아니라는 말이다.

그리고 태영도, 숲을 나가다가 몇 번인가 당해 본 경험이 있었다.

그러나 지금은 호흡조차 거칠어지지 않았다.

뭐 그렇게 되기 위해서 지금까지 고생한 것이기는 하지만.

삐이-!

그때 청영이 날아와 어깨에 앉았다.

그런트가 모두 처리된 뒤에도 잠시 주위를 날아다니다 돌아온 것이다.

"주변을 살펴봐 주고 온 거냐?"

태영이 특히 만족하고 있는 것 중 하나가 이거다.

청영이 가지고 있던 '감지' 스킬.

적을 찾아내는 능력이고, 처음부터 레벨 5라 어느 정도 기대하기는 했다.

그러나 청영의 색적(索敵) 능력은 기대 이상이었다.

일단 비행 능력이 있으니 탐색 범위가 넓기도 했지만, 문자 그대로 매의 눈! 경험 많은 모험가도 놓치기 쉬운 그런트를 먼저 찾아낸 것도 청영이었다.

삐이-! 삐이-!

거기에 때때로 이렇게 몸을 비비는 애교는 덤이다.

뭐 지금은 혼자 경험치를 독식한 게 미안하다는 제스처인 것 같지만.

'아직인가?'

아쉬운 점은 이거 하나다.

그런트 여섯 마리 분의 경험치를 몰아줬는데도 여전히 레벨 10.

본래 환수는 레벨 업이 느리지만, 이 정도는 아니었다.

'하지만 그건 그것대로 나쁘지 않지. 고위의 존재일수록 레벨 업에 필요한 마소도 많아질 수밖에 없으니까. 청영이 그만큼 고위 환수라는 말이겠지.'

태영은 빙긋 웃으며 청영의 머리를 쓰다듬었다.

"괜찮아. 어차피 나한테 이제 저런 녀석들은 경험치도 되지 않아. 그보다는 네가 조금이라도 빨리 성장하는 게 더 도움이 돼."

-처음부터 너무 오냐오냐하면서 키우는 거 아닌가?

"왜? 부러워?"

-하! 웃기지도 않는 농담이군. 저런 매와 나를 같은 급으로 취급하지 말아 줬으면 좋겠군. 격으로 보나 능력으로 보나 내가 저 녀석과 한데 묶일 수준은 아니지 않나? 그냥 저 녀석 버릇 나빠질까 봐 그런 거다.

그리모어는 청영이 마음에 들지 않는 눈치다.

뭐 불과 몇 시간 전에 처음 보자마자 부리로 콕콕 찔러 댔으니 당연하다 싶기도 하지만.

"날 처음 봤을 때 똥파리니 뭐니 떠들었던 네가 할 말은 아니지 않을까?"

-대체 그때 일은 언제까지 써먹을 생각이야?

"뭐라고 하는 게 아니라, 어차피 앞으로 쭉 함께 다닐 사이인데 틱틱대서 좋을 게 없지 않냐는 말이다. 청영, 너도 사과하고. 어쨌든 그리모어가 선배니까."

삐이-!

청영이 꾸벅 고개를 숙였다.

-선배라…….

그러나 그리모어는 이 단어에 좀 더 관심이 가는 모양이다.

-음, 뭐 앞으로 지켜보지.

그리고 이런 식으로 대충 마무리 지었고, 태영도 피식 웃으며 넘어갔다.

이런 것도 청영이 들어온 장점이다.

그리모어는 아니겠지만 일단 태영은, 감정적으로 좀 더 여유가 생긴 느낌이랄까?

물론 가장 큰 이유는 숲에서 할 일을 모두 끝내서 그런 것이겠지만.

'이제 시작이지.'

지금까지는 준비였고, 본격적인 할 일은 이제부터다.

'명령서에서 본 대로 이번 사태가 내가 이계로 올 때보다 두 달 앞선 시점이 확실하다면, 이제 남은 시간은 약 보름.'

부족한 시간은 아니다.

그러나 아직 일어나지 않은 일에는 어떤 변수가 생길지도 모르는 법. 더구나 그 일의 중요도를 생각하면 서둘러야 할 이유는 충분하고도 넘쳤다.

'그래도 챙길 건 챙겨야지.'

–[은닉의 마법 가방]에 [그런트의 껍질×8]이 수납되었습니다.

'소소하지만.'

태영은 빠르게 전리품을 챙기고 다시 말을 몰아 숲을 가로질렀다.

그런트는 마경의 숲 외곽에 서식하는 몬스터.

말을 달리자 금세 빽빽하던 나무의 간격이 넓어지기 시작했고, 곧 그마저도 사라지며 넓은 평야가 펼쳐졌다.

마침내 숲을 벗어난 것이다.

'이전에는 숲을 벗어날 때마다 환호성을 질렀었지.'

그러나 지금은 별 감흥이 없었다.

이전에는 탈출한 것이지만, 이번에는 정복하고 나오는 것이니까.

게다가 그때와는 눈에 보이는 풍경도 달랐다.

초원 저편에 보이는 두꺼운 흙과 무성한 풀에 덮여 있는 도시의 건물들.

마치 종말 이후의 세계를 보는 기분이다..

모르고 있던 건 아니지만, 역시 기뻐하며 바라볼 수는 없는 풍경이었다.

'그래도 저기는 숲 안쪽보다는 상황이 낫겠지. 건물 상태도 비교적 멀쩡해 보이고. 생존자를 찾아보면 밖의 상황이 어떻게 돌아가고 있는지 정도는 알 수 있을 거야.'

따각, 따각.

태영은 흙에 덮인 아스팔트를 따라 이동해 이동했다.

잠시 후 도착한 도시의 건물은 대부분 온전한 상태로 남아 있었다.

그러나 인기척은 느껴지지 않았다.

'저놈들 때문이겠지.'

크르르르.

간간이 거리를 돌아다니는 그라울만 보일 뿐이었다.

삐이-!

'하지만 시체는 많지 않아. 대부분 대피했다는 말이겠지. 마경의 숲과 겹쳐져 버린 서울과 달리 이곳은 좀 더 대피하기도 쉬웠을 테고. 하지만 세상이 다 이렇게 변해 버렸다면 어디를 가든 마찬가지야.'

사람은 위협을 느끼면 본능적으로 익숙한 장소를 찾는다.

초기에는 밀려드는 이계의 땅에 떠밀려 도망갔더라도, 어디든 마찬가지라는 것을 알게 된 뒤에는 다시 돌아올 확률이 높다는 말이다.

깨깽! 깨깽!

'또 다른 몬스터보다는 차라리 저놈들이 더 낫기도 할 테고.

그런데도 이렇게까지 사람이 보이지 않는다면 어딘가 더 안전한 장소가 있다는 말인가? 이 근처에 그럴 만한 곳이…….'

청영이 그라울을 해치워 준 덕분에 태영은 상점이나 마트에서 파밍이나 하며 이런 생각을 하고 있을 때였다.

타타타타…… 펑! 타타타…….

'이 소리는…….'

갑자기 멀리서 이런, 익숙하면서도 낯선 소리가 들려왔다.

"청영, 확인해 봐라!"

삐이-!

태영의 고함에 청영이 하늘로 날아올랐다.

동시에 태영의 시야도 날아올랐다.

드루이드의 의식으로 불러낸 모든 환수가 공통으로 가지고 있는 능력이 하나 있다.

바로 주인과 시야를 공유하는 능력.

이전에 불러낸 환수들이 가지고 있던 '시야 공유' 스킬이다. 그러나 청영은 그보다 상위 스킬인 '감각 공유'를 가지고 있었다.

그 효과는 이름 그대로.

빠르게 건물 사이를 비행하는 청영의 감각이 고스란히 전해져 왔다. 몸을 스치는 바람의 감촉은 물론 그때마다 점차 가까워지는 소리도.

그리고 곧 확인할 수 있었다.

'역시…….'

그 소리의 정체는 예상대로 총성이었다.

어째서 아직, 그것도 연사가 가능한 총기를 사용할 수 있는지는 모르겠지만, 도시 외곽에 10여 명의 군인이 모여 있었다.

그 뒤에는 장갑차도 보였는데, 후미에 쇠사슬로 연결되어 있는 버스에는 유치원생으로 보이는 아이들이 타고 있었다.

'군인에 아이…… 갑자기 어디서 나온 사람들인지는 모르겠지만…….'

어떤 상황인지는 바로 알 수 있었다.

'힘들겠군.'

결과가 어떨지도.

그 위를 날아다니는 놈들 때문이다.

사자를 닮은 몸에 독수리의 머리와 날개가 달린 그리폰.

본래 마경의 숲에 사는 놈으로 태영이 8등급 몬스터로 분류해 놓은 몬스터다.

그 이유의 90%는 놈들의 비행 능력 때문이지만, 나머지 10%만으로도 군인들이 막아 내기에는 역부족이었다.

"저 괴물들, 분명 총에 맞고도 끄떡조차 하지 않습니다!"

"젠장! 대체 어디서 저런 놈들이……."

"닥치고 계속 쏴! 저놈들도 생물인 이상 아무런 피해도 받지 않을 리가 없어! 무슨 수를 써서라도 놈들이 버스로 접근하는 것만은 막아야 한다!"

이런 이유 때문이다.

그리폰은 특별하다고 할 만한 정도는 아니라도 나름 고레벨 몬스터.

그 가죽은 탄환도 뚫기 힘들 정도로 질기다.

'그래도 장갑차의 기관포라면 뚫을 수 있겠지. 놈들이 쉽게 접근하지 못하는 이유도 그 때문일 테고. 하지만 뒤에 버스를 매단 채로는 제대로 대응하기 힘들어. 그리고 아마 놈들이 노리는 것도…….'

버스 안의 아이들이다.

이계에서도 놈들은 종종 숲에서 나와 멀리 떨어진 마을까지 찾아가 습격하기도 한다.

유난히 사람, 특히 어린아이를 좋아하는 식성 때문이다.

그리고 역시나.

군인들이 강습을 시도하는 2마리의 그리폰에 총격을 집중하는 사이, 기회를 엿보던 다른 놈이 버스 후미로 접근해 창을 부수며 대가리를 쑤셔 박았다.

"으악! 으악!"

"우아아앙! 선생님, 무서워요!"

아이들이 비명을 지르며 반대쪽으로 몰려갔다.

그러나 그리폰이 거칠게 머리를 흔들어 대자 차체가 들썩이며 한 아이가 굴러떨어졌다.

창에서 머리를 뽑은 놈이 아이를 향해 달려들었다.

"아, 안 돼! 물러가!"

그때 한 여자가 버스에서 뛰어내려 앞을 막아섰다.

물론 그리폰이 그 말에 멈춰 줄 리는 없었다.

되레, 아니 너무나 당연히 한층 속도를 높여 뛰어가며 날카로운 부리를 내리찍었다.

아니, 찍으려는 찰나!

삐이—!

푸른 섬광이 사선으로 떨어지며 그 앞을 스치고 지나갔다.

이에 그리폰이 흠칫하며 멈춰 섰을 때.

콰광—!

폭음과 함께 그대로 허리가 꺾이며 바닥에 처박혔다.

놈의 등으로 태영이 내리꽂혔기 때문이다.

그 손에는 이미 활화산처럼 푸른 섬광을 뿜어 올리는 검이 들려 있었고.

툭, 데굴데굴.

그 궤적의 끝에서 그리폰의 대가리가 굴러떨어졌다.

"후—!"

태영이 짧은 숨을 불어 내며 주위를 훑어보았다.

"저, 저 사람은……."

뒤에 주저앉아 있는 여자는 물론, 군인들도 모두 태영을 바라보고 있었다.

그러나 태영은 그들을 보는 게 아니었다.

바로 그리폰이다.

–주인, 어째 기뻐하고 있는 것 같다만.

"당연히 기쁘지."

마경의 숲에서는 그저 좀 더 강해져 빨리 세상으로 나갈 일만 생각하면 그만이었다.

그러나 숲을 나온 이상 이제 그것만으로는 안 된다.

현대든 이계든 세상을 살아가기 위해서는 힘 이상으로 중요한 것이 있기 때문이다.

바로 돈!

태영이 기뻐하는 이유가 그래서다.

사람 머리통만 한 크기의 날카로운 부리! 총알에도 흠집 하나 나지 않는 가죽! 거기에 놈을 한층 까다로운 몬스터로 만들어 주는 커다란 날개!

다른 사람들의 눈에는 그게 어떻게 보일지 모르겠지만…….

'돈 덩어리다!'

태영의 눈에는 이렇게 보일 뿐이다.

그리폰은 부리도, 가죽도, 특히 깃털은 쓰임새가 많은 고급 소재!

당연히 태영도 눈독을 들이던 몬스터다.

그러나 그리폰은 경계심이 많고 영리해 실력 있는 모험가 근처에는 얼씬도 하지 않는다.

태영이 사냥에 나섰을 때도 마찬가지였다.

서너 마리를 사냥하자 나머지 놈들은 바로 숨어 버렸고, 그때는 태영도 소재보다 빠른 레벨 업에 중점을 두던 시기라 만족스럽게 사냥하지 못했다.

못내 아쉬웠던 부분이다.

"숲 밖에서, 그것도 한 번에 세 마리나 만나다니! 거기에 놈들을 해치우면 덤으로 저 군인들에게 밖의 상황에 대해 들을 수도 있을 테고. 이런 거야말로 꿩 먹고 알 먹고지."

– 어째 순서가 바뀐 것 같지 않나?

아니, 그게 제대로 된 순서다.

태영의 행동 원칙은 명확하면서도 단순하다.

자신에게 이득이 되느냐 안 되느냐.

물론 눈앞에서 어린아이들이 그리폰의 먹이가 되는 모습을 지켜보기만 하면 찜찜하겠지만, 그보다는 현실적인 이득이 먼저.

어차피 결과는 같겠지만, 이런 건 확실히 해 두는 게 좋다.

태영이 필사적으로 힘을 키운 이유는 이러쿵저러쿵 복잡한 설명할 필요도 없는 일이다.

뭔가 진지하고 대단한 이유를 갖다 붙일 생각도 없다.

단지 넘기 힘든 장애물이 있다는 걸 알고 있을 뿐, 최종적으로 바라는 바는 남들과 다를 것 없다.

잘 먹고 잘사는 것.

어떤 세계에서든, 마지막 그 순간까지!

"그리모어, 사냥 시간이다!"

모든 것이 순식간이었다.

"헉! 주, 중사님, 사, 살려…… 으아아아-!"

펑-!

군인의 다리를 물고 날아오르는 그리폰의 몸에서 터지는 검기!

놈이 중심을 잃고 퍼덕거렸다.

그러나 몇 번 움직이기도 전에 날개에 도끼날이 박혔다.

핼버드로 변환된 그리모어였고, 그 도끼날에 박힌 그리폰이 와락 당겨져 바닥에 처박히는 것과 동시에 다시 검으로 변환되었다.

위잉! 서걱!

그리고 또다시 툭 떨어지는 그리폰 대가리.

삐이이이-!

그때 머리 위에서 날카로운 고음이 울렸다.

고개를 돌리자 상공에 떠 있던 그리폰이 투레질하듯 머리를 흔들어 대고 있었다.

청영의 스킬 '천조의 울음'!

음파로 적의 방향감각을 흐트러뜨리는 기술이다.

위잉! 위잉! 위잉!

태영은 성큼성큼 걸어가며 검을 휘둘렀다.

그 앞에서 퍼덕대던 그리폰의 양 날개와 목이 차례대로 잘려 나갔다.

마지막 3마리째의 목이었다.

그야말로 순살(瞬殺)!

놈들과 싸우는 것보다 여기까지 뛰어오는 게 더 힘들었다고 할 만한 수준이었다.

실제로 그리폰을 사냥할 때는 그게 더 힘들기도 하고.

물론 그것도 태영처럼 가볍게 때려잡을 실력이 될 때의 얘기지만 어쨌든.

"후-!"

이에 태영이 짧은 숨을 불어 내며 몸을 돌릴 때였다.

멍하니 바라보던 군인들이 화들짝 놀라며 총을 들어 올렸다. 그러나 딱히 위협으로 느껴지지도 않는지라 태영이 피식 웃으며 말했다.

"도와주러 달려온 사람에게 할 행동은 아니지 않습니까?"

-좀 전에는 덤이라고 하지 않았냐?

물론 그렇게 말했다.

그러나 그런 걸 잘 숨기는 것도 중요한 기술이다.

이제 마경의 숲을 졸업하고 본격적으로 세상에 나온 이상 사람과의 접촉도 많아질 테니 그런 부분부터 착실히 챙기지 않으면 안 된다.

그래야 뭐라도 하나 더 받아 낼 수 있는 법이다.

'뭐 이 군인들에게는 그런 걸 기대하기 힘들어 보이기는 하지만…….'

"총 내려!"

그때 한 군인이 앞으로 뛰어나왔다.

"죄송합니다. 결례를 저질렀습니다. 저는 박일우 중사라고 합니다. 그쪽은……."

"김태영입니다. 보다시피 한국 사람입니다."

"네, 그래 보이기는 합니다만……."

박일우라고 소개한 사내가 태영의 허리에 채워진 그리모어, 그리고 어깨에 사뿐히 내려앉는 청영을 곁눈질하며 말을 흐렸다.

그러다 태영이 별다른 반응을 보이지 않자 다시 물었다.

"혹시 어디로 가시는 길인지 여쭤봐도 되겠습니까?"

"일단 강원도 쪽으로 가고 있습니다."

"동선이 겹치는군요."

"겹친다면……."

"저희는 남양주로 가는 중입니다. 아시는지 모르겠지만, 다행히 남양주는 이런…… 숲 같은 것에 덮이지 않은 지역이 남아 있습니다.”

“그런 곳이 있다고요?”

“네, 현재 저희 군은 그곳에 지휘소를 설치하고 구조 작전을 전개 중입니다. 동선이 겹친다면 저희와 동행하지 않으시겠습니까? 도움을 요청하는 것이기는 하지만, 저희가 도울 부분도 있을 겁니다. 강원도까지 가기에는 식량이나 물이 충분히 보이지 않으시니 말입니다.”

“그러죠.”

태영은 망설임 없이 대답했다.

실제로 동선이 겹치기도 하지만, 바로 계산이 나와서다.

‘아직 시스템이 유지되는 도시가 있다면 정보는 물론, 지금은 구하기 힘들어진 물자도 수급할 수 있겠지. 그런 도시가 또 있을지는 모르겠지만, 그런 건 기회가 있을 때 구해 둬야 해. 그럼 당연히 혼자 털레털레 찾아가는 것보다는 소속 군인들과 함께 가는 편이 더 쉽게 구할 수 있을 테고…….’

“말씀대로 이런 시기에는 서로 도와야죠.”

태영은 머릿속에 주르륵 떠오르는 그런 내용을 함축적으로, 또 가능한 한 듣기 좋게 포장해 대답해 주었다.

“감사합니다. 그럼 자세한 얘기는 이동하면서 하기로 하죠. 장갑차나 버스, 어느 쪽이 더 편하시겠습니까?”

“저는 따로 타고 갈 게 있으니 신경 쓰지 않아도 됩니다.”

“타고 갈 거요?”

"네, 하지만 그 전에……."

박일우의 말에 몸을 돌리던 태영이 움찔하며 멈췄다.

그 앞에 버스에 타고 있던 여자와 아이들이 모여 똘망똘망한 눈으로 바라보고 있었다.

"자, 인사드려야지."

"네, 선생님! 아저씨, 구해 주셔서 감사합니다!"

눈물과 콧물 자국이 그대로 남아 있는 아이들이 우렁차게 소리쳤다.

그 뒤의 여교사도 빙긋 웃으며 고개를 숙였다.

이런 와중에도 예절 교육을 챙기는 여교사의 직업의식에는 절로 고개가 숙여지지만, 달갑지는 않은 일이었다.

"저 아저씨 정의의 용사야!"

"맞아. 아까 막 광선 같은 것도 쓰고 그랬잖아!"

"응, 이상한 무기도 쓰고!"

"원래 정의의 용사는 그런 무기를 쓴다고! 토르가 쓰는 망치도 빙빙 돌고 번쩍번쩍 빛나! 괴물도 물리쳤잖아!"

아이들이 이런 말을 떠들어 대기 시작해서다.

-주인, 뭐라도 한마디 해 주지그래?

그리모어도 웃음기 섞인 목소리로 이렇게 말하고.

"그래, 맞아."

그때 박일우가 웃음 띤 얼굴로 다가오며 말했다.

"하지만 비밀이야. 왜 그래야 하는지는 알지?"

"어…… 네!"

"그래, 정의의 용사는 원래 정체를 숨겨야 하는 거야. 그러니까 너희들만 알고 있어야 해. 친구들에게도 그렇게 말해줘라. 자, 이거 나눠 먹고."

"와! 고맙습니다!"

건빵을 받아 쥔 아이가 활짝 웃으며 뛰어갔다.

다른 아이들의 시선도 자연스럽게 태영을 떠나 건빵 봉지에 집중되었다.

-분하겠군. 정의의 용사가 고작 말린 빵 쪼가리에 밀리다니.

"적당히 해라? 응?"

"네? 아…… 죄송합니다. 끼어들지 않는 편이 좋았을까요?"

"아니, 중사님에게 한 말이 아닙니다."

"그럼……."

박일우가 주변을 둘러보았다.

그리고 잠시 고민하더니 이내 깊은 배려가 담긴 웃음을 지어 보였다.

"음, 확실히…… 갑자기 이런 괴물이 돌아다니게 돼 버린 세상에서 지금까지 혼자 지내 오셨다면…… 저라도 맨정신으로는…… 아니, 이상하다는 게 아니라, 이해한다는 말입니다."

배려가 아니라 오해였다.

그러나 굳이 해명하고 싶은 생각은 들지 않았다.

"아이들을 다루는 게 꽤 능숙해 보이시네요."

"그렇지도 않습니다. 나이 터울이 많이 나는 동생들이 있다 보니 좀 익숙할 뿐이죠. 뭐, 저 녀석들도 크게 다르지 않고."

박일우가 사병들을 돌아보며 말했다.

딱 그 말대로 그들 역시 아이들과 크게 다르지 않은 눈으로 태영을 힐끔대고 있었다.

"기분 나빠 하지는 마십시오. 저 녀석들에게는 태영 씨 같은 사람들이 선망의 대상 같은 거라서 그런 겁니다."

"저 같은 사람들?"

"사실 남양주에 모인 생존자 중에도 태영 씨처럼 초인적인 힘을 가진 사람들이 있습니다. 태영 씨 정도로 강한 사람은 처음 보지만, 몬스터와 싸우는 사이에 자기도 모르게 그런 힘을 얻게 됐다고 하더군요."

대강 어떤 사람들을 말하는지 짐작되었다.

박일우가 태영에 대해 깊게 캐묻지 않았던 이유도.

"저희도 대외 활동 임무를 받고 나와 몇 마리 쓰러뜨려 본 적이 있지만, 그런 힘은 생기지 않더군요. 아무래도 개인 차가 있는 모양입니다."

"그렇긴 합니다. 단순히 그런 문제만은 아니겠지만……."

"네?"

"아닙니다. 그런데 그들은 구조 활동에 참여하지 않는 겁니까?"

"그들도 대부분 특활대라는 이름으로 군에 협조하고 있지만, 활동 내용은 좀 다릅니다. 사실 저희도 아직은 대외 활동 범위가 넓지 않죠. 현재 저희가 파악하고 있는 건 남양주 인근 10킬로미터 내외고 정찰과 생존자 탐색도 그 범위 안에서 진행되고 있습니다."

"그럼 중사님은……."

"이런 걸 보고 안 올 수가 없지 않습니까?"

박일우가 머리를 긁적이며 주머니에서 꺼낸 종이를 펼쳐 보였다.

종이에는 낙서 같은 그림이 그려져 있었고.

도와주세요! 구리 터널에 아이들이 탄 버스가 갇혀 있어요!

아래에 이렇게 적혀 있었다.

"아까 보셨죠, 유치원 선생님. 그동안 애들 먹일 식량을 구하고, 이런 걸 뿌리며 돌아다니는 걸 저 선생님 혼자 다 했다고 합니다. 아무나 할 수 있는 일이 아니죠."

"대단하군요."

태영은 순수하게 감탄했다.

물론 태영은 그렇게까지 남을 챙길 생각은 없지만, 그렇다고 그런 사람을 바보 취급할 생각도 없다.

어차피 남 일이니까.

항상 말하듯이 그건 각자의 선택이다.

그때 버스를 바라보던 박일우가 갑자기 꾸벅 고개를 숙였다.

"죄송합니다. 경황이 없어 제대로 인사를 드리지 못했습니다. 태영 씨가 와 주지 않았다면 저희와 저 아이들은 살아있지 못했을 겁니다."

"신경 쓰지 마십시오. 아까도 말했듯이 이럴 때는 서로 도와야죠."

"제가 도움이 될 일이 있을지 모르겠군요."

그런 건 걱정하지 않아도 된다.

도움이 될 것 같아서 구한 거고, 굳이 그렇게 말하지 않아도 필요하면 알아서 챙길 테니까.

지금도 마찬가지다.

"그보다 출발하기 전에 잠시 시간을 좀 주시겠습니까? 처리할 일이 있어서요."

"아, 몬스터 사체 말이군요."

태영을 따라 시선을 돌리던 박일우가 끄덕였다.

"물론 저대로 두고 갈 수는 없죠. 저희도 특별한 경우가 아니면 임무 도중에 쓰러뜨린 몬스터는 모두 본부로 가져갑니다."

"본부요?"

"이러니저러니 해도 총알조차 제대로 박히지 않는 가죽 아닙니까? 연구를 위해서도 그렇고, 본부에서 해체해 필요한 소재를 확보하는 데 사용하죠."

그걸 물어본 게 아니다.

"하지만 태영 씨는 굳이 그럴 필요가 없겠군요. 저런 놈들의 목을 단칼에 베어 버리는 검을 가지고 계시니까."

그러나 뒤이은 말이 대답이 되었다.

더불어 뭔가 잘못 알고 있다는 것도 알게 됐지만, 굳이 설명할 필요는 없었다.

"잠깐이면 됩니다."

직접 보여 주는 게 빠를 테니까.

푹! 지익-!

"헉! 아니 어떻게……."

갸웃거리던 박일우의 눈이 휘둥그레졌다.

갸웃거린 건 태영이 단검을 뽑아 들어서고, 휘둥그레진 건 그 단검으로 그리폰의 가죽을 슥삭슥삭 벗겨 내고 있어서다.

"뭐, 뭡니까, 그게? 총알조차 박히지 않던 가죽을 어떻게 그런 단검으로……."

"몬스터가 죽으면 가죽도 약해집니다."

"그건 저희도 알고 있습니다. 왠지 모르지만, 그 뒤로 꾸준히 강도가 내려가는 것도. 그래서 저희는 보통 하루 정도 보관해 두었다가 해체합니다. 그때도 절단기 같은 기계를 사용해서요.”

“그런 아까운 짓을…….”

박일우의 말에 태영은 절로 한숨이 나왔다.

몬스터의 가죽이 총알에도 뚫리지 않는 이유는 단순히 가죽이 강해서만이 아니다.

그보다는 몬스터의 마력에 의해 부여되는 각종 내성의 효과가 더 크게 작용한다.

몬스터가 죽으면 소재의 성능이 떨어지는 이유다.

그러나 한순간에 모두 사라지지는 않는다.

박일우가 꾸준히 약해진다고 말한 것처럼, 시간을 두고 천천히 빠져나간다.

당연히 그렇게 두면 안 된다.

“단순한 얘기입니다. 더 강한 상태일 때 해체해야 더 강한 소재를 얻을 수 있지 않겠습니까?”

“아니, 그건 좀 잘못 알고 계신 것 아닙니까? 저희도 처음에는 그렇게 생각했지만, 해체된 소재의 강도도 결국 같은 수준까지 떨어졌습니다.”

“그냥 두면 그렇죠.”

태영이 가방에서 풀을 한 움큼 꺼내 들며 설명했다.

“그래서 이 풀로 후처리를 해 둬야 합니다. 으깨서 발라 두면 해체 상태의 강도를 유지할 수 있습니다. 어디서나 흔히 볼 수 있는 풀이라 쉽게 찾을 수도 있고요."

"저, 정말입니까? 대체 어디서 그런 지식을……."

이계에서는 애들도 아는 상식이다.

"잠깐! 잠깐만 기다려 주십시오! 어이, 너희들! 당장 이리로 튀어와! 수첩 꺼내 들고! 이분이 하는 말씀 하나도 놓치지 말고 받아 적어! 저 풀! 저 풀 모양도 그리고!"

"풀은 제가 나눠 드릴 수도 있습니다만."

"네? 저, 정말입니까? 감사합니다! 그렇게 귀한 풀을……."

"뭐……."

태영은 감격스러워하는 박일우의 발밑에서 그 귀한 풀이 뭉개지고 있다는 말을 해 줄까 하다가 그만두었다.

"또 뭔가 해 주실 말씀은 없습니까?"

지천으로 널린 풀로 생색을 낼 수 있는데 굳이 이런 열의에 찬물을 끼얹으면서까지 말해 줄 이유는 없다.

"아까 여기까지 오면서 작은 몬스터를 잡은 적이 있다고 하셨죠? 그럼 사체는 어떻게 하셨습니까?"

"지방만 떼어 냈습니다."

"지방만요?"

"사실 지금 저희에게 가장 필요한 게 그겁니다. 저희가 외부 활동을 할 수 있는 것도 얼마 전에 몬스터의 지방에서 짜낸 기름을 바르면 총이나 차량의 부식 속도를 늦출 수 있다는 걸 알아내서입니다."

이건 태영도 모르고 있던 정보였다.

'그래, 지금 이 세계는 나도 한 번도 경험해 보지 못한 세계이니 이전에는 없던 정보도 있을 수 있겠지. 애초에 그런 걸 알아보기 위해 남양주에 들르려고 했던 거긴 하지만, 생각지도 못했던 정보를 얻었군.'

그때 박일우가 태영의 눈치를 살피며 물었다.

"그런데 혹시 그런 몬스터라도 지방 외에 더 쓸데가 있는 겁니까?"

"쓸데라기보다는…… 아까 어떻게 평범한 단검으로 가죽을 벗길 수 있냐고 물었죠? 물론 그것도 요령이 있습니다. 하지만 설명하기는 힘듭니다. 가장 좋은 방법은 직접 해 보는 거죠."

"하다 보면 된단 말입니까, 그런 게?"

된다, 하다 보면.

-스킬 [해체]를 습득했습니다.

이런 스킬이 생길 테니까.

태영은 지금까지 시간 절약을 위해 대부분 그리모어로 해체해 와서 이제야 배웠지만, 이런 생활 스킬은 직업이 없어도 금세 익힐 수 있다.

단검을 사용한 이유도 그래서다.

이제 이런 잡다한 스킬도 하나씩 배워 가야 하니까.

"그, 그렇군요! 역시 뭐든지 경험이…… 너희들! 이분이 하는 말! 행동! 하나도 놓치지 말고 모두 머리에 때려 박아 둬라!"

"넵!"

이에 군인들의 시선을 받으며 스킬 습득과 함께 빠르게 작업 완료!

"이건 저희 차에 싣겠습니다."

제안은 고맙지만, 태영은 자기 짐을 남에게 맡겨 두지 않는 성격이다.

"괜찮습니다. 수납, 작성 목록, 그리폰의 가죽, 깃털, 부리."

"헉! 대, 대체 어떻게……."

마법 가방이 소재를 몽땅 빨아들이자 박일우 일행의 눈이 휘둥그레졌다.

삐이-!

"헉! 새, 새가……."

그리고 뒤이은 소리에 고개를 돌린 그들의 눈이 한층 더 커졌다.

청영이 고삐를 물고 말을 끌고 오는 모습을 본 반응이다.

이건 그렇게까지 놀랄 장면은 아니다 싶지만.

"태, 태영 씨!"

그때 박일우가 퍼뜩 고개를 돌리며 소리쳤다.

그리고 대원들과 잠시 시선을 주고받더니 갑자기 모두 무릎을 꿇었다.

"아니, 왜……."

"저는 태영 씨가 어떤 사람인지 모릅니다. 하지만 저처럼 둔한 사람이라도 보통 분이 아니라는 건 알겠습니다!"

"무슨 말씀이신지……."

"아까 태영 씨가 그러셨죠? 몬스터와 싸워 힘을 얻는 데는 개인 차가 있지만, 그게 전부는 아니라고. 다른 뭔가가 있다는 말 아닙니까? 그게 뭔지 가르쳐 주십시오! 부탁드립니다! 방법이 있다면 저희도 강해지고 싶습니다! 사심만으로 그런 말을 하는 게 아닙니다! 아니, 사심이 없다고 말할 수는 없지만……."

"됐습니다."

태영이 고개를 저었다.

그들에게 사심이 있는지 없는지는 태영과는 아무 상관 없는 일이다.

중요한 건 태영에게 그럴 마음이 있느냐, 없느냐.

그리고…….

"원한다면 가르쳐 드리겠습니다. 아예 직접 단련도 시켜 드리죠."

잠시 생각하던 태영은 그럴 마음이 생겼다.

–허…… 한참 고생하던 숲에서 나오니 심경의 변화라도 생긴

건가? 그런 귀찮은 일을 자청해서 떠맡겠다니? 대체 무슨 꿍꿍이인지 모르겠군.

꿍꿍이고 뭐고 없다.

태영은 언제나 자신의 감정에 솔직한 사람이다.

따라서 판단 기준도 명확.

돈이든 시간이든 투자한 것 이상으로 뽑아낼 수 있느냐다. 즉, 받아들였다는 건 뽑아낼 수 있다고 판단했다는 말이다.

아니, 뽑아낼 것이다. 1원이든, 1초든, 일단 투자라고 생각하고 쓴 이상 어떻게든!

"단, 저 역시 여유를 부릴 입장은 아니니 남양주까지 가는 동안에만입니다. 그때까지 필요한 것을 배우려면 당연히 훈련 강도가 좀 세질 거고, 저 역시 한번 시작하면 어중간하게는 안 합니다. 그래도 괜찮으시겠습니까?"

그러기 위해서는 먼저 이 부분을 확실히 해 둘 필요가 있었고.

"물론입니다!"

우렁찬 대답에 태영의 얼굴에 만족스러운 웃음이 번졌다.

"좋습니다. 그럼 바로 시작하죠. 먼저 박일우 중사님, 앞으로 나오십시오. 어금니 꽉 깨무시고요. 자, 그럼 갑니다."

"네? 아, 아니, 잠깐만, 대체 뭘…… 흡!"

펑-!

폭음과 함께 박일우가 날아올랐다.

그리고 포물선을 그리며 바닥에 처박히고, 퉁겨져 올랐다가 다시 떨어지고, 데굴데굴 툭.

태영은 주먹을 우둑우둑 꺾으며 빙긋 웃었다.

"자, 다음요."

남은 대원들의 얼굴에서 핏기가 사라졌다.

"핫!"

박일우가 퍼뜩 상체를 들었다.

황급히 주위를 둘러보다가 태영과 시선이 마주치자 흠칫 멈췄다.

그 뒤로 줄줄이 소시지처럼 누워 있는 사병들을 돌아보고 혼란스러운 얼굴이 되었다가 혼잣말처럼 중얼거렸다.

"대체 내가 얼마나 오랫동안……."

"3분입니다."

"그것밖에 안 지났다고요?"

박일우가 믿어지지 않는 얼굴로 되물었다.

그럴 만도 하다. 살짝 위험하다 싶을 정도로 딥하게 의식이 날아갔었으니까.

아마 체감상으로는 한 사흘쯤 지난 것처럼 느껴질 것이다.

"그, 그런데 왜 그런……."

"궁금하십니까?"

"물론 이유도 없이 그러셨을 리는 없다고 생각합니다. 네, 아마도, 그렇지 않을까요?"

물론 이유는 있다.

그것도 꽤 많지만, 가장 중요한 건 시간이다.

태영이 박일우 일행을 위해 할애할 수 있는 시간은 남양주에 도착할 때까지. 지형도 변하고 속도를 낼 수 없는 상황이라도 이틀이면 닿을 거리다.

부족한 시간은 아니다.

충분하다고 할 수는 없어도 일단 기초는 닦을 수 있다.

그것만으로도 박일우 일행에게 꽤 도움이 될 테고, 태영에게도 훈훈했던 기억으로 남을 것이다.

아름다운 결말.

모두가 웃으며 끝날 수 있었을지도 모른다.

태영의 생각이 바뀌기 전까지는.

'무릎까지 꿇으며 멍석을 깔아 주는데 어영부영 넘어갈 수는 없지. 저 사람들을 위해서, 그리고 나를 위해서도 말이지.'

그때 이미 태영의 머릿속에 로드맵이 완성되었다.

박일우 일행의 3분짜리 인스턴트 임사 체험이 바로 그 첫 단계다.

그러나 이쪽 세계의 지식이 없는 사람에게 설명하기는 힘들다. 또 애초에 그럴 생각도 없었다.

태영은 일단 사병들까지 모두 깨운 뒤에 말했다.

"다들 제가 왜 갑자기 그런 짓을 했는지 궁금하실 겁니다."

"그야……."

"작년에 돌아가신 할아버지도 보였고……."

"하지만 궁금해하지 마십시오."

"……네?"

"가장 큰 이유는 시간이 많지 않아서입니다. 따라서 그 시간 동안 원하는 결과를 얻어 내기 위해 저는 가능한 한 모든 방법을 동원할 생각입니다. 조금 과격하거나, 아니 대체로 과격하고 이해하기 힘들겠지만, 어떤 불만이나 질문도 허용하지 않겠습니다. 싫다면 지금이라도 그만두십시오."

시작하기 전에도 한 말이다.

그러나 같은 말이라도 지금은 무게가 다르다.

역시나 초롱초롱했던 대원들의 눈망울도 불안하게 흔들렸지만, 오래가지는 않았다.

"알겠습니다! 믿고 부탁드린 이상, 믿고 따라가겠습니다!"

"네, 저희도!"

"좋습니다. 그럼 바로 다음 단계로 넘어가죠. 따라오십시오."

"저희 다 말입니까?"

"질문은 받지 않겠다고 했을 텐데요?"

"아, 아니…… 궁금해서가 아니라, 저희가 다 자리를 비우면 아이들은……."

"그건 걱정할 필요 없습니다."

삐이-!

하늘에 청영을 괜히 띄워 놓은 게 아니다.

박일우 일행을 데리고 가는 것도 그사이 청영을 통해 찾아냈기 때문이다.

칵? 크칵! 카카카카!

태영이 다가가는 수풀 속에서 튀어나오는 이놈들을.

그리폰과 싸울 때 울린 총성 때문인지, 일행이 있던 곳에서 불과 300~400미터 거리에 몸을 숨기고 호시탐탐 기회를 엿보고 있었다.

"모, 몬스터다!"

그렇다고 이렇게 호들갑을 떨 만한 놈들은 아니었다.

사람과 닮은 생김새에 뾰족한 귀, 날카로운 이빨, 초록색 피부를 가진 놈들은 고블린.

그라울과 비슷한 수준의 몬스터다.

좀 나은 점이 있다면 무기를 사용하고 집단 전투에 익숙하다는 정도.

그러나 되레 그 탓에 이계 모험가들의 경험용 상대로 찍혀서 하루에도 수백 마리씩 죽어 나가는 안쓰러운 녀석들이다.

'마침 잘됐어.'

놈들을 발견한 태영이 이런 생각을 한 것도 같은 이유다.

“뭐, 뭐야? 저 숫자는? 20마리도 넘어!”

“네, 적당한 숫자죠.”

“적당하다니…… 어? 자, 잠깐? 총이 없잖아?”

“제가 치웠습니다.”

“네?”

옆에서 이어지는 박일우가 당황한 얼굴로 돌아보았다.

그러나 태영은 없었다.

텅-!

지면에서 이런 소리가 울렸을 때는 이미 10여 미터 앞을 날아가고 있었다.

동시에 허리에서 뻗어 나오는 푸른 섬광!

모두가 보고 있었지만, 누구도 반응할 수 없었다.

위협적인 울음을 흘리는 고블린 떼가 움찔하기도 전에 섬광이 들이닥쳤다.

그리고 다음 순간, 섬광은 수십 줄기로 나뉘며 폭풍처럼 놈들을 휩쓸고 지나갔다.

“으아-!”

“보, 보이지도 않잖아? 진짜 사람 맞아?”

“사람입니다만?”

“응? 으헉!”

박일우가 펄쩍 뛰어 물러났다.

“부, 분신술?”

“그럴 리가요.”

언젠간 익혀 볼 생각이지만, 아직은 못 배웠다.

단지 고블린 떼를 휩쓸고 돌아오는 데는 그 정도 시간이면 충분했을 뿐이다.

툭! 툭! 툭!

그 결과가 바로 이거였다.

고블린의 손에서 툭툭 떨어지는 날붙이들.

놈들은 손잡이만 남은 무기와 태영을 번갈아 보았다.

무슨 일이 벌어진 건지 이해하지도 못하는 얼굴이었다. 박일우 일행도 크게 다를 것 없는 얼굴이었다.

태영이 그런 박일우의 어깨를 치며 지나갔다.

“그럼 전 이만 빠지겠습니다.”

“빠진다고요?”

“저놈들이 다음 단계라는 말입니다. 더 구체적으로 설명해 줘야 합니까?”

“아, 아니, 하지만 저는 총도 없는데…….”

“걱정 마세요. 잘 챙겨 뒀습니다.”

태영이 빙긋 웃으며 멀찍이 떨어진 나무에 기대고 앉았다.

“자, 시작하시죠.”

“그럼 설마 맨손으로…… 아니, 무슨 그런 말도 안 되는…….”

"됐어, 김 일병! 그만해! 불평하지 않고 따르겠다고 말한 게 불과 몇 분 전이다! 그리고 방금 못 봤어? 저 정도의 힘을 가진 분이 아무 이유도 없이 이런 짓을 시킬 리가 없잖아! 분명 우리가 이해 못 할 깊고 심오한 뜻이 있을 거야!"

-있는 거냐, 주인? 그런 게?

"없진 않지, 깊고 심오한지는 모르겠지만."

"난 한다, 혼자서라도!"

그때 박일우가 어금니를 질끈 악물고 뛰어나갔다.

"저, 저도 합니다!"

그러자 머뭇거리던 대원들도 두 주먹 불끈 쥐고 대장을 따라 돌격 앞으로!

퍽! 퍽! 퍽!

신나게 패기 시작했다.

태영의 압도적인 무위에 쫄아 눈알만 굴려 대고 있던 고블린 떼가, 박일우 일행을.

그 아래로 좍좍 쏟아져 나오는 쌍코피.

등 떠밀어 놓고 할 말은 아니지만, 정말 눈 뜨고 봐 주기 힘든 장면의 연속이었다.

-주인, 이렇게 될 줄 알고 있던 거 아닌가?

물론 알고 있었다.

박일우 일행이 임사 체험 중일 때 그리모어로 한 번씩 찍어 확인해 봤다.

그때 확인한 그들의 평균 레벨은 6, 고블린은 10이 넘는다. 게다가 쪽수도 놈들 쪽이 2배나 많다.

"으헉!"

"크! 컥! 우악!"

이런 건 너무나 당연한 결과라는 말이다.

태영이 총기까지 압수하고 고블린 떼와 붙인 이유도 그 때문이다.

-아픈 만큼 성숙해진다, 뭐 그런 거냐?

"비슷하지."

-그렇군. 뭐 돌이켜 생각하면 주인도 아픈 만큼 강해지기는 했지. 하지만 보통 사람이 그런 짓을 하면 죽을지도 모른다는 생각은 안 드나?

"안 죽어."

놈들이 들고 있던 날붙이가 달린 무기를 모두 잘라 놓은 건 그런 사태를 방지하기 위해서다.

물론 그래도 몽둥이 같은 무기는 그대로 두었고.

퍽! 퍽! 퍽!

그것도 이렇게까지 맞으면 죽을지도 모른다.

그러나 태영은 당연히 그때까지 두고 볼 생각은 없었다.

'더는 무리겠군.'

텅-!

이렇게 생각되면 바로 차지대시로 돌격!

몽둥이를 휘둘러 대는 고블린을 쳐 날리고, 인사불성으로 널브러진 대원들을 짊어지고 돌아왔다.

그리고 불어 터진 입에 회복약을 흘려 넣고 단전에 마력을 불어 넣어 주었다.

그들이 임사 체험을 해야 했던 이유가 그것이다.

태영이 만든 회복약은 게임처럼 복용 즉시 HP가 쭉쭉 올라가는 게 아니다.

그나마 회복 속도를 올리기 위해서는 마력을 순환시킬 필요가 있다.

그러나 대원들의 마력은 0.

그래서 때려 박은 것이다. 태영의 마력을 대원들의 몸속에.

미리 맛(?)을 보여 줘야 태영이 불어 넣는 마력을 좀 더 쉽게 받아들이는 몸이 되기 때문이다.

역시나, 대원의 상처가 빠르게 아물기 시작했다.

"봐라! 저분이 그냥 우리를 사지로 내몰 리가 없어! 다 생각이 있으신 거야! 저분이 뒤에서 지켜보는 한, 죽을 걱정 따위는 하지 않아도 돼!"

"우오오오!"

이에 믿는 구석이 생긴 박일우 일행의 사기가 올라갔다.

그러나 잠깐이었다.

"으……."

"정신이 드십니까?"

"구, 구해 주셨군요! 감사합니다!"

"당연하죠. 과격한 훈련이라고 했지만 설마 죽도록 두겠습니까? 시간이 아깝기도 하고, 다음부터는 감사 인사 같은 건 하지 않아도 됩니다."

"다음?"

"뼈에 금이 간 데도 몇 군데 있었지만, 심하지 않아 그럭저럭 붙었으니 당장 움직이는 데는 지장이 없을 겁니다. 자, 가시죠."

"어, 어디를?"

"어디라니요? 동료들이 피 터지게 싸우고 있는데 보고만 있을 겁니까?"

"아, 아니 저는……."

"회복됐죠."

"아, 아니! 아니! 잠깐만요!"

태영은 버둥대는 대원을 질질 끌고 다시 패싸움판으로 들어갔다.

"자, 다시 시작해라."

그리고 좀 전의 고블린을 찾아 마주 세워 뒤에 돌아왔다.

태영이 다시 나무에 기대앉았을 때는 이미 다시 처절한 혈투가 진행되고 있었다.

대체로 성난 울음 고블린, 비명은 대원의 입에서 터져 나왔지만.

"봐, 안 죽지?"

–나…… 저 녀석들이 불쌍해지기 시작했다.

"그래도 죽진 않아."

태영은 그것만큼은 자신 있게 말할 수 있었다.

회귀 초기, 저런 식으로 고블린의 몽둥이에 맞아 죽은 적도 있으니까.

너무나 잘 알고 있었다.

어디를 얼마나 맞아야 죽는지, 누가 딱 숨이 넘어가기 직전인지.

텅–!

그럴 때는 바로 닥터 스톱!

"으…… 감사합니다. 아니, 호, 혹시 저도……."

"끌려갈래요? 직접 갈래요?"

"……제가요."

태영이 팀닥터로 있는 한 TKO는 없다.

이런 일이 반복되자 처음에는 혈기 왕성하던 고블린 떼도 슬슬 지친 기색을 보이기 시작했다.

열심히 싸우는 보람이 없으니 의욕도 생길 리가 없었다.

"저 자식 얼굴을 좀 봐!"

"거의 좀비야! 완전히 맛이 갔다고!"

"우리는 죽을 걱정을 하지 않아도 되는 게 아니라, 죽지도 못하는 거였어!"

"여기서 벗어날 방법은 하나뿐이다! 저놈들을 죽여야 해! 놈들이 있는 한 우리는 죽을 때까지, 아니 죽지도 못하고 피떡이 되는 거야!"

"해치워! 해치워야 한다고!"

반면 대원들의 전의(?)는 급상승!

그때부터 고블린이 하나둘 쓰러지기 시작했고, 결국 1시간 만에 전멸했다.

"해, 해냈다! 해냈습니다!"

박일우 일행이 태영을 돌아보며 소리쳤다.

눈에는 채 식지 않은 열기가 이글이글 타오르고 있었다.

당연히, 무기도 없이 벌어진 육박전에서 상대를 문자 그대로 패 죽인 직후니까.

'이제야 전사다운 얼굴이 됐군.'

이런 경험은 매우 중요하다.

그러나 단순히 그런 이유로 총을 압수한 건 아니었다.

[—]

근력 : 37⇒39
순발력 : 35⇒36
지구력 : 40⇒45
마력 : 0⇒2
종합 평가 레벨 : 6⇒7

핵심은 이거다.

그리모어로 거친 숨을 훅훅 불어 내는 박일우 일행의 몸을 툭툭 칠 때마다 떠오르는 메시지.

"축하합니다. 이로써 여러분도 레벨이 올랐습니다."

"레, 레벨요?"

"이 세계에서는 몬스터를 쓰러뜨리면 그 힘의 일부를 흡수할 수 있습니다. 그게 일정 수치 이상 쌓이면 신체 능력이 향상합니다. 특활대라는 사람들이 몬스터와 싸우며 강해진 이유가 그겁니다. 그 단계를 레벨이라고 부르는 거죠."

"마치 게임 같군요."

"그대로 이해하시면 됩니다."

"하지만 이전에도 이런 놈들은 꽤 잡았는데……."

"총으로 잡았겠죠. 말했듯이 그 힘은 쓰러진 몬스터에서 나옵니다. 그러니 멀리서 총격으로 쓰러뜨리면 흡수하지 못하게 되는 거죠."

항상 그런 건 아니다.

이계에서 활이나 마법을 사용하는 사람들도 잘만 레벨 업을 하니까.

멀리서도 마소를 끌어올 수 있는 기술도 있다는 말이지만, 그건 상급 과정이니 넘어가고.

"레벨이라…… 정말 그런 게 올랐다는 말입니까? 하지만 특별히 이전보다 강해진 느낌은……."

"없겠죠. 아직 강해지지 않았으니까."

"네? 하지만 방금……."

"마침 그걸 설명하려던 참입니다. 레벨이 오른다고 바로 힘이 강해지는 건 아닙니다. 레벨로 오른 신체 능력은 어디까지나 잠재력, 그걸 완전히 자신의 힘으로 만들기 위해서는 그만한 노력을 해야 합니다."

"노력이라면 구체적으로 어떤 걸 말하는 겁니까?"

"일단……."

태영이 가벼운 몸짓으로 돌아서며 대답했다.

"기어 볼까요?"

박일우 일행의 얼굴이 하얗게 탈색되었다.

그러나 어쩔 수 없는 일이다.

시간은 짧고, 그 안에 태영까지 만족할 결과를 내려면 빡세게 굴리는 수밖에 없으니까.

삐이-!

휘파람 같은 소리가 창공을 가로질렀다.

몇 번인가 날갯짓하는 것만으로 무너진 건물들이 지나가고 산이 보였다.

그 뒤에는 산, 또 산.

무수한 산들이 마치 어린애의 낙서처럼 전혀 자연스럽지 않은 능선을 이루며 겹쳐져 있었다.

'엉망진창이군.'

달리 표현할 말이 없었다.

이계로 올 때마다 표식으로 삼던 산 정상의 바위는 중턱에 처박혀 있었다. 대신 그 자리는 가닥가닥 끊어진 아스팔트가 점선처럼 이어져 있었다.

두 세계의 산이 겹쳐, 두 세계 어디에도 없던 산이 돼 버린 것이다.

'지형만 보면 차라리 서울이 낫군. 마경의 숲은 평지라 지형 자체에는 큰 영향을 주지 않았으니까. 숲에 들어왔던 레디안 기사단에서 얻은 이계의 지도와 이 세계의 지도를 비교해 보면 대강은 추측이 되겠지만, 한계가 있겠지. 결국, 다시 일일이 확인해 나가는 수밖에 없다는 건가? 지형까지? 그래도 지금은 청영이 있으니 어려운 일은 아니지만…….'

-어이, 주인! 주인!

"시끄러워! 네 목소리는 머릿속을 울린다고! 작게 얘기해도 다 들려! 아니, 됐고. 왜 부르는데?"

-내가 부르는 게 아니라 저쪽이다. 조그만 것들이 되게 거슬리게 한다고.

그리모어의 말에 태영이 눈을 몇 번 깜빡였다.

금색으로 물들어 있던 눈동자가 본래의 색과 형태로 돌아왔고, 그제야 장갑차에 끌려가는 버스에서 창을 탕탕 치는 아이가 눈에 들어왔다.

태영이 말을 몰아 다가갔다.

“왜 그러니?”

“저 아저씨들은 왜 저러는 거예요? 나쁜 짓 했어요? 벌 받는 거예요?”

아이가 조잘대며 가리키는 사람들은 박일우 일행이다.

“헉헉! 중사님, 죽겠습니다!”

“그래서 뭐? 어쩌라고? 나는 멀쩡해 보이냐?”

“언제까지 이래야 합니까?”

“내가 어떻게 알아, 인마? 궁금하면 네가 가서 물어보든지.”

“싫습니다. 아까 봤지 말입니다. 정신이 들자마자 고블린 앞으로 끌고 가면서 웃더라 말입니다. 그런 분이 하지 말라는 질문을 하면 무슨 짓을 할지 무섭단 말입니다.”

“설마 이대로 남양주까지…….”

“말하지 마! 아니, 생각하지 마! 아무것도 생각하지 마! 그냥 기어!”

정확히는 이렇게 벅벅 기며 따라오는 박일우 일행이다.

이유는 간단하다.

어차피 도로도 끊겨 버스까지 매단 장갑차는 걷는 수준의 속도밖에 낼 수 없었고, 걷느니 차라리 기는 편이 낫다고 생각해서다.

물론 태영이.

"벌 받는 거 아니야, 훈련이지. 정의의 용사가 되는 훈련."

"그럼 아저씨처럼 되는 거예요?"

"음…… 아마도?"

"와! 그럼 나도 좀 더 크면 저런 거 할래요!"

"……그래."

태영이 씁쓸한 얼굴로 끄덕였다.

"자, 이거 나눠 먹어."

태영이 남은 초코바를 몇 개 건네주자 그리모어가 같잖다는 목소리로 말했다.

-하! 갑자기 인심이 후해지셨군. 저 녀석들은 그렇게 굴려 대면서 애 앞에서는 착한 척인가? 그런 것도 위선이다.

알 게 뭐냐? 그냥 하고 싶은 대로 하면 그만이지.

사실 박일우 일행도 그렇다.

다 제들 잘되라고 이러는 거지만, 피도 눈물도 없이 굴려 대는 건 아니다.

"정지!"

"푸하! 사, 살았다!"

태영의 고함에 박일우 일행이 몸을 돌려 벌러덩 누우며 헐떡거렸다.

그 손에는 모두 풀을 한 움큼 쥐고 있었다.

“자, 이 풀들을 잘 봐 두세요. 제가 사용하는 회복약에 필요한 약초들입니다. 본래 몇 가지 더 들어가지만, 아마 여기는 이 약초 외에는 없을 겁니다. 그러니 기는 김에 약초도 채취하세요. 제가 가진 약초도 한계가 있고 어차피 여러분도 알아야 하니까.”

태영이 굴리기 전에 이렇게 말해서다.

박일우 일행은 성실하게 태영의 지시를 이행했다.

양손만이 아니라 군복에 붙은 다양하고 많은 주머니까지 가득 채울 정도로.

“모든 대원의 주머니가 가득 차면 5분의 휴식 시간을 주겠습니다.”

이런 말을 덧붙여 놔서다.

그리고 그것도 다 필요한 과정이라고 생각하지만, 무턱대고 몰아붙이기만 하지는 않았다.

약초를 수거한 태영은 덜덜 떨어 대는 이병 옆에 앉아 팔다리를 주물러 주었다.

“엇? 저, 저기…….”

“괜찮습니다. 그대로 계세요. 저는 그냥 말 타고 왔으니 이 정도는 해야죠.”

“크윽! 열심히 하겠습니다!”

“네, 그래야죠, 다른 사람이 아닌 자신을 위해서.”

“네, 넵!”

태영의 말에 이병이 힘껏 대답했다.

그 눈에는 촉촉한 물기가 어렸고, 박일우와 다른 대원들도 감동한 얼굴로 바라보았다.

게다가 태영은 이런 쪽에 조예, 뭐 그것도 마력을 이용할 수 있어서지만, 꽤 능숙한 편이라 박일우 일행은 금세 회복할 수 있었다.

그래 봤자 겨우 몸을 움직이는 수준이지만, 그 정도면 된다.

"자, 이제 가시죠."

"또……."

"포복은 안 하셔도 됩니다."

"어? 정말입니까?"

"네, 아직 체감하기는 힘들겠지만, 이 정도면 이전에 레벨과 함께 올라간 신체 능력도 완전히 흡수됐을 겁니다. 그리고……."

태영이 몸을 돌려 걸어가며 말을 이었다.

"고블린 무리를 발견했습니다."

ㅡ……넌 사람도 아니야.

자주 들어 본 말이다.

이계에서, 한때 제자를 둔 적도 있으니까.

태영은 묵묵히 걸음을 옮겼고, 박일우 일행도 묵묵히, 도살장에 끌려가는 얼굴로 따라왔다.

퍽! 퍽! 퍽!

그리고 도살장 같은 장면이 이어졌다.

피떡이 되고! 피떡으로 만들고! 쓰러지는 자도 서 있는 자도 피떡인!

-눈 뜨고 못 봐 주겠군. 어이, 주인. 그런데 말이다. 새삼 따지려는 건 아니지만, 그 총인지 뭔지는 그렇다고 쳐도 마소 흡수 때문이라면 칼 정도는 줘도 되지 않나? 그 총이라는 거에도 붙어 있고, 더 좋은 것도 꽤 있잖아.

물론 꽤 있다.

헬 스네이크에 전멸당한 기사단에서 챙긴 것도 꽤 되고, 숲을 나오기 전에 석실에 보관해 뒀던 장비품도 챙겨 왔다.

그러나 돈 되라고 챙겨 왔지, 이럴 때 쓰려고 챙겨 온 게 아니다.

이 훈련의 핵심은 레벨 업이 아니니까.

레벨보다는 죽을 만큼 맞는 것, 그 자체에 의미가 있다.

물론 그렇다고 맞고만 있으라고 할 수는 없고 박일우 일행도 맞고만 있지는 않았다.

"우아아-! 해냈다!"

'30분 정도인가?'

시간이 이전의 절반으로 줄었다.

이전 전투로 올린 레벨 1의 효과라기보다는 그냥 익숙해져서다.

어쨌든 군대에서 제대로 훈련받은 군인들이니 당연히 적응만 하면 그 정도는 된다.

'그래도 아직은 무리겠지.'

그러나 태영이 기다리는 메시지는 떠오르지 않았다.

그래도 레벨은 다시 1씩 올랐기에.

"자, 포복하세요."

태영은 벅벅 기는 대원들을 몰고 장갑차로 돌아왔다.

물론 그 뒤로도 같은 자세로 이동.

"헉헉헉! 저, 저기, 이제 슬슬 어두워지는데 말입니다."

"네, 다행이죠. 고블린은 특히 밤에 더 많이 돌아다니거든요. 애들은 어차피 버스에서 자면 되고, 다들 하룻밤 정도는 샐 수 있잖아요, 어른이니까."

"그, 그렇죠."

대원들의 얼굴이 새까매졌다.

그리고 얼마 지나지 않아 하늘도 그들의 얼굴처럼 시꺼메졌고, 태영의 말대로 되었다.

급격히 올라가는 인카운트율!

고블린 떼가 나타나는 시간이 2~3시간 간격에서 1시간으로 줄고, 급기야 30분 간격으로 나타나기 시작했다.

좀 과할 정도로, 아니 실제로 과했다.

'마경의 숲 서쪽은 원래 고블린 부락이 많기는 했지만…… 사냥감이 풍부해져서 그사이에 확 불어나 버린 건가?'

좀 씁쓸한 상상을 하게 만드는 일이었지만, 당장은 나쁜 일이 아니었다.

이에 태영은, 아니 박일우 일행은 그때마다 놈들은 피 튀기는 혈전을 벌이며 이동!

날이 밝을 무렵에는 진짜 좀비처럼 변해 버렸지만.

'오! 드디어!'

마침내 원하던 메시지를 볼 수 있었다.

태영은 처음 그 메시지를 띄운 김 일병을 향해 활짝 웃으며 말했다.

"축하합니다. 가장 먼저 한 단계 더 뛰어넘었군요."

"네? 제, 제가요?"

정작 김 일병은 어리둥절한 얼굴이었다.

"저는 딱히 더 많은 고블린을 쓰러뜨린 것도 아닌데요? 남들보다 더 맞았으면 맞았지."

안다.

—스킬 [하드 스킨]을 습득했습니다.

이 메시지가 그 증거니까.

직업이 없어도, 또 마력이 1만 있어도 배울 수 있는 스킬이다. 게다가 그냥 익힌 것만으로도 효과를 발휘하는, 일종의 패시브 스킬이다.

그 효과는…….

“몸에 특별한 변화가 생기는 건 아니라 체감하기 힘들 겁니다. 처음 그 경지에 오른 사람으로서 동료들에게 보여 줄 필요도 있으니 직접 그 변화를 체감시켜 드리죠. 말보다 그 편이 빠를 테니까. 일단 어금니 꽉 깨무세요.”

“네? 어금니? 왜…… 아, 아니 잠깐! 잠깐만요!”

“자! 갑니다!”

펑-!

폭음과 함께 김 일병이 날아올랐다.

그리고 포물선을 그리며 바닥에 처박히고, 튕겨져 올랐다가 다시 떨어지고, 데굴데굴 툭.

“오……!”

대원들이 감탄사를 터뜨렸다.

다들 경험이 있어서 한눈에 알아본 모양이다.

그 작지만 큰 변화를.

“전보다 한 1미터는 덜 날아갔지?”

“그러게.”

“크윽! 그래도 죽을 것 같지 말입니다!”

“게다가 멀쩡하게 일어나는데?”

그게 하드 스킨의 효과다.

이름 그대로 피부를 단단하게 만들어 방어력을 올려 주는 스킬!

대원들이 피비린내 나게 두들겨 맞아야 하는 이유가 그 때문이다. 하드 스킨을 배우는 방법은 하나, 익힐 때까지 맞는 수밖에 없으니까.

그래서 가장 부지런히 두들겨 맞은 김 일병이 가장 빨리 익힐 수 있던 것이고.

"역시 깊고 심오한 뜻이 있으셨던 거야!"

있었다, 그런 게!

물론 안 맞을 수 있으면 그게 베스트이기는 하다.

그러나 당연히 그런 건 장담할 수 없고, 이계에는 사람의 몸쯤은 유리처럼 박살 내는 놈들이 널리고 널렸다.

뭐 그런 놈을 만나도 하드 스킨을 익혔다고 딱히 달라질 것도 없겠지만 어쨌든.

때로는 단 1의 방어력에 생사가 갈릴 때도 있는 법이다.

그로 인해 1의 HP가 남을지도 모를 일이니까.

따라서 우선해서 챙겨야 할 건 맷집!

더구나 그게 신체 자체의 방어력이라면, 얼마만큼의 가치를 가지는지는 굳이 말할 필요도 없는 일이다.

"축하합니다!"

태영은 김 일병의 진일보를 진심으로 기뻐했다.

왜냐하면, 사실 여기에는 방금 설명한 것보다 더 깊고 심오한 뜻이 숨겨져 있어서다.

-흠, 그렇군. 그 훈련이 이걸 위해서였나? 하지만 이상하군. 주

인이 그저 남 좋은 일만 해 주고 말 사람은 아니지 않나? 실제로 그렇게 말하기도 했고. 이게 주인에게 무슨 도움이 된다는 거지?

"훗, 보고만 있어, 이제 얼마 남지 않았으니까."

그러나 아직 조건이 충족되지는 않았다.

'아직 남양주까지는 10시간 이상 남았다. 김 일병이 다른 대원들보다 많이 맞았다고는 하지만, 어차피 거기서 거기. 이 추세면 다른 대원들도 금세 얻을 수 있을 거야.'

모든 대원이 하드 스킨을 익히는 것.

그게 최소 조건이다.

"맞는 걸 두려워하지 마라! 우리가 마음 놓고 맞을 수 있는 것도 저분이 뒤에서 지켜봐 줄 때나 가능한 일이다!"

퍽! 퍽! 퍽!

"윽! 후후후, 덜 아파! 덜 아파! 윽! 윽!"

"봐라! 김 일병의 저 여유를! 매번 제일 먼저 뻗던 놈이 아직도 버티고 있다!"

그리고 김 일병의 변화를 직접 눈으로 확인한 대원들도 부지런히 노력한 결과, 세 번의 전투를 더 치렀을 때는 모두 하드 스킨을 익힐 수 있었다.

'됐어! 이제…….'

태영의 차례다.

물론 태영은 이미 하드 스킨쯤은 가지고 있었다.

굳이 일부러 익힐 필요도 없었다.

새도 스텝을 익히느라 며칠이나 짱돌에 찍히는 사이 저절로 생겼으니까.

그러나 그 정도 방어력 향상은 마경의 숲 몬스터에도 별 의미가 없었다.

'하지만 상위 버전이라면…….'

얘기가 달라진다.

하드 스킨은 타격에 의한 반작용으로 몸에 그물망처럼 형성되는 마력 패턴이 방어력으로 전환되며 만들어지는 기술.

상위 버전도 기본은 같다.

다른 점이 있다면 몇 배나 더 촘촘하게 만들어져야 한다는 것뿐이다. 마치 하드 스킨이 여러 겹 중첩된 것처럼, 아니 실제로 그렇다.

그리고 그게 핵심이다.

'하드 스킨은 같은 스킬이라도 사람마다 형성되는 마력 패턴이 달라. 또, 한번 형성되면 좀처럼 다른 곳으로 뻗어 나가지도 않는다.'

상위 스킬에 하드 스킨의 수십 배에 달하는 시간과 노력이 필요한 이유다.

그러나 이제 태영은 굳이 그럴 필요가 없었다.

지금은 사람마다 다른 하드 스킨의 마력 패턴이 형성된 사람이 10명이나 있고, 태영은 그들의 마력 패턴을 읽을 능력이 있다.

그리고 결정적으로…….

'나는 마력 패턴을 복사할 수 있다!'

틈틈이 대원들을 주물러 준 진짜 이유가 이 때문이다.

태영은 그사이 대원들의 몸에서 마력 패턴이 형성되는 과정을 모두 파악했다.

그리고 그들이 하드 스킨을 익혔을 때는 이미 모두 복사되어 있었다.

10개의 마력 패턴이 겹겹이.

—스킬 [아머 스킨]을 습득했습니다.

그 결과가 이것, '하드 스킨'의 상위 버전 '아머 스킨'!

이름부터가 아머, 갑옷이다.

당연히 방어력은 하드 스킨의 몇 배나 위!

—그렇군. 어째 주인답지 않게 남 일에 열을 올린다 했더니, 이런 꿍꿍이였군. 그래, 이제 다 이해가 된다. 이래야 주인이지.

그리모어가 뭐라고 하든 태영은 떳떳했다.

"세상에 공짜는 없어. 주는 대로 받고, 받는 대로 주는 거지. 받았는데도 줄 게 없으면 몸으로라도 때워야 하는 거고."

태영의 흔들림 없는 가치관이었다.

그러나 박일우 일행은 몸으로 때울 재주도 없던지라 태영이 알아서 활용했을 뿐이다.

감사를 받으면 받았지, 불평을 들을 이유는 눈곱만큼도 없다.

"이런 거야말로 진정한 의미의 윈윈인 거지."

실제로 대원들도 기뻐했다.

이로써 더 맞을 이유가 없어 태영이 총에 붙어 있던 대검을 하사해 주었기 때문이다.

당연히 사냥 속도는 더 빨라졌고, 그만큼 이동 속도도 빨라졌다.

아이들도 기뻐했다.

"와! 재밌다!"

쪼렙이라 대원들의 성장은 빨랐고, 금세 여유가 생기기에 포복할 때 등에 아이들을 태워서다.

아이들은 좋아하고 대원들은 성장하니 이 역시 윈윈.

"으하-! 으허-!"

뭐 대원들은 그렇게 생각하지 않을지도 모르지만 어쨌든.

"저기가……."

마침내 도착할 수 있었다.

다시 하루가 지나 어둠에 물들어가는 산 사이로 점점이 떠오르는 불빛.

기억 속의 모습과는 다른 남양주였다.

남양주의 밤 (1)

남양주 주변은 황무지처럼 변해 있었다.

내내 이어지던 수풀은 일정 경계부터 재로 변해 있었고, 때때로 보이는 건물은 흔적만 남아 있었다.

"시야 확보를 위해 주변 수풀은 벌목하고 소각했습니다. 건물도 철거해서 폐자재는 저렇게 사용하고 있고 말입니다."

박일우가 말한 저렇게는 바리케이드였다.

도시 외곽의 건물 사이는 모두 콘크리트 덩어리로 메워져 있었다.

높이는 약 1미터, 그 앞은 철조망으로 덮여 있었다.

간간이 그 사이로 튀어나와 있는 포신도 눈에 들어왔다.

"요새나 다름없네요."

"그 덕에 치안이 유지되고 있죠."

"도시 전체가 저렇게 되어 있는 겁니까?"

"일단 외곽은요. 이번 사태가 시작된 직후에 사단장님의 지시로 진행된 일입니다. 그때는 재산권이니 뭐니 해서 시장하고 마찰이 좀 있기는 했지만, 지금은 뭐……."

"결단력이 있는 분이신가 보네요."

"그런 타입으로 보이지는 않았는데 말입니다."

화악-!

그때 강렬한 빛이 일행을 뒤덮었다.

-읏? 뭐야? 플래시 마법인가?

망루 위에서 내리쬐는 서치라이트의 빛이다.

태영 일행이 장갑차와 버스를 끌고 감시자처럼 따라붙는 불빛을 받으며 바리케이드 앞에 도착했을 때였다.

"3대대 소속 박일우……."

"박 중사님!"

탱크 뒤에서 한 군인이 뛰어나왔다.

"대체 어떻게 된 겁니까? 닷새나 돌아오시지 않아 걱정했습니다."

"애인이냐?"

"나 참, 꼭 그렇게 말해야 속이 시원합니까? 그런데 저 애들이 탄 버스는…… 알겠는데 옆에 계신 분은……."

그의 눈이 태영을 향하자 박일우가 피식 웃으며 대답했다.

"스승님이시다."

"네?"

"그런 게 있어. 내 애인 할 거 아니면 꼬치꼬치 캐묻지 말고. 일단 저 애들 숙소나 좀 알아봐 줘. 애들이니까, 가능하면 그런 부분도 신경 써서. 난 바로 등록소로 갈 테니까."

"귀대 보고 안 합니까?"

"저 애들 등록하는 것까지 보고 나서. 그나마 낯이 익은 사람은 우리밖에 없는데 갑자기 다 사라지면 불안할 거 아니야?"

"그렇군요."

"뭘 고개를 끄덕이고 앉았어? 알면 뛰어, 인마!"

"아, 네! 잠시 후에 뵙겠습니다!"

"하여간……."

박일우가 장난기 어린 얼굴로 혀를 차며 웃었다.

홈그라운드로 돌아와서 그런지 한결 여유가 생긴 표정이었다.

"등록소는 뭡니까?"

"이름 그대로입니다. 이번 사태로 통신 시스템까지 마비되어 저희 쪽에서 시민들의 데이터베이스를 다시 구축하고 있습니다. 물론 이번처럼 새로 들어오는 생존자의 정보도. 관리를 위해서도 필요하지만, 헤어진 가족을 찾는 데도 도움이 됩니다."

박일우가 태영을 돌아보며 말했다.

"태영 씨도 등록을 해 두는 편이 좋지 않겠습니까?"

"저는 됐습니다, 여기 머물 사람도 아니고."

"그래도 혹시……."

"없습니다."

태영은 딱 잘라 대답했다.

"찾고 싶은 건 사람보다 물건입니다."

"물건?"

"네, 일단 태블릿이 하나 있었으면 하는데, 구할 수 있겠습니까?"

"통신도 안 되는데 그런 건 어디에…… 아니, 네. 뭐 태영 씨가 필요하다면 이유가 있겠죠. 아마 구할 수도 있을 겁니다. 공짜로 얻을 수는 없겠지만, 태영 씨라면 문제없을 겁니다."

"무슨 말입니까?"

"대강 상황을 짐작하시겠지만, 현재 남양주의 모든 물자는 군에서 관리하고 있습니다. 웬만한 물건은 다 구할 수 있죠. 물론 달란다고 다 주는 건 아닙니다. 아무래도 이런 상황이다 보니 제한을 둘 수밖에 없으니까요."

살짝 기대했지만, 아무래도 중사 끗발로는 안 되는 모양이다.

"하지만 특활대는 예외입니다."

"군에 협조한다는 그 사람들 말이군요."

"네, 특활대의 주요 활동은 두 가지입니다. 하나는 정보 수집, 그리고 다른 하나는 연구나 군수품으로 사용 가능한 몬스터의 사체 확보."

"그렇군요."

무슨 말인지 이해했다.

현시점에서 과거의 돈 따위는 의미가 없다.

필요한 건 물자, 특히 생존에 필요한 식량과 무기다.

그리고 이곳의 식량 사정은 어떤지 모르겠지만, 현재 이곳에서 구할 수 있으며 무기화가 가능한 물자라면 역시 몬스터의 소재 정도밖에 없다.

'특활대라는 사람들은 그걸 공급할 수 있어서 우대를 받는 것일 테고.'

이계에도 그와 비슷한 사람들이 있다.

모험가나 헌터로 불리는 그들의 주된 수입원도 몬스터를 잡아 얻는 소재다.

"그 그리폰이라는 놈의 소재면 충분할 겁니다. 아니, 아마 관리과 녀석들, 다들 눈이 휘둥그레질 겁니다. 특활대도 그런 놈을 잡아 온 적은 없으니까요. 태블릿이든 뭐든 도둑질을 해서라도 구해다 드릴 겁니다."

"그럼 관리과는 어디에 있습니까?"

"바로 가시게요?"

"저야 딱히 달리 할 일도 없으니……."

"흠, 그건 좀 아쉽네요. 나도 그 녀석들 반응을 좀 보고 싶지만 할 수 없죠. 야, 김 일병, 난 귀대 보고도 해야 하니 네가 관리과까지 모셔다드려."

"네, 중사님!"

김 일병을 부른 박일우가 문득 생각난 듯 물었다.

"아, 맞다! 설마하니 그냥 태블릿만 받고 나가실 건 아니죠? 당연히 안 됩니다. 바쁘다는 말은 들었습니다만, 어차피 태영 씨도 잠은 자야 할 거 아닙니까? 오늘은 우리 내무반에서 같이 쉬시죠. 제가 허가는 물론, 이것도 좀 구해 올 테니 말입니다."

박일우가 손목을 까딱대며 말했다.

"좀 전까지 죽을 것 같다고 그러지 않으셨습니까?"

"그건 그거고 이건 이거지 말입니다. 한잔 쭉 하고 자면 피로 회복에도 도움이 되고. 이번에 헤어지면 언제 다시 만날지도 모르는데 그 정도는 해야죠."

"알겠습니다."

"그럼 잠시 후에 뵙죠. 김 일병, 볼일 끝나면 내무반으로 모시고 와."

"네, 이쪽입니다."

—호오, 이건…….

김 일병을 따라 도시로 들어서자 그리모어가 묘한 감탄사를 터뜨렸다.

곳곳에 밝혀진 전등을 보고 그런 것이다.

태영이 그걸 보고 있으니까.

"말했잖아. 지금은 네가 알고 있던 세계와 다르다고."

대수롭지 않은 목소리로 중얼거렸지만, 태영도 조금 놀라는 중이다.

'근처의 연구소에서 태양열 전지나 자체 제작한 발전기 같은 것으로 전력을 공급하고 있다는 말을 듣기는 했지만…….'

가로등을 밝힐 정도일 줄은 몰랐다.

물론 제한적이기는 했지만 상상했던 것보다는 많았다.

아마도 그 영향이 크겠지만, 도시도 꽤 안정적인 분위기를 유지하고 있었다.

뭐 그 탓에 태영을 신기한 눈으로 바라보는 사람들도 지나치게 잘 보여 조금 불편한 감도 있었지만, 그런 건 신경 쓰지 않으면 그만.

그리고 그런 불편함도 그리 오래 이어지지는 않았다.

"여깁니다."

도착한 곳은 공장처럼 보이는 곳이었다.

실제로 김 일병을 따라 들어가자 꽤 많은 기계가 늘어서 있었다.

대부분 처음 보는 것들이지만, 박일우에게 들은 말과 안쪽에 쌓여 있는 몬스터의 사체로 대강 짐작할 수는 있었다.

그때 몬스터 사체 앞에서 뭔가를 끼적이던 중위가 시선을 돌리며 갸웃거렸다.

"무슨 일인가? 누구지?"

"충성! 3대대 소속 김찬우 일병입니다!"

"알아, 인마. 그 옆에 같이 오신 분 말이야. 못 보던 얼굴인데……."

"외부 활동 중에 저희를 도와주신 분입니다. 태블릿이 하나 구하고 싶다고 하셔서 모시고 왔습니다. 소대장님이 여기에 알아보는 편이 빠를 거라고 해서 말입니다."

"태블릿?"

"보조 배터리도 몇 개 구할 수 있으면 좋겠군요."

태영이 고개를 끄덕이며 대답했다.

"여기서 몬스터 가죽 같은 것으로 필요한 물건을 구할 수 있다고 들었습니다."

"네, 확인은 해 봐야겠지만 있을 겁니다. 하지만 몬스터 가죽이라고 다 교환할 수 있는 건 아닙니다. 아, 무조건 안 된다는 말은 아니고요. 태블릿이 그리 드문 물건도 아니고, 저희 부대원을 도와주셨다니 따로 구할 만한 데가 있는지 알아봐 드리겠습니다."

"공짜로 받을 생각은 없습니다."

태영이 책상 위에 두툼하게 말린 가죽 더미를 올려놓았다.

"이거면 되겠습니까?"

"……어? 가, 갑자기 이런 게 어디서…… 아니, 그보다 이게 몬스터 가죽이라고요?"

중위가 놀란 눈으로 가죽을 살펴보았다.

"흠, 확실히…… 평범한 동물 가죽은 아닌 것 같군요. 게다가 놀랄 정도로 깔끔하기도 하고. 뭐 이 정도 수준의 가죽은 비축분이 꽤 있기는 하지만……."

"아니, 중위님, 제대로 보십시오! 이건 여기 있는 것과는 차원이 다른 겁니다!"

그때 김 일병이 잽싸게 끼어들었다.

"이 자식은 이 근처에서 보던 놈과는 전혀 달랐다고요! 직접 보지 못하셔서 그렇지 얼마나 무시무시한 놈이었는지 아십니까? 크기도 엄청나고, 총알을 수백 발을 맞고도 끄떡없던 놈들이라고요! 진짜 다 죽는 줄 알았습니다! 그런데 그때 이분이 나타나서 파파팍! 순식간에 때려잡고 직접 홀라당 벗겨 온 가죽이란 말입니다!"

제대로 못 본 건 김 일병이다.

떠들어 대는 걸 보니 아무래도 그리폰을 말하는 모양인데, 그리폰은 태영이 보자마자 냅다 뛰어갔을 정도로 돈 덩어리 같은 놈이다.

부리도, 가죽도, 날개도, 같은 급의 몬스터와 비교해도 차원이 다른 고가!

'약 먹었냐? 굳이 뭐 하러?'

그리폰의 소재는 애초에 고려 대상조차 아니었다.

태영이 보관비도 나오지 않을 것 같은 몬스터 소재까지 챙겨 온 이유가 이럴 때를 대비해서니까.

보통 현찰을 가지고 다닐 때도 잔돈을 준비하는 법.

일단 애매한 4~5등급 수준의 몬스터 가죽으로 뭉개고 들어가 볼 생각이었다.

뭐 통하지 않으면 1~2장 더 얹어 줘도 되고.

이에 태영이 싸구려 가죽을 매만지며 중위의 눈치를 살필 때였다.

"정말인가요?"

그 뒤에서 뜬금없는 질문이 날아들었다.

시선을 돌리자 군데군데 얼룩이 번진 가운을 입은 사람이 다가왔다.

용접용 헬멧을 쓰고 있어 얼굴은 보이지 않았지만, 일단 목소리는 여자였다.

그녀의 등장에 김 일병이 다시 열의가 넘치는 얼굴로 설명했다.

"아! 정말이라니까요! 진짜 파파팍……."

"아니! 아니요!"

헬멧이 세차게 좌우로 흔들렸다.

"그보다 직접, 그것도 잡은 직후에 가죽을 벗겼다는 거 말이에요! 몬스터는 클수록 강하다고요! 그만큼 가죽도 질기고. 그런데 저 크기의 몬스터를 숙성 과정도 없이 가죽을 벗겼다고요? 기계도 쓰지 않고? 정말 그런 게 가능해요?"

"네! 제가 직접……."

"가능합니다."

그때 태영이 잽싸게 김 일병의 말을 막으며 대답했다.

바로 느낌이 왔기 때문이다.

"요령만 배우면 누구라도 할 수 있습니다. 또 소재의 강도를 유지하는 방법도 있고."

"소, 소재의 강도를 유지할 수 있다고요?"

"네, 그런 방법이 있죠."

"그럼 직접 한번 보여 주세요! 저한테! 저한테 가르쳐 달라고요! 네? 부탁드려요!"

"그게 그렇게 말처럼 쉬운 일만은 아니라서……."

태영이 이렇게 말하면…….

"저도 공짜로 해 달라는 건 아니에요! 필요한 게 뭐라고 했죠? 아, 그래! 태블릿! 방금 태블릿이 필요하다고 했죠? 그리고 배터리? 제가 다 구해 드릴게요! 그냥 딱 한 번만 보여 주시면 돼요! 방금 저분이 엄청나게 큰 몬스터의 순식간에 가죽을 벗겼다고 했잖아요! 그럼 저 정도 몬스터는 어렵지 않으실 거 아니에요?"

이런 대답이 들려오리라는 걸 말이다.

일부러 챙겨 놓은 소재를 주는 것보다는 그쪽이 백배는 나으니까.

상황에 따라서는 더 뜯어낼 수도 있을 것 같고.

"그렇게까지 부탁하시면 할 수 없죠. 자세한 설명도 해 드리겠습니다. 대신 저도 몇 가지 더 필요한 게……."

이에 태영이 못 이기는 척 창고에 쌓인 몬스터 사체를 돌아봤을 때였다.

-이제야 눈치챈 모양이군.

그리모어의 말대로 그제야 눈치챘다.

태영은 바짝 붙은 헬멧을 밀어내고 사체 더미로 다가갔다.

그리고 한두 마리 들춰 보다가 와락 미간을 찌푸리며 고개를 돌렸다.

"이놈들, 언제 어디서 잡은 겁니까?"

"잡아 온 건 어제저녁 때지만, 어디서 잡은 건지까지는 몰라요. 왜요? 그게 문제가 되나요?"

문제가 된다.

그것도 꽤 심각하게. 왜냐하면…….

부아아앙-!

그때 문밖에서 요란한 배기음이 들려왔다.

그리고 잠시 후, 거친 쇳소리를 내며 열리는 문으로 예닐곱 명의 사내들이 들어왔다.

하나같이 몬스터 가죽을 기워 만든 것처럼 보이는 옷을 입고 있었지만, 그중 1명은 태영처럼 제대로 된 가죽 갑옷에 검까지 차고 있었다.

그러나 태영의 눈이 향한 곳은 그 뒤.

쇠사슬에 굴비처럼 엮인 채 끌려오는 몬스터 사체였다.

"어이, 최 중위, 우리 왔어!"

"아, 마침 잘됐네요. 저 사람들이……."

굳이 듣지 않아도 그들이 누구인지는 바로 알 수 있었다.

태영의 입술이 비틀어졌다.

"네놈들이군. 이런 똥을 싸질러 놓은 머저리 같은 놈들이."

to be continued

ROK MEDIA
로크미디어
활 쓰는 대마법사
한시웅 퓨전 판타지 장편소설
거침없는 팩트 폭격으로
드래곤조차 눈치 보게 만드는
극강의 꼰대! 아니, 최강의 궁신이 나타났다!
유일하게 '신'이라 불리는 무인, 궁신 하철혁
자격을 시험받다 우화등선에 실패해
새로운 세상에서 눈을 뜨는데……
내공이 한 줌도 없다?
제로부터 시작하는 이세계 생활에 놀람도 잠시
처음으로 아버지라 느낀 존재가 살해당하고
그 뒤에 모종의 음모가 있음을 알게 되는데!
이세계에서도 궁신의 신화는 계속된다!
군필도 두 손 두 발 드는 FM 정신으로
안 되는 것도 되게 하라!

ROK MEDIA
로크미디어
기어코 무대로
공원동 현대 판타지 장편소설
“관심을 받으면 집중이 잘돼요.”
사상 최강의 관종(?) 싱어송라이터가 나타났다!
데뷔 직전 사고로 인해 모든 것을 포기한 도원경
삼 년 뒤, 그에게 기적이 일어났다?
사람들의 시선을 받으면 능력이 발현!
너튜브 영상이 대박 나고
서바이벌 오디션 출연 제의까지?
도원경 사전에 더 이상 포기는 없다!
좌절을 딛고, 『기어코 무대로』!